Janet Frame
Der Gesandte aus der Spiegelstadt

SERIE PIPER
Band 1603

Zu diesem Buch

Im dritten Teil ihres autobiographischen Romans erzählt Janet Frame, wie sie nach dem Alptraum der Psychiatrie und der Veröffentlichung ihres ersten Buches zu einer Reise nach Europa aufbricht. In England und auf der Insel Ibiza lernt sie das Leben der künstlerischen Avantgarde der fünfziger Jahre kennen und hat zum ersten Mal in ihrem Leben eine Begegnung mit der Liebe. Befreit von dem ihr anhaftenden Stigma der Schizophrenie, bleibt sie jedoch immer der Spiegelstadt nahe, der Welt der Vorstellung, die sie vom »wirklichen Leben« trennt.

Janet Frames dreibändiger autobiographischer Roman (»To the Is-Land« und »An Angel At My Table« sind im Piper Verlag unter dem Titel »Ein Engel an meiner Tafel« in einem Band erschienen) liegt hiermit vollständig auf deutsch vor.

Janet Frame, geboren 1924 in Dunedin, Neuseeland. Autorin zahlreicher, vielfach preisgekrönter Romane, darunter »Owls Do Cry« (dt. »Wenn Eulen schrein«), »Living in the Maniototo« (dt. »Auf dem Maniototo«) und »Faces in the Water« (im Frühjahr 1993 unter dem Titel »Gesichter im Wasser« im Piper Verlag erschienen). Sie gehört zu den wichtigsten zeitgenössischen Schriftstellern Neuseelands.

Die Verfilmung ihres autobiographischen Romans »Ein Engel an meiner Tafel« (Regie: Jane Campion) lief 1990 wochenlang vor einem begeisterten Publikum in ausverkauften Programmkinos.

Janet Frame

Der Gesandte aus der Spiegelstadt

Autobiographischer Roman

Aus dem Englischen von
Lilian Faschinger

Piper
München Zürich

SERIE PIPER
FRAUEN

Von Janet Frame liegt in der Serie Piper außerdem vor:
Ein Engel an meiner Tafel
Autobiographischer Roman (1602)

Die Originalausgabe erschien 1985 unter dem Titel
»The Envoy from Mirror City« bei The Women's Press in London.

ISBN 3-492-11603-5
Deutsche Erstausgabe
Juni 1994

Umschlag: Federico Luci,
unter Verwendung eines Fotos aus dem Film
»Ein Engel an meiner Tafel« von Jane Campion,
produziert von Hibiscus Films in Zusammenarbeit
mit der New Zealand Film Commission
Foto Umschlagrückseite: Curtis Brown
Gesamtherstellung: Clausen & Bosse, Leck
Printed in Germany

Dieser dritte Band
ist meinen Freunden und meiner Familie gewidmet,
vor allem aber Professor Robert Hugh Cawley
und seinen Kollegen

I.
Dreifache Zeugenschaft

1
Erdlos, die Schiffahrt

Weit entfernt von der Küste Neuseelands schwankte und schlingerte die *Ruahine* durch die winterlichen Juligewässer.

Die Kabine für sechs im Inneren des Schiffes hatte nichts von der Geräumigkeit, wie sie in den Werbeprospekten angepriesen wurde: Man konnte sich kaum darin umdrehen, und nur die privilegierten Gesichter der Frauen in den obersten Kojen kamen in den Genuß der Luft (warm, abgestanden), hereingewirbelt von einem cremefarbenen »Lüfter« oder Ventilator, der von der Decke hing. Isoliert von Himmel, Erde, Licht in einem reichen Element der Zeit, lag ich in meiner unteren Koje neben der Kabinentür und horchte auf die aufgeregten Stimmen meiner Mitreisenden – zwei Büroangestellte aus Hamilton, die zum ersten Mal nach Übersee fuhren; eine dunkelhaarige kleine Frau aus Australien, die schon mehrmals »um die Welt« gefahren und ganz erpicht darauf war, Fotos von ihren Reisen herzuzeigen; eine Lehrerin, die nach einem Austauschjahr in Neuseeland wieder nach Mittelengland zurückkehrte; eine ruhige Frau mittleren Alters, Tochter eines berühmten norwegischen Schriftstellers und selbst Schriftstellerin, die nach Norwegen zurückfuhr. In der widerwärtig warmen, vibrierenden Kabine, wo selbst die Wände sich zu heben und zu schwanken schienen, in der klaustrophobischen Atmosphäre der Körper, die wie in Regalen gestapelt übereinanderlagen, der Gerüche und Schatten der zum Trocknen aufgehängten Unterwäsche und Strümpfe, der schlaff über die Geländer hängenden, körperlosen Beine, im Schwarm der Wörter, die um eine fieberhafte Erregung der Vorfreude und Besorgnis kreisten, drehte sich mir der Kopf, während mein Magen sich bei jedem Rollen und Schwanken und Schlingern der *Ruahine* hob. Die Übelkeit ließ sich weder durch die Kwells-Tabletten lindern, die von Jess Whitworth, einer erfahrenen Reisenden und Freundin Frank Sargesons, empfohlen worden waren, noch durch das lavendelduftende, mit lavendelfarbenen Bändchen geschmückte Riechsalz in seiner herzförmigen Flasche. Unfähig, die Mahlzeiten zu mir zu nehmen, aß ich trockene Kekse, die mir Jess mit der Versicherung gegeben hatte, ich würde sie noch als meine »besten Freunde« ansehen.

Nach drei Tagen ununterbrochener Seekrankheit und dem Rückfall in eine erst kürzlich überstandene Grippe wurde ich auf die Krankenstation gebracht, wo ich in einem Zustand großer Schwäche, wie er jenen vertraut ist, die einmal an Kinetose gelitten haben, fast zwei Wochen lang hilflos lag, bis das Schiff bei der Einfahrt in den Panamakanal langsamer wurde und ich imstande war, auf einem Stuhl zu sitzen und das Spektakel des Dschungels von Panama zu betrachten; die in der Sonne liegenden Krokodile und die bunten Papageien, die in den unter der Last blühender Ranken bis zur Wasseroberfläche hinuntergeneigten Bäumen herumschwirrten; begleitet von der Stimme des amerikanischen Führers, der von allem in Sichtweite den Dollarpreis verkündete. Sobald das Schiff in Curaçao einlief, wo wir einen Tag vor Anker gingen, und die Motoren zum Stillstand kamen, war meine Krankheit vorüber, und da das Schiff nur sanft schaukelte, war ich imstande, das Mittagessen zu mir zu nehmen und in Willemstad an Land zu gehen, das erste Mal, daß ich einen Fuß auf fremden Boden setzte. Wie gut ich die Sitte der Reisenden verstehen konnte, die sich am Ende einer langen Fahrt bückten und den Erdboden küßten! In Willemstad jedoch bestand der unmittelbare Erdboden aus Beton, und es roch nicht nach frischem Gras, sondern nach Raffinerieöl, doch das Licht lag neu und unirdisch über und auf den Dunkelrot-, Braun- und Cremetönen der Gebäude, und das Laub funkelte malkastengrün in giftiger Grelle. Ich streifte allein durch die Straßen von Willemstad. Ich saß auf dem Museumsgelände und beobachtete fremdartige Eidechsen, die auf fremdartigen Steinen in der Sonne lagen, und Vögel, die ich nie zuvor gesehen oder singen gehört hatte und die in Scharen auf den Bäumen saßen. Dann spazierte ich den Fluß entlang, und als ich die leeren Flaschen und Dosen sah, war ich mir des Vergleichens »mit dem anderen Land« bewußt – strömten unsere Flüsse nicht sauber und schnell dahin, keineswegs träge und verseucht? Und die Menschen, die am Ufer gingen, wie arm und kränklich wirkten sie, ganz anders als die robusten Neuseeländer! Ein kleiner Wanderzoo hatte für die Sonntagsvorstellung sein Zelt auf einem unbewohnten Grundstück aufgeschlagen: Enge Käfige beherbergten einen armseligen Bären mit schütterem Pelz und einen stinkenden braungelben Löwen, und sie bestätigten meine in Neuseeland erworbene Ansicht, wonach die Menschen »in Übersee« wenig Mitgefühl mit Tieren hatten, auch, daß sie arm waren, nicht so zivilisiert wie in Neuseeland. In meinem ersten fremden Land trug ich noch immer die alten Kleider des Vorurteils. Ich hatte auch zum ersten Mal eine Gruppe von Menschen gesehen, deren Haut nicht eine Nuance von Braun oder Gelb war, sondern ganz schwarz. In der Schule hatte man mir beigebracht, daß Maoris und Pakehas gleiche Chancen hatten, und ich glaubte, was man mir beigebracht hatte. Ich hatte auch gelernt, daß die Chinesen ausgezeichnete Gärtner und Obstbauern sind und die Griechen hervorragende Fischer, die Maoris hingegen die besten Lastwagenfahrer.

»Die Maoris sind technisch sehr begabt«, hatte ein Lehrbeauftragter an der Pädagogischen Hochschule uns, einer Klasse von Pakehas, erklärt. Nun, Auge in Auge mit Afro-Amerikanern und Indianern, revidierte ich meine Vorstellung von ihnen als Sklaven. Ich grüßte freundlich, um zu zeigen, daß ich keinerlei Vorurteile hatte, war aber beunruhigt, als auf meinen Gruß der Versuch eines Gesprächs folgte, denn ich hatte nichts zu sagen. Und hier war ich nun, auf der Reise nach Übersee, um »Erfahrungen zu sammeln«, und schon vollzog sich in mir die Veränderung, die jedem neuen Reisenden aufgezwungen und wodurch erreicht wird, daß nicht der Ort der Ankunft, sondern der Ort des Aufbruchs hinterfragt wird. Die Jahre der Cowboyfilme, der blonden Helden auf weißen Pferden und der dunkelhäutigen, Hüte tragenden Bösewichter auf dunklen Pferden, der mexikanischen Banditen und Viehdiebe im Gegensatz zu den ehrlichen, schwer arbeitenden amerikanischen Viehzüchtern, der Indianer, die nur auf Zerstörung und Massaker aus waren, während die Cowboys und die Kavallerie »Frieden und Gerechtigkeit für alle« anstrebten: Diese Filme meiner Kindheit, lauter Dramen über Gut und Böse, ebenso wie die Detektivgeschichten, hatten, ohne das Funktionieren des Verstandes weiter zu beeinflussen, Gefühle gespeichert, die ungestört und vielleicht unbekannt und unvermutet ruhten, aber jederzeit bereit waren, den schützenden Verstand zu überwältigen und den unvorsichtigen Reisenden im neuen Land zu dirigieren.

Bevor ich über die Pontonbrücke von Willemstad zur *Ruahine* zurückkehrte, vollzog ich ein Ritual, das seinen Ursprung gleichfalls in dem hatte, was ich in Neuseeland gehört oder gelesen oder gedacht hatte, wo, so schien es, jeder sang:

Drinking rum and Coca Cola
Waiting for the Yankee dollar...

Fast in jedem Satz hatte der amerikanische Führer durch den Panamakanal das Wort »Dollar« verwendet: Hier, in Willemstad, war überall Reklame für Coca-Cola zu sehen. Ich beendete meinen ersten Besuch in einem fremden Land, indem ich meine erste Flasche Coca-Cola trank, mit so viel Ehrfurcht, als nippte ich Wein in der Kirche. Man darf nicht vergessen, daß Coca-Cola in den späten fünfziger Jahren von einer Aura des Magischen, der Verheißung umgeben war und für viele außerhalb der Vereinigten Staaten als ein Symbol all dessen galt, was essentiell amerikanisch war, großzügig, gut, mit dem Geschmack von Dollars, der neuen Welt, getaucht in den Glanz eines neuen Morgens, der noch nicht vom prüfenden Blick des Tages getrübt war.

Da ich noch immer nicht den Speisesaal aufsuchen konnte, sobald sich das Schiff wieder in Bewegung gesetzt hatte, trug ich während der letzten Woche meiner Reise mein Bettzeug an Deck, schlief in der kühlen Luft unter freiem Himmel und ging erst zurück, wenn die Deckschrubber am frühen Morgen das Wasser aus ihren Eimern leerten. Während meines Aufenthalts auf der Krankenstation war viel geschehen; das Passagierensemble war auseinandergestoben und hatte sich neu zusammengesetzt – die Komiker, die Führertypen, die Zielscheiben des Klatsches, die Wundervollen und die Wunderschönen waren wie Viren isoliert, identifiziert und studiert worden. Der unternehmungslustige Pazifik und nun der Atlantik waren nicht zu beschäftigt damit, Objekte an ferne Küsten zu befördern, um nicht imstande zu sein, diese besonderen Passagiere an die Decks der *Ruahine* zu schwemmen, wie sie bei jeder langen Reise an die Oberfläche steigen. In unserer Kabine wurde viel und bewundernd von der schönen, begabten Gewinnerin des Oxford-Stipendiums gesprochen; auch um ihre vielen Begleiter beneidete man sie, um ihre Mahlzeiten an der Kapitänstafel, ihre Tänze mit dem Schiffsarzt, während die anderen, die zu Land oder zu Wasser immer vorhandenen »anderen«, sich mit weniger glanzvollen Partnern begnügen mußten. Es gab auch die junge Pianistin, die, von Bewunderern umringt, selbstbewußt im Gesellschaftsraum übte. Ach, wie ich mich danach sehnte, meine wie auch immer gearteten Fähigkeiten bewundert zu sehen! Ach, wie ich mich danach sehnte, jeder möge wissen, daß ich mit einem Literaturstipendium in der Tasche nach Übersee fuhr! Wie war es möglich, daß alle so selbstsicher wirkten? Und da waren die beiden Büroangestellten mit ihrer Fülle von Einkäufen aus Panama und Willemstad (alle außer der norwegischen Schriftstellerin und mir hatten Seidenkimonos, Pyjamas, Schals und glitzernde Handtäschchen gekauft) – sie redeten und benahmen sich, als gehörte die Welt ihnen und als würde ihnen gleich nach ihrer Ankunft in Großbritannien mit großer Zeremonie die Besitzurkunde ausgestellt. Vielleicht war die Australierin mit ihren Fotos und ihren Reisegeschichten doch nicht so selbstsicher, wie sie wirkte, denn je mehr sie redete, um so mehr erinnerte sie mich an diese Figuren, die, einmal in Bewegung gesetzt, nicht mehr innehalten können; sie war hierhin und dorthin gereist, von Norden nach Süden und von Osten nach Westen, und gelegentlich lag Panik in ihrem Blick, wenn jemand fragte, wo sie sich »letzten Endes« »endgültig« niederlassen würde, denn offensichtlich konnte sie ja nicht ewig reisen ... oder doch? Manchmal schien sie das Gefühl zu haben, als hätte sie keine andere Wahl, als wäre es zu spät für eine Umkehr, als gäbe es kein Zurück mehr für sie. Ich fragte mich kurz: Was, wenn ich so würde wie sie, zum Reisen verurteilt, ohne Gefühl der Geborgenheit?

Während ich zusah und zuhörte, tröstete ich mich mit dem Versuch, mich überlegen zu fühlen, indem ich mir sagte: »Sie haben keine Ahnung, daß ich im Kopf alles niederschreibe, daß ich sie durchschauen, unter ihre Masken blicken kann bis in ihr Innerstes, denn wenn ich eine Schriftstellerin werden und bleiben will, muß ich allen Zeichen nachgehen, in allem, was sie sagen und tun; schweigend und untätig muß ich ihre Mienen lesen und die Gesichter und Augen, in denen ihre privaten Isobaren und Isothermen über dem fruchtbaren Land verzeichnet sind, die Moore, in denen verborgen die Sumpfvögel leben, die fernen Berge mit den gezackten Felsformationen, sanfter geworden durch den Schnee. Ich muß für immer beobachten und zuhören.«

Die Reise ist mir nicht in allen Details im Gedächtnis geblieben. Ich erinnere mich nur an den Alptraum und an die neidischen Sehnsüchte. Ich erinnere mich an den Tag in Willemstad, an die Gruppierungen der Passagiere, ihre Aufregung und Vorfreude. Ich erinnere mich an den ernsten Arzt, der mir riet, nie wieder eine Seereise zu machen. Ich erinnere mich an den rotgesichtigen Kapitän, den Goldborten umschlossen oder zu umschließen schienen, als wären es die Markierungen auf einem Teetopf – diese Details sind geblieben wie kleine Schiffe, hin und her geworfen auf meinen eigenen Wellen der Seekrankheit, wo man sich (wie diejenigen, die daran gelitten haben, wissen werden) ununterbrochen danach sehnt, das Schiff möge aufhören, sich zu bewegen, und der kranke Passagier möge auf einer Insel gelassen werden, irgendeiner Insel, irgendeinem Stück Land, das zufällig vorbeikommt, als ob Land jemals auf der Suche nach einem einsamen Schiffbrüchigen vorbeikäme. In der Vergangenheit hatte ich mich im Durchhalten geübt. Aber auf der Seereise war ich nicht vorbereitet gewesen; ich war unfähig, eine Verteidigungsstrategie zu ersinnen gegen diese schreckliche Reduzierung meiner menschlichen Kraft, da jede Bewegung eine Übelkeit erregende Anstrengung bedeutete und die Sekunden, die Minuten, die Stunden, die Tage zu einem Berg bedrückender Zeit wurden. Mein Lohn dafür, die Überquerung des Pazifiks überlebt zu haben, war der Anblick, wie dieser schreckliche Berg allmählich schmolz, bis die letzte Handvoll Fels und Erde vom undeutlich sichtbar werdenden Ziel begraben wurde.

Nach zweiunddreißig Tagen auf dem Meer, einen Tag nach meinem zweiunddreißigsten Geburtstag, lief die *Ruahine* in Southampton ein, wo die Passagiere in den bereitstehenden Zug zur Londoner Waterloo Station stiegen.

2
Der Gentleman

Waterloo Station. Ich stehe mit meinen beiden Koffern und dem grünen Rucksack da, der meine Schreibmaschine enthält, und schleppe dann mein Gepäck zur Straße und zu den Reihen der Taxis, die Traveller's-Joy-Handtasche im sicheren Griff. Während ich fast pflichtbewußt vor mich hin flüstere: »Das ist also London«, sehe ich, wie die anderen Reisenden von Gruppen von Freunden und Verwandten bestürmt werden, die sie willkommen heißen. Es ist grau und regnerisch, und die schwarzen Taxis erinnern an Särge. Mit einem Gefühl angenehmer Befriedigung in dem Wissen, bald in der Quäker-Herberge sicher untergebracht zu sein und endlich ein Bett auf Erden beanspruchen zu können, rufe ich ein Taxi (wie ich es im Film gesehen habe) und sage kühn: »Zur Quäker-Herberge in der Euston Road, bitte.«

Das Taxi fährt schwankend, so daß mir übel wird, durch regennasse Straßen bis zur Euston Road und zur Quäker-Herberge. Und hier stehe ich, mein Gepäck neben mir auf dem Gehsteig, vor dem Gebäude, das mindestens eine Woche lang mein Heim sein wird. Überwältigt von der Freude, endlich angekommen zu sein, sammle ich mein Gepäck zusammen, steige die Treppe zur Eingangstür hinauf und drücke auf die Klingel. Die Tür öffnet sich.

»Ich bin Janet Frame aus Neuseeland«, sage ich rasch zu der grauhaarigen Frau. »Ich habe Ihnen geschrieben und ein Zimmer reserviert für eine Woche.«

Die Frau blickt mißbilligend. »Wie war Ihr Name?«

»Janet Frame aus Neuseeland.« Dabei lege ich besondere Betonung auf *Neuseeland.*

»Würden Sie bitte einen Augenblick warten?«

Die Frau sieht in einem Buch am Empfangstisch nach und blickt noch mißbilligender. »Das muß ein Irrtum sein. Wir haben keinen Brief von einer Janet Frame aus Neuseeland erhalten. Wir sind ausgebucht. Sie wissen ja, es ist Ende August.«

»O ja.« Ich denke: »Natürlich weiß ich das, all die Bücher mit Hinweisen auf den Feiertag. ›August für die Menschen und ihre Lieblingsinseln.‹«

Die Frau wiederholt: »Tut mir leid. Es ist kein Zimmer frei. Ihr Brief ist nicht bei uns eingetroffen.«

Ungläubig dränge ich die in mir aufkommende Panik zurück und spiele meinen letzten Trumpf aus. »Ich habe eine Bekannte in Neuseeland, die *immer* bei Ihnen wohnt. Jess Whitworth.« (Sie muß sich doch an Jess Whitworth erinnern!)

»Tut mir leid, Miss Frame. Ich kann mich nicht an sie erinnern. Und wir sind ausgebucht. Vielleicht nächste Woche...«

Ich bin jetzt den Tränen nahe. »Aber nächste Woche ist es zu spät.

Ich bin *den ganzen Weg aus Neuseeland* gekommen. Ich komme direkt vom Schiff.«

Die Frau lächelt geduldig. »Zu uns kommen Gäste aus der ganzen Welt. Jeden Tag.«

»Aber ich habe Ihnen doch geschrieben. Und ich komme direkt vom Schiff. Ich bin zum ersten Mal in London«, füge ich niedergeschlagen hinzu. »Ich bin zum ersten Mal in London, und ich weiß nicht, wo ich hin soll.«

Ich kann mich noch sehen, umringt von meinen Überbleibseln aus Neuseeland – den beiden alten Koffern, dem grünen Rucksack, auf dem Frank Sargeson bestanden hatte, weil er dreißig Jahre früher bei seinem Fußmarsch durch Europa auch einen Rucksack mitgehabt hatte, der Traveller's-Joy-Handtasche, die die enorme Summe von zehn Pfund gekostet hatte und ein Geschenk der Familie Gordon war. Während ich unsicher an der Tür zur Herberge stand, fiel mir ein, wie Frank und ich eifrig in seinen alten, vergilbten Exemplaren des *New Statesman* die Anzeigen auf der letzten Seite studiert hatten. Zimmer zu vermieten: St. John's Wood, Swiss Cottage, Hampstead Heath, Earls Court – Namen, die damals fremd und voll romantischer Verlockung waren, doch nun wie unzugängliche Felswände ohne Halt für Fuß und Hand schienen, die mich unfreundlich ins unbekannte Dunkel stoßen würden.

»Haben Sie keine Freunde in London?« fragte die Frau.

»Nein«, sagte ich mit bebender Stimme.

»Der Christliche Verein Junger Frauen ist nicht weit von hier. Ich werde dort anrufen und fragen, ob sie ein Zimmer frei haben.«

Ein paar Minuten später kam sie mit der willkommenen Nachricht wieder, daß in einem Doppelzimmer für zwei Nächte ein Bett frei sei.

Die Frau bot an, mir ein Taxi zu rufen.

»Bitte. Und vielen Dank.«

Als ich so mit meinem Gepäck auf den schmutzigen Londoner Treppenstufen stand, begriff ich in meinem Hinterkopf einen flüchtigen Augenblick lang das immerwährende Drama der *Ankunft* und seinen Stellenwert in Mythos und Dichtung, und wieder empfand ich das aufregende Gefühl, selbst als Realität freigelegt zu werden, das Erz der geschliffenen Dichtung. Die Reise, die Ankunft, die Überraschungen und Probleme der Ankunft. Und schon mein erstes Erlebnis in London hatte mich an den *Brief* in der Literatur erinnert – den verlorengegangenen Brief, den entdeckten Brief, den Brief von solcher Bedeutung, daß Leben verwirkt und Schicksale verändert werden, so wie in Macbeth: »Sie begegneten mir am Tage des Sieges; und ich erfuhr aus den sichersten Proben, daß sie mehr als menschliches Wissen besitzen…«, und an die Rolle des Überbringers des Briefes, des rechtzeitig oder zu spät eingetroffenen Boten. Einen Augenblick lang schien die Tatsache, daß der Brief, den ich geschrieben hatte, nicht eingetroffen war, unwichtig im Vergleich zu dem literarischen Geschenk dieses Verlusts, als läge in jedem Ereignis eine Spiegelung, zu der man nur über die Phantasie und die verschiedenen ihr dienstbaren Sprachen gelangen kann, als enthielten unser Leben und unsere Welt so wie die Schatten in Platons Höhle Spiegelstädte, die uns durch unsere Phantasie, den *Gesandten*, offenbart werden.

Trotz dieser literarischen Möglichkeiten und Höhenflüge war jener erste Tag in London trostlos und unangenehm. Schon zu diesem Zeitpunkt, Ende August, ließ London in Erwartung eines alles verfinsternden Winters die Rolläden herunter. Der Christliche Verein Junger Frauen, wo ich für zwei Nächte Unterkunft fand, erinnerte mich an eine psychiatrische Klinik, ohne den Lärm, ohne das ständige Schlüsselgeklingel und den Versuch, die Gäste zu überwachen, obgleich es auch hier Überwachungsversuche gab, in der Hausordnung, die an die Türinnenseiten der in Reihen angeordneten und nach Institution aussehenden und riechenden Zimmer und Badezimmer und Toiletten geheftet war. Die Bäder waren höhlenartig, die Fußböden mit kalten schwarzen und weißen Fliesen ausgelegt.

Bitte hinterlassen Sie das Badezimmer so, wie Sie selbst es gern antreffen würden. Für eine Herberge eine passende Übersetzung der Goldenen Regel; sie war von einleuchtender Moral und setzte Altruismus und die Übung christlicher Prinzipien voraus. Im ebenerdig gelegenen Büro stand ein Käfig, in den man sein Gepäck stellen konnte. Eine streng aussehende Frau überwachte das Kommen und Gehen der Gäste und verteilte die Post, als wären die Briefe Hostien, und da ich mir der Macht von Briefen bewußt bin, weiß ich, daß sie es vielleicht auch waren.

Obwohl ich den Christlichen Verein Junger Frauen mit seiner ständigen Präsenz von Autorität als einschüchternd empfand, merkte ich, daß die Gäste glücklich und zufrieden waren; wenn über Ankunft, Abreise und Ausflüge gesprochen wurde, herrschte eine Atmosphäre gespannter Erregung. Das Essen in der Cafeteria war billig und reichlich, und bald gehörte ich zu der Gruppe erwartungsvoller »Fremder in London«. Ich teilte mein Zimmer mit einer Frau aus Singapur, die, ebenso ahnungslos wie ich, von einem Besuch des Piccadilly Circus geträumt hatte, mit der Untergrundbahn dorthin fuhr und nicht nur die Wahrheit über Piccadilly Circus herausfinden mußte (daß er nicht, wie wir geglaubt hatten, ein wirklicher Zirkus war), sondern überdies den ganzen Tag in der Untergrundbahn herumirrte.

Ich staunte über meine Freiheit, insbesondere da die viktorianische Atmosphäre und das viktorianische Äußere vieler Londoner Gebäude eine Fontäne (der Angst) aus meiner jüngsten Vergangenheit freigesetzt hatte. Diese kalte Dusche ging bald vorüber: Wieder hielt mich die Betrachtung des parallelen, des Spiegeltraumes aufrecht, wappnete mich gegen den Alptraum der Vergangenheit.

Am ersten Abend rief ich bei der Adresse in Clapham Common an, wo Jess Whitworth im Gartenzimmer gewohnt hatte. Trotz meiner Enttäuschung im Hinblick auf die Realität romantischer Namen hoffte ich auf einen angenehmen Aufenthalt in einem *Gartenzimmer*, das so sein würde, wie ich es mir erträumte, und als ein gewisser Patrick Reilly, einer der Mieter des Hauptgebäudes, erklärte, daß er zuständig sei, solange die Eigentümer in Schottland seien, und daß ein Gartenzimmer für siebzehn Shilling sechs die Woche frei sei und daß ich jederzeit einziehen könne, vergaß ich die vielen Unannehmlichkeiten meiner Ankunft in London und begann mich auf meinen Anteil am Paradies zu freuen.

Ich könne am folgenden Tag einziehen, schlug Patrick Reilly vor. Er habe einen freien Tag und könne auf mich warten und mir das Zimmer zeigen. »Wie nett von ihm«, dachte ich.

Der neuseeländische Akzent, sagte er, habe bewiesen, daß meine Anfrage ernst zu nehmen sei.

Um den Christlichen Verein Junger Frauen zu verlassen, mußte ich mich dem Ritual des Tadels unterziehen, da ich mich ursprünglich für zwei Nächte verpflichtet hatte.

»Zimmer sind um diese Jahreszeit schwer zu bekommen. Die Rückerstattung des Geldes ist nicht üblich«, sagte die Pförtnerin.

Ich akzeptierte die Notwendigkeit, mein fehlerhaftes Verhalten und den Mangel an Voraussicht zu gestehen. Ich entschuldigte mich. Ich sah ein, daß Institutionen kraft der sorgfältigen Ausführung moralischer Verordnungen und kraft Entscheidungen gedeihen, die so eindeutig sein müssen wie das Soll und Haben jener, die von diesen Institutionen Gebrauch machen.

Am folgenden Nachmittag traf ich mit dem Taxi in der Cedars Road in Clapham Common North ein, und Patrick Reilly wartete bereits auf mich, um mich zu meinem Gartenzimmer zu begleiten.

Er trug mein Gepäck durch das Seitentor zum Gartenzimmer Nummer drei, eines von vieren, die gegen eine hohe Begrenzungsmauer aus Ziegeln gebaut waren, mit Blick auf den Hintergarten des Hauptgebäudes. Sie wirkten eher wie Hütten denn wie Zimmer, da der Fußboden direkt auf den Erdboden gelegt war, ohne eine Isolierschicht dazwischen.

»Ich hoffe, Sie werden nicht den ganzen Winter in diesem Zimmer sein«, sagte Patrick Reilly. »Letzten Winter ist hier eine Frau an Lungenentzündung gestorben.«

Er deutete auf das letzte Zimmer. »Hier wohnt jetzt ein russischer Balletttänzer. Und voriges Jahr hatten wir einen Prinzen vom Festland hier.«

Patrick Reilly war gesprächig und hatte einen angenehmen irischen Akzent. Er war kräftig gebaut, nicht groß, leicht ergraut und hatte ein großes, sanftes, blasses Gesicht und braune Augen wie Quellen. Seine gelegentlich fest aufeinandergepreßten Lippen verrieten mir eine gewisse Begrenzung des inneren Horizonts: ein Setzen von Grenzen, sozusagen. Er steckte den Schlüssel ins Schloß von Nummer drei und öffnete mit einiger Mühe die Tür zu einem kleinen, nach Feuchtigkeit riechenden Zimmer, dessen Boden mit einer Schilfmatte bedeckt war; ich sah ein schmales Bett mit Bettzeug, einen mit einem Vorhang verhängten Schrank, einen Stuhl und eine einzelne Kochplatte, die mit einem Stromzähler gleich neben der Tür verbunden war, in den man Shillinge werfen mußte. Neben der Tür war ein kleines quadratisches Fenster, und von der Decke hing eine Glühbirne. Ein Stapel verschiedener Teller, Töpfe und Pfannen stand auf einem Karton neben der Kochplatte.

»Ich brauche einen Platz für meine Schreibmaschine«, sagte ich.

»Ich hole einen Tisch aus dem Keller. Er ist voll mit alten Möbeln und Gerümpel. Und ich zeige Ihnen das Badezimmer und den Boiler im Hauptgebäude. Möchten Sie eine Tasse Tee?«

Und so besichtigte ich darauf das enge Badezimmer und versuchte Patrick Reillys Instruktionen aufzunehmen, wie der Boiler funktionierte, mit dem man das Badewasser erhitzen konnte. Er trug mir auf, vorsichtig damit umzugehen, sonst könne der Boiler explodieren. Ein oder zwei Jahre zuvor, so sagte er, sei jemand dabei umgekommen. Und das Haus wäre fast eingestürzt.

»Jedenfalls wurden sie verletzt«, verbesserte er sich. »Es passierte vor meiner Zeit hier.«

Patrick Reilly fing bereits an, mythische Züge anzunehmen als *der Begrüßende* und gleichzeitig *Warnende*: Schon bei dieser ersten Begegnung begann er, die drohenden Gefahren der Cedars Road in Clapham Common North Side aufzuzählen. Ich nahm an, daß er später auf London und die Welt eingehen würde.

Er führte mich zu seinem Zimmer neben dem Badezimmer im Hauptgebäude, und ich saß schweigend da und sah zu, wie er den Kessel mit Wasser aus dem Hahn am Treppenabsatz füllte, den Gasring auf seinem Tisch anzündete und das Teewasser aufsetzte. Ich wußte, daß ich zum ersten Mal das Ritual einer Lebensweise zu sehen bekam, die neu für mich war, wo Menschen allein in einem Zimmer eines großen Hauses mit vielen Zimmern wohnten, jeder für sich, abgesehen vom gemeinsamen Badezimmer und der Toilette und dem Wasserhahn über dem Becken auf dem Treppenabsatz, wo Patrick den Kessel für unseren Tee gefüllt hatte. Ich hatte bereits zwei Männer mit Eimern bemerkt, die dort ihren Vorrat an Wasch- oder Trinkwasser geholt hatten.

»Frauen sind bei Vermieterinnen nicht beliebt«, erklärte Patrick. »Sie hinterlassen Haare im Badezimmer und waschen andauernd ihre Sachen.«

Er stellte zwei Tassen und Untertassen auf das eine Ende des großen, mit einem Wachstuch bedeckten Tisches, nahm eine volle Milchflasche aus einem Becken mit Wasser, ergriff sie an beiden Enden und wiegte sie sacht hin und her, bevor er sie seitwärts auf den Tisch neben die Tassen und Untertassen legte.

»Bluetop. Milch von der Insel Jersey. Ich kaufe die beste«, sagte er. »So verteilt man den Rahm.«

Er machte den Tee.

»Ich gebe ihm fünf Minuten, nicht mehr und nicht weniger, nach dem Aufguß.«

Er sagte »Aufguß« mit einer gewissen Eitelkeit, wie ein alter Saunabesucher, der mit den entsprechenden Riten vertraut ist und sie korrekt ausführen wird.

Dann entfernte er vorsichtig die Hülle von einer Rolle mit Keksen und hielt sie mir hin, damit ich sie genauer ansehen konnte, bevor er drei oder vier auf einen Teller gleiten ließ.

»Haferkekse. Mit Schokolade. Bitterschokolade.«

Der Tee war nun fertig. Ich biß in meinen Schokoladenhaferkeks und begann meinen Tee zu trinken.

»Es ist Tetley's-Tips-Tee«, sagte Patrick Reilly. »Und die Kekse sind von Peek Frean.«

Peek Frean.

Er sagte es zufrieden, so als hätte er einen weiteren Schritt gemacht auf dem Weg zur Vollkommenheit.

Ich wiederholte den Namen. »Peek Frean.« Er faszinierte mich. Staunend vernahm ich Patrick Reillys Akzent und die gelegentlichen irischen Wendungen, die ich von den irischen Stereotypen und von den irischen Dramatikern her kannte, aber noch nie gesprochen gehört hatte.

»Ich muß einkaufen gehen«, sagte er. Er schien gleichermaßen fasziniert von meinem neuseeländischen Akzent. Es bestehe eine Verbindung zwischen uns, sagte er. Wir seien beide keine Engländer. Er sprach mit Mißfallen von den Engländern. Und als Koloniebewohnerin, so sagte er, würde ich verstehen, was die Engländer Irland angetan hatten. »Sie essen unser Schweinefleisch und unsere Butter und reiten auf unseren Pferden, und wir kommen hierher, um Arbeit zu suchen.«

Die Republik Irland, sagte er, sei Gottes auserwähltes Land, und es gebe dort nichts als Armut. Überrascht dachte ich: »Aber ist denn nicht Neuseeland Gottes auserwähltes Land?« Der Gedanke, daß auch andere Länder, daß vielleicht jedes Land diesen Anspruch stellen könnte, war mir noch nie gekommen. In Neuseeland, besonders unter Leuten, die unvoreingenommen dachten, hatte es Witze über unseren Anspruch gegeben, Gottes auserwähltes Land zu sein, und obwohl auch ich über diesen Anspruch gespottet hatte, glaubte ich seit meiner Kindheit daran, als ich die Gedichte von William Pember Reeves voll Inbrunst zitiert hatte:

Gott gürte das Land mit den Wellen,
  Den Winden der stürmischen Tiefen,
Ihr Aufruhr peitscht Wellenkämme,
  So daß sie glitzern und springen…

Nie möge der Fieberdunstschleier,
  Die Wüstendürre es treffen…

Irland war also Gottes auserwähltes Land, sagte ich mir und versuchte diese neue Tatsache meiner Erfahrung in Übersee zu begreifen.

Wir tranken unseren Tee aus.

»Wenn Sie bei irgend etwas Hilfe brauchen, fragen Sie mich nur«, sagte Patrick Reilly. »Sie können Patrick zu mir sagen.«

»Patrick. Ich bin Janet.«

Er war beeindruckt, als ich ihm erzählte, daß ich mit einem Literaturstipendium in England sei.

»Aber eigentlich bin ich auf dem Weg zu den Balearen … sobald ich hier alles in die Wege geleitet habe.«

»Sie fahren doch nicht allein?«

»Doch.«

Er runzelte die Stirn. »Sie begeben sich in Gefahr«, warnte er mich. »Im Ausland ist es überall gefährlich. Noch gefährlicher als in London.«

Er sei Mitglied des Katholischen Komitees, sagte er, dessen Aufgabe darin bestehe, junge irische Mädchen vor der Prostitution zu bewahren. Bei seiner Arbeit als Busfahrer sehe er viele solche Mädchen. »Sie geraten in Schwierigkeiten«, sagte er in scharfem Ton. »Ich verweise sie an die irischen Herbergen.«

Er machte eine Pause.

»Und ich werde auf Sie aufpassen, Janet, solange Sie in London sind. Aber Sie dürfen nicht allein nach Europa fahren. Übrigens, sind Sie noch frei und ungebunden?«

»Was für ein altmodischer Ausdruck«, dachte ich. Einer, der eher in die Mädchenzeit meiner Mutter gehörte als zu Patrick Reilly, der gesagt hatte, er sei vierundvierzig. »O ja, ich bin noch frei und ungebunden.«

»Gut. Und überlegen Sie es sich noch mit dem Wegfahren.«

»Ich muß fahren«, sagte ich.

»Das Schreiben ist kein sehr guter Beruf«, sagte Patrick.

»Ich habe eine Ausbildung als Lehrerin.«

»Lehrerin! Das ist es, was Sie machen sollten.«

Aufgeregt erzählte er, daß seine Schwester Lehrerin in Irland sei und sein Cousin Erzbischof in einer Stadt im Norden. Auch die Frau, die einst sein Schatz gewesen sei, sei Lehrerin gewesen.

»M. hat sie mir gestohlen«, sagte Patrick. M. war ein irischer Korrespondent, der in den späten fünfziger Jahren in den Medien viel von sich reden gemacht hatte.

Die Überzeugung eines Menschen, andere könnten ihm »gestohlen« werden, mit ihrer Implikation von Besitz und Eigentum, interessierte mich, so wie schon in Neuseeland, als Paula Lincoln eine Nachbarin beschuldigt hatte, ihre Freunde zu »stehlen«. Doch solche Fakten der Eigentümerschaft sind in der juristischen Darstellung von »Verführung« enthalten, wobei »Verführung« ein kleines Eigentumsdelikt ist; in diesem Falle war das Eigentum eine Person, die einer anderen »gehörte«. Patrick erklärte die näheren Umstände des Raubes nicht, der ihn ohne eine Verlobte zurückgelassen hatte.

Als ich sein Zimmer verließ, warnte er mich abermals.

»Passen Sie auf die Schwarzen in London auf. Sie sind überall. Sie stehlen die ganze Arbeit. Clapham ist voll von ihnen.«

Er zog die Lippen über dem Zahnfleisch zurück und entblößte die Zähne in einer offenbar unbewußten Geste. Es stieß mich ab. Ich wollte die ganze Welt und jeden darin lieben (»die ganze Fülle, die Welt und die sie bewohnen...«).

Ich fühlte mich im Namen all derer beleidigt, die als »schwarz« bezeichnet wurden, und sagte vorsichtig: »Meinen Sie die Leute von den Westindischen Inseln und aus Afrika?«

»Ja, die Schwarzen.«

»Ich finde, man sollte Menschen nicht nach ihrer Hautfarbe bezeichnen«, sagte ich nervös.

»Sie stehen unter uns. Sie sind die Schwarzen«, sagte er fast bösartig.

Ich ließ diese neue Unfreundlichkeit über mich ergehen. Er war ungebildet, beschloß ich. Er wußte nichts und begriff nichts. Und er hatte Angst. Nichts würde ihn dazu bringen, seine Meinung zu ändern, solange er Angst hatte.

»Bis morgen«, rief er, als ich die Treppe hinunterging.

»Ja«, wiederholte ich wie ein Echo, »bis morgen«, und merkte, daß ich wochenlang in einer Welt gelebt hatte, in der niemand gesagt hatte: »Bis morgen.«

Ich war Patrick Reilly dankbar. Er war der geborene Helfer. Er war verläßlich, selbstgefällig, bigott, einsam und religiös, mit einem liebenswerten irischen Akzent. Obwohl seine Vorurteile gegen ihn sprachen, war er doch das, was meine Mutter einen »Gentleman« genannt hätte. Er war mein erster Freund in London.

3
Keats und die Geschichtenerzähler von Battersea

Der Leser wird vielleicht darüber lachen, was ich in meiner ganzen Naivität vorzufinden hoffte, als ich den Bus Nummer 137 zum Kristallpalast bestieg. Während jener ersten Wochen gespanntester Erwartung machte ich auch andere lange Busfahrten zu Orten mit Namen, die einem nicht aus dem Kopf gingen – Ponders End, High Wycombe, Mortlake, Shepherd's Bush, Swiss Cottage, wobei ich jedesmal vor einer trostlos aussehenden Gruppe von Gebäuden ankam, die in einer Wüste von Beton und Ziegeln standen, voll mit Leuten, die bleich, sorgenvoll und kleiner als die meisten Neuseeländer wirkten.

»Die Pikten und die Skoten«, sagte ich mir, indem ich Dinge aus meinem Gedächtnis hervorkramte, die ich in weit zurückliegenden Geschichtsstunden aufgenommen hatte. Die Angeln. Die Sachsen. Die Pikten und die Skoten. Die Römer.

Und die Wörter in London faszinierten mich – die Zeitungs- und Zeitschriftenstapel, die Anzeigenblätter in den Fenstern der Tabakwarenhändler und Zeitungsgeschäfte, die Namen auf den Bussen, die Straßenschilder, die Leuchtreklamen, die Speisenfolgen, mit Kreide auf Tafeln vor den bescheidenen Cafés für Lastwagenfahrer geschrieben – Giant Toad and Two Veg, Shepherd's –, die Plakate in den Untergrundbahnhöfen und die Graffiti in den öffentlichen Toiletten und Straßenunterführungen; die zahlreichen Buchhandlungen und Bibliotheken. Nie zuvor waren mir so viel öffentliche Lektüre zugänglich gewesen.

Zu Hause genoß ich mein Gartenzimmer und die hilfreiche Gesellschaft Patricks. Jeden Morgen kauerte ich mich auf den Fußboden und wartete, bis Farbe in die Kochplatte kam und ich das Wasser aufsetzen konnte zum Waschen und für den Kaffee; ein wenig hob ich für das Geschirr auf, und dann folgte ich dem Beispiel des Mieters neben mir und schüttete das schmutzige Wasser in die Stachelbeerbüsche, die die Zimmer von der Rasenfläche abschirmten, wo die Mieter des Hauptgebäudes ihre Wäsche aufhängten und sich an den seltenen Schönwetternachmittagen sonnten, in Gesellschaft der Schildkröte der Vermieterin, die ebenfalls die smoggefilterte Wärme der nun weit entfernten Sonne auf sich zu ziehen suchte.

Die Nächte waren kalt. Das niedrige Feldbett war der Nachtluft ausgesetzt, die mit einem Geschmack des Londoner Nebels durch die Ritzen und unter der schlecht eingefügten Tür hindurchdrang. Ich befreite meinen Mund von dem Eisenbahngeschmack, den sie zurückließ, und rollte mich unter dem dünnen Bettzeug zusammen, über das ich meinen warmen Mantel gebreitet hatte. Die Kälte machte mir nicht allzuviel aus – schließlich war ich in London, oder etwa nicht? Ich war beim Kristallpalast gewesen, in Ponders End, Piccadilly Circus, High Wycombe. Ich war auf dem Common spazierengegangen und hatte zum zweiten und dritten Stockwerk der Bäume und zur blutgefüllten Septembersonne aufgeblickt. Mein Ziel Ibiza schien nun eher Jahre denn Wochen entfernt. Ich hatte viel zu tun; auch mußte ich für ein paar Wochen einen Job finden, um zusätzliches Geld zu verdienen. Und während ich also auf das ferne Brausen des Verkehrs horchte, das ich tatsächlich für das Geräusch der an eine unsichtbare Küste brandenden Meereswellen hielt, machte ich Pläne für die noch verbleibende Zeit in London.

Und da es ein langgehegter Traum von mir war, die Gegend zu

besuchen, in der Keats gewohnt hatte, nahm ich eines Tages einen Bus nach Hampstead Heath, wo ich bis zum Teich ging. Der Himmel war grau, Nebel lag über der tiefer gelegenen Stadt, Vogelschwärme zogen durch den Himmel in engen Formationen wie in einem Korridor, flogen irgendwohin zum Licht; und beim Anblick der hohen braunen Binsen, die am Rand des Teiches wuchsen, begann ich ganz selbstverständlich für mich zu wiederholen:

Was grämt dich, Mann in Waffen, was?
Du hinkst allein und bleich umher.
Es sank das Schiff am See und singt,
Kein Vogel mehr.

Ich wußte, daß ich eine unter Tausenden von Londonbesuchern war, die am verdorrten Schilf gestanden hatten, in Gedanken bei Keats, und die aufregende Erfahrung machten, plötzlich ein lebendiges Gedicht zu bewohnen, es vielleicht aus dem Gedächtnis zitierten und dann, als ob sie fast mit einem Gefühl der Scham ein abgenutztes Geschenk zurückwiesen, dieses Gefühl verscheuchten, dann später auf die Suche danach gingen und es wiederbelebten, ohne es je zu beurteilen, jedoch immer in dem Bewußtsein, daß jeder allzuoft die tausendste, millionste, selten die erste Schicht der Welt der Phantasie betreten muß. Doch nur der erste Tag und die erste Nacht auf Erden konnten je als erste Schicht betrachtet werden, auf der die nachfolgenden Zweithersteller den allen gemeinsamen Teppich woben, der den bekannten und unbekannten Werken der Vergangenheit und Gegenwart und den noch nicht geschaffenen der Zukunft in der besonderen Arithmetik seiner Herstellung keine räumlichen Grenzen setzt. Als ich so auf London hinunterblickte, konnte ich die Anhäufung künstlerischer Gewebe spüren und fühlen, daß es Zeiten gab, da der Teppich zu einem Netz oder einem Leichentuch und dann wieder zu einer warmen Decke oder einem Schal wurde: Die Aussicht, in einer Falle oder unter Wärme begraben zu werden, war nahe. Wie anders schien es in Neuseeland zu sein, wo die Ortsnamen und die Landschaft, die Bäume, das Meer und der Himmel noch immer das Echo ihrer ersten Stimme zurückwarfen, während die frühesten Kunstwerke ihre Antwort darauf gaben, in einem ursprünglichen Dialog mit den Göttern.

In Hampstead Heath wußte ich nicht, ob ich John Keats und anderen danken oder sie dafür verfluchen sollte, daß sie ihr Schilf, ihr Basilikum, ihr Geißblatt und ihre nickenden Veilchen gepflanzt und ihre immerwährenden Nachtigallen so plaziert hatten, daß sie in meinem Kopf sangen. Böse Eingebungen konnten meiner ersten literarischen Erfahrung in London keinen völligen Abbruch tun. An jenem Abend im Gartenzimmer las und deklamierte ich Keats und andere. (Ich hatte den Rat von Jess Witworth befolgt, war der lokalen Clapham-Bibliothek beigetreten und akzeptierte gierig deren Regel – »so viele Bücher Sie wollen«.)

Was das praktische Verfolgen meiner literarischen Ziele anging, so hatte ich bereits Exemplare des *New Statesman*, des *Times Literary Supplement*, von *John O'London's Weekly*, dem *London Magazine* und der *Poetry Review* gekauft. (Eines regnerischen Tages besuchte ich die Räumlichkeiten der Gesellschaft für Lyrik, wo ich staunte und staunte, jedoch nicht beitrat.) Ich las aufregende neue Gedichte und Prosa von Autoren der Westindischen Inseln, manches davon in literarischem Englisch geschrieben, anderes in einer westindischen Spielart des Englischen, doch alles erfüllt von einer neuen Sicht Englands und Großbritanniens. Ich wurde stark beeinflußt von den westindischen Schriftstellern, und da ich mich unzulänglich fühlte in meiner neuseeländischen Herkunft (kam ich denn nicht aus einem Land, das damals als »englischer als England« bezeichnet wurde?), schrieb ich eine Reihe von Gedichten aus der Perspektive einer jüngst von den Westindischen Inseln Eingetroffenen. Ich wiederholte das Experiment, das Frank Sargeson und ich mit dem *London Magazine* gemacht hatten, als ich vorgab, von einer pazifischen Insel zu stammen, und sandte die Gedichte wieder dorthin, mit einem Begleitbrief, in dem ich meine kürzliche Ankunft von den Westindischen Inseln erklärte. Die Gedichte wurden mit dem Kommentar zurückgeschickt, sie seien »frisch, originell« und der Herausgeber würde gern mehr von meiner Arbeit sehen. Die eingesandten Gedichte entsprächen im Englischen nicht ganz den Anforderungen. Mir war klar, daß solche literarischen Vorwände als Schutz gegen die Entdeckung anderer dienen sollten, daß meine »wirklichen« Gedichte wertlos seien. Sie standen damals auch für die Suche einer Neuseeländerin nach einer Identität außerhalb ihres eigenen Landes, wo es eher als beleidigend denn als lobenswert galt,

»englischer als die Engländer« zu sein. In gewissem Sinn war meine Lüge eine Flucht vor der nationalen Lüge, die einer Bürgerin der Kolonie Neuseeland in Europa keine Identität gestattete.

Andere praktische Angelegenheiten unterbrachen jedoch meine poetischen Träume. Ich hatte die Fähre nach Dieppe gebucht, den Zug nach Paris, eine Nacht in einem Pariser Hotel, den Zug nach Barcelona, die Fähre über das Mittelmeer nach Ibiza – die Reise war schon getan, wenn ich es schnell sagte!

Als nächstes fand ich für zwei Wochen Arbeit als Hausmädchen und Kellnerin im Studentenheim der Technischen Hochschule von Battersea, wo meine Pflichten von sechs Uhr morgens bis mittags darin bestanden, die Asche aus den riesigen Kaminen, wie Ziegelaltäre, zu entfernen und den aschebestreuten Fußboden zu reinigen und zu polieren, auf dem die Studenten – es war mittlerweile acht oder neun Uhr morgens – auf dem Weg zum Frühstück oder zu den Vorlesungen herumgingen und ihre Fußspuren in der Asche hinterließen, als ob jeder von ihnen, ohne es zu wissen, über die Abhänge des Vesuvs liefe, während ich, die Hausmagd des Berges, dakniete und die Welt schrubbte und polierte. Wenn die Studenten und das Personal fort waren, säuberte ich die Schlafzimmer, die oft voller Räucherwerk waren, da das Studentenheim nicht nur Studenten von den Britischen Inseln aufnahm, sondern auch Afrikaner aus vielen Ländern, Inder, Ägypter, Araber, alle mit ihrer jeweiligen Religion. Das Hauspersonal kam hauptsächlich aus London und war englischer oder westindischer Herkunft. Im Studentenheim sah ich mich unerwarteterweise in die Zeit des Zweiten Weltkrieges zurückversetzt.

Wenn die als »Lunch« (ein reichhaltiges zweites Frühstück) bezeichnete Mahlzeit jeden Morgen um elf Uhr serviert wurde, setzten sich die Hausangestellten hin, aßen dick geschnittenes Brot und Käsesandwiches, tranken Tee und unterhielten sich zunächst über das Fernsehprogramm vom vorhergehenden Abend und dann über ihre Erlebnisse während der deutschen Luftangriffe auf London. Die Diskussion über das Fernsehprogramm wurde eindeutig als Auftakt zum Hauptthema betrachtet, vielleicht auch als Bestätigung, daß die Ereignisse, von denen so lebhaft berichtet werden sollte, nun gleichfalls einer schattenhaften Welt der Vergangenheit angehörten. Doch Tag für Tag sprachen die Frauen vom Krieg, ließen Schrecknisse wiederaufleben, über die sie nie gesprochen hatten und jetzt erst schildern konnten, während ich, mit einem gespenstischen Schaudern angesichts des Umschlagens der Zeit, die angeblich so säuberlich von der Vergangenheit in die Gegenwart und dann in die Zukunft fließt, dasaß und schweigend zuhörte und wachsenden Respekt für die Unnachgiebigkeit der Erfahrung empfand, die wie ein hartnäckig entschlossener, jede Gelegenheit ergreifender Freier die Dame seiner Wahl schließlich durch Sprache erringt, selbst wenn dieser Vorgang, wie in diesem Falle, für die Arbeit des Klärens, Entschärfens, Waschens, Tränentrocknens, Veränderns von Inhalt und Blickwinkel, Bewahrens, Ablegens und des Erlebens von Tod und Wiedergeburt fünfzehn Jahre benötigt. Wäre der Krieg nicht ein allen gemeinsames Erlebnis gewesen, dann hätten die Erinnerungen vielleicht nicht die vereinte Kraft besessen, die es ihnen ermöglichte, zeitweilig die Gegenwart abzuschaffen, neunzehnhundertsechsundfünfzig, den langen hölzernen Eßtisch, die Studenten, die Technische Hochschule; es ermöglichte, die Gruppe der Hausangestellten, hauptsächlich Frauen zwischen fünfundvierzig und fünfzig, durch ihre jüngeren, zweiunddreißig Jahre zählenden Ichs, meine Altersgenossinnen, zu ersetzen.

Damals begann ich den Krieg nochmals zu erleben, so wie die Londoner ihn erfahren hatten. Die Überreste sprachen für sich: zerbombte Grundstücke, noch nicht wieder aufgebaut, von Gras und Unkraut überwuchert und mit Schutt überhäuft; der ehemalige Untergrundbahnhof mit seinen Hunderten verschütteter Londoner, die bei einem Luftangriff eingeschlossen worden waren; Plätze und Straßen, wo dem Tod und der Zerstörung inzwischen Orte und Namen gegeben worden waren. Mein Interesse an den Geschichtenerzählern von Battersea machte für mich das frühe Aufwachen in dem nun kalten, feuchten Gartenzimmer erträglich, den Gang durch feuchten Nebel zum Studentenheim, die undankbare Aufgabe, die Asche auszuleeren, und abends das Bedienen am High-Table, an der Tafel der Professoren. »Wie altmodisch die Engländer sind«, dachte ich, während ich an den »unteren« Tischen stand und auf die Aufforderung wartete, den auf einem Podium über dem Niveau des restlichen Saales gelegenen High-Table zu bedienen. Die Hierarchie wurde respektiert: Niemand wagte es, bei der Feststellung des Ranges oder der Wahl der Anredeform einen Fehler zu machen. Ich wußte, daß ich in der Vergangenheit in den psychiatrischen Kliniken ein ähnliches Verhalten beobachtet hatte, wo die Ärzte, die Oberschwester und das rangälteste Personal als Götter angesehen wurden; und ich hatte Universitätsdozenten und -professoren so betrachtet. Im Studentenheim verlieh die Tatsache, daß die äußeren Gegebenheiten genau der Überlegenheit einiger und der Unterlegenheit anderer angeglichen wurden, dem System eine Dauerhaftigkeit, indem jeder in einer windstillen Zone an seinem Ort festsaß, ohne auch nur die Aussicht auf Sturm zur Veränderung oder Neuordnung; und das Argument gegen eine Neuordnung lag immer in dem sicheren Lohn, daß man sich bereits am richtigen Platz befand.

An den Tagen, wenn ich die Post in der Bank of New South Wales am Berkeley Square abholte, tauschte ich Meinungen mit anderen Neuseeländern und Australiern aus.

»Was haltet ihr von allem?« fragten wir.

Und die Antwort war: »Vom Klassensystem? Es ist wie im Mittelalter.«

Ich hatte jedoch das Gefühl, daß die Geschichtenerzähler von Battersea still und leise ihre eigene Revolution vorbereiteten, ganz ohne Gedanken an vergangene Erhebungen ... die Pikten und die Skoten ... die Angeln ... die Sachsen ... die Römer von Londinium ...

4
Drei

Eines Nachmittags, als ich mit dem mir mittlerweile vertrauten Bus Nummer 137 vom Stadtzentrum nach Clapham Common (Endstation Kristallpalast) fuhr, merkte ich, wie ein Fahrgast mich anstarrte, die ganze Fahrt hindurch bis zum Common, und als ich ausstieg, folgte er mir und ging schließlich im Gleichschritt neben mir her.

»Ich bin Nigel N.«, sagte er. »Ich studiere Jura. Ich wohne in der Cedars Road.«

»Ich wohne auch in der Cedars Road«, sagte ich spröde, jedoch weniger spröde, als wenn er sofort als Engländer erkennbar gewesen wäre. Für einen Studenten sah er alt aus, fand ich, circa Mitte Dreißig, bis mir einfiel, daß viele der Studenten an der Technischen Hochschule Männer über vierzig waren. Nigel war gekleidet wie »jemand aus der City« – dunkler, gestreifter Anzug, weißes Hemd, weißes Stecktuch, Melone, säuberlich gefalteter Regenschirm, der als Spazierstock verwendet und geschwungen wurde. An seinem Äußeren war etwas lächerlich Gewolltes, das mein Mitleid erregte und mich Scham für ihn empfinden ließ.

»Ich bin aus Westafrika«, sagte er. »Nigeria.«

»Ich bin aus Neuseeland.«

»Oh, Neuseeland«, rief er aus und begann, Fakten über unsere Landschaft, unsere Buchten, Flüsse und Wasserfälle aufzuzählen; die Exporte und Importe; die Städte und ihre besonderen Merkmale. Er war einer der wenigen, die ich in London kennengelernt hatte, denen Fakten über Neuseeland bekannt waren.

Ich hörte seinem Vortrag bewundernd zu, und als er damit fertig war, verriet ihm mein Schweigen die demütigende Geschichte meiner Unkenntnis Afrikas und seiner Völker. Tarzanfilme. Wilde in Kriegsbemalung, die um ein angehendes Menschenopfer tanzen und dabei monotone Worte sprechen, die klingen wie »Der ferne, ferne Dschungel, der ferne, ferne Dschungel...« Mein Erwachsenenleben hatte wenig Bezug zu Afrika, und so war ich gezwungen, in meiner Kindheit nach Mythen zu suchen und nach einer Neugier, die wie durch edelsteinbesetzte Tore von der späteren Erziehung und der alltäglichen Erfahrung getrennt worden waren, Tore, die nur einen Spaltbreit durch die Werke von Olive Schreiner, Doris Lessing, Dan Jacobson, Alan Paton und Nadine Gordimer geöffnet blieben, welche trotz ihrer Phantasie und Empathie nicht aus der einzigartigen Perspektive geborener Afrikaner schrieben.

Und als Nigel mich für jenes Wochenende ins Kino einlud, sagte ich zu, wenn auch ein wenig beunruhigt, da ich begonnen hatte, eine Reihe von Londoner Zeitungen wie die *News of the World* und die *South London Press* zu verschlingen, die in grellen Farben Details der lokalen Familien- und Straßenszene schilderten. Nigel konnte ein Zuhälter sein, der versuchen würde, mich zum Leicester Square zu locken, dachte ich. Ich hatte schon Bekanntschaft mit den langsam am Gehsteigrand fahrenden Limousinen gemacht, aus denen man mir einladend zuwinkte und die mir beharrlich folgten, bis ich in eine weniger einsame Straße floh oder in ein gut beleuchtetes Geschäft. Ich empfand Besorgnis, weil ich mich auf der Straße hatte ansprechen lassen, und ich war froh, daß ich mir für unseren Kinobesuch eine Nachmittagsvorstellung ausgesucht hatte. Mir fiel ein, wie Nigel mich angestarrt, wie er seine Aufmerksamkeit während der ganzen Busfahrt völlig auf mich konzentriert hatte: Vielleicht war das in seiner Kultur die übliche Art und Weise, Menschen kennenzulernen? Ich wußte, daß ich ahnungslos war, geboren und aufgewachsen in einer englischen Kolonie, aber ich war auch eifrig darauf bedacht, etwas über den Rest der Welt zu erfahren, über »sie«, die Völker, die bislang nur Statistiken gewesen waren, Stereotypen, die man mit einer Mixtur aus den Konzentraten Neugier, Angst und Vorurteil bedachte, vermengt mit dem Grundstoff »Liebe deinen Nächsten« und »Wir müssen einander lieben oder sterben« – warum freute ich mich also nicht auf meinen Samstagnachmittag im Kino mit Nigel?

Wir verabredeten uns an der Bushaltestelle am Clapham Common, wo wir mit dem Bus Nummer 137 (der vom Kristallpalast kam) bis in die Nähe des Leicester Square fuhren. Nigel war elegant gekleidet, wieder wie ein Londoner, der in der City arbeitet, und alles, was ihm fehlte, um für einen Großstadtengländer gehalten zu werden, war die schmale Lederaktentasche mit Goldinitialen und die stadtbleiche Hautfarbe. Auch ich trug die Uniform meiner Gruppe, die der weiblichen Reisenden, die auf gute Ratschläge gehört und die Prospekte gelesen hatte: Ich hatte meine Strickjacke, einen Rock und einen Mantel an und trug meine Traveller's-Joy-Handtasche mit den vielen Fächern für Reisedokumente bei mir, und genau wie Nigel würde ich mich zweifellos meiner unechten Uniform entledigen, sobald ich mich in meiner neuen Welt sicher fühlte – schon jetzt war meine Handtasche eher eine Last denn eine Freude mit ihrem schweren Inhalt, den Messingschnallen und -spangen und zusätzlichen Schulterriemen; ja, sie hatte sogar ein absperrbares Schloß.

Ich erinnere mich nicht mehr an den Titel des Films, nur daß es ein damals populäres Breitwandepos war. Wir saßen auf den besten Plätzen, im ersten Rang. Die blaue Decke des Lichtspieltheaters, die den Himmel darstellte, war voll glitzernder Sterne, und auf einer

Elektroorgel, die auf einer Plattform unter der Bühne stand, wurden Melodien von Rodgers und Hammerstein gespielt. In der Pause (die ich, rugby-geeicht, »Halbzeit« nannte) kaufte Nigel, anstatt ins Foyer hinauszustürzen und zu rauchen, Eiskrem, die beste, von einem Schokoladenwirbel gekrönt, und während ich so dasaß und an meiner Eiskrem leckte, sah ich mir das Publikum an, und als ich andere dasselbe tun sah, empfand ich wachsende Befangenheit, gefolgt von einem Gefühl für meinen eigenen »Wert«, nicht ohne Überheblichkeit, da ich mit jemandem aus Afrika »ausging« und damit bewies, daß ich frei von Rassenvorurteilen war. Während meiner wenigen Wochen in London war in den Zeitungen und im Rundfunk ständig von »Rassenvorurteilen« die Rede gewesen, und so war ich zum ersten Mal gezwungen, über meine eigenen Gefühle nachzudenken, und als mir die Beschaffenheit meiner Überheblichkeit klar wurde, mußte ich die traurige Entdeckung machen: Ich war um nichts besser als Patrick mit seiner offenen Bigotterie. Warum mußte das sein?

Der Film ging zu Ende. Nigel und ich aßen Sandwiches und tranken Kaffee in einem nahegelegenen Lyons, wo ich von neuem Unbehagen empfand, nachdem ich die Londoner Skandale über schwarze Frauen und weiße Männer und weiße Frauen und schwarze Männer gelesen hatte, wobei impliziert war, daß die Frauen Prostituierte, die schwarzen Männer Zuhälter und die weißen Männer unglückselige Opfer waren: Die Zeitungen erklärten alles so fein säuberlich.

Ich versuchte mein Unbehagen zu zerstreuen oder darüber hinwegzugehen und genoß Nigels Gesellschaft. Wir hatten vieles gemeinsam. Wir stammten beide aus »Kolonien«, unsere Bildung war ähnlich – schwere Dosen des Britischen Weltreichs, der Geschichte Englands, seiner Erzeugnisse, Flüsse, Städte, Könige – und seiner Literatur. Auch ihm waren Listen mit den Guten, den Starken, den Tapferen ausgehändigt worden, und die Freunde und Feinde standen eindeutig und für alle Zeiten fest. Auch er hatte von anderen Orten, von anderen Welten gelesen, wogegen seine eigene Welt mit einem Mantel der Unsichtbarkeit bedeckt worden war. Ich war jedoch insofern leicht begünstigt, als meine Ahnen zum Großteil zu den Guten, den Starken, den Tapferen, den Freundlichen zählten und sich in der Position der gönnerhaften Verfügenden, der gepriesenen Gebenden befanden. In der Lower Regent Street warteten wir auf den Bus.

»Setzen wir uns oben hin«, sagte Nigel in einer Anwandlung von Eifer.

Ich sagte spröde (mir meiner Neigung zur Übelkeit auf dem schwankenden oberen Verdeck eines Londoner Busses bewußt): »Nein, ich sitze lieber unten.«

Wir saßen unten, Seite an Seite auf dem langen Sitz gleich neben der Tür – er mit steifem Hals in seinem gestärkten Kragen und ich ab und zu zwanglose Bemerkungen einflechtend, in einem krampfhaften Versuch, mein vorheriges Unbehagen wiedergutzumachen. Ich sah Nigel verstohlen von der Seite an, nur ein Blick, ein heimliches Anstarren. Seine Hände lagen leicht aufeinander, die rußigen schwarzen Ränder umschlossen eine schwarzverschmierte rosa Handfläche, als ob er in seinen Händen Rosenblüten trüge. Jedes Gefühl von »Pflicht«, von notwendiger Liebe, von sentimentaler Betrachtung des Abstraktums »Menschlichkeit« verschwand, als ich diese Form von Schönheit erblickte. Dies könnte einen Zyniker zu der Bemerkung verleiten, was Nigel in seiner englischen Kleidung seinem offensichtlichen Wunsch, Engländer zu sein und seine Herkunft zu verleugnen, näher hätte bringen können als eine Handvoll Rosenblüten, die englische Blume? Aber ich war nicht zynisch: Auch ich machte mir englische Kleider zu eigen, die Wort-Kleider von Keats: »Schönheit ist Wahrheit, Wahrheit Schönheit.«

Neben dem Common gingen wir nach Hause in die Cedars Road.

»Kommen Sie zu mir nach Hause zum Tanzen«, sagte er. »Wir rollen den Teppich zurück und tanzen und tanzen.«

Ich fühlte mich bedroht und sagte rasch: »Nein, danke«, und ein Blick in sein Gesicht verriet mir, daß er mich für eine der vielen mit Rassenvorurteilen hielt.

»Das ist es nicht«, sagte ich hastig. »Ich habe soviel Arbeit. Und danke für den schönen Nachmittag.«

Er lächelte sanft.

»Du mußt tanzen«, sagte er. »Ihr alle müßt tanzen und euch mehr vergnügen. Ihr Engländer wißt nicht, wie man sich vergnügt.«

Ich gab ihm nicht die naheliegende Antwort: »Ich bin keine Engländerin, ich bin aus Neuseeland«, denn seine Bemerkung war zutreffend. Ich schämte mich meiner Schüchternheit. Ich wußte, ich hätte essen und tanzen können, aber ich spürte auch, daß die Ablenkungen des »Lebens« eine Bedrohung für meinen Wunsch und meine Zeit zu schreiben darstellen konnten. Dieses Risiko wollte ich nicht eingehen.

Unser Abschied war kühl. Ich erhielt einen kurzen Brief von ihm, in dem stand, es täte ihm leid, daß ich mir nicht die Zeit zum Tanzen nehmen wollte. Ich sah ihn nie wieder. Mir fielen ein paar Zeilen aus den Gedichten ein, die das *London Magazine* an mich zurückgeschickt hatte:

> Nun zündet ihr Feuer an.
> Die tanzende Frau trägt Bernsteinperlen
> und schnipp-schnapp die kalte Schere
> kürzt den Saum des Sommers...

und

> Er kam aus einem fernen Land
> wo sie unter Zitronenbäumen sitzen und
> scharlachroten Riesenkühen mit weißen Gesichtern
> Rätsel aufgeben...

In der darauffolgenden Woche nahm ich eine weitere Einladung an, wieder ins Kino, von Jack, einem englischen Physiker, der in einem Kellerraum im Hauptgebäude wohnte und Dozent an der Technischen Hochschule war. Wir sahen die Abendvorstellung in einem Lichtspieltheater in Clapham Junction, wo wir auf den hinteren Sperrsitzen saßen. Wiederum kann ich mich nicht an den Film erinnern. Zu Beginn der Pause öffnete Jack seinen Mund über kleinen weißen Zähnen ein wenig und sagte leise durch die Zähne: »Schoko- oder Vanilleeis?«

Diese ganz normale Frage: »Schoko- oder Vanilleeis?«, mit Londoner Akzent ausgesprochen, schien mir ebenso voller Offenbarungen wie Nigels Aufzählung englischer Könige und Königinnen und neuseeländischer Berge und Flüsse.

»Und möchten Sie ein *cornet*?«

Ein *cornet*!

Cornet, High Tea, Bear Right, Bear Left, Giant Toad, Two Veg.

Fährst du mit der *tube*? Crystal Palace, High Wycombe, Tooting Bec, Wandsworth...

Aber ich war bestürzt, als ich merkte, daß Jack Grammatikfehler machte und Wendungen benutzte, von denen mir mit solcher Strenge gesagt worden war, sie seien gleichbedeutend mit kriminellen Handlungen. Mir war nicht bewußt gewesen, wie überzeugend man mir eingeredet hatte, das Brechen von Sprachregeln sei ein Verbrechen und müßte bestraft werden. Es erschien mir unwahrscheinlich, daß die Londoner mit all ihren Sprachen und Kulturen in Angst und Schrecken vor einem auseinandergerissenen Infinitiv, einem unverbundenen Partizip oder einem falsch bezogenen Nebensatz lebten.

Jack und ich aßen unser Eis, längliche Blocks mit einer brüchigen Schicht Schokolade in Silberpapier, und nippten an unserem Orangengetränk; und als der Film zu Ende war, gingen wir nach Hause in die Cedars Road, wo ich in seinem Zimmer Kaffee trank und danach in mein Gartenzimmer zurückkehrte. Am nächsten Tag, einem Samstag, als die Sonne hervorkam und ich bei den Stachelbeersträuchern saß, kam er in den Garten. Er war korrekt gekleidet, selbst in der Freizeit, so wie das bei vielen Londonern der Fall zu sein schien, und wie er so in seiner Stadtkleidung auf dem Teppich lag, den ich auf dem Rasen ausgebreitet hatte, wirkte er fehl am Platz. Er versuchte die Schildkröte der Vermieterin dazu zu bewegen, aus ihrem Panzer zu kommen, und als ich ihm dabei zusah, wie er die Schildkröte neckte und anstieß wie ein Schulbub, fragte ich mich, ob dieser große blasse Mann mit seinem Schokoladeneis und seinen *cornets*, seinen Grammatikfehlern und jetzt mit seinem Spiel mit der Schildkröte wirklich ein Physikdozent war. Ich hatte ganz bestimmte Vorstellungen von einigen Berufen, und da meine Kenntnis von Menschen, die »im Leben standen«, noch dürftig war, glaubte ich, Fachleute wie Physiker, Ärzte oder Juristen seien über das Zurschaustellen kindlicher Züge erhaben, und deshalb fand ich das Benehmen von Jack, dem Physiker, nahezu unglaublich. Mir fiel die Geschichte von einem von Tennysons Verehrern ein, der entrüstet war, als Tennyson ein Gespräch mit einer Klage über den Kohlepreis einleitete.

Jacks Benehmen deprimierte mich in seiner Gewöhnlichkeit. Ich war auch entsetzt über die Art und Weise, wie alle in der Cedars

Road ihr trostloses Leben in nach Gras riechenden Zimmern hinzunehmen schienen, ihren schmutzigen Spüleimer und ihren »guten« Wassereimer, ihre nur selten eingestandene Einsamkeit, die sich an der Art und Weise zeigte, wie sie ein zufälliges Gespräch in die Länge zu ziehen und sich daran zu klammern suchten, als müßten Wörter, die an Treppen und in Türeingängen vorbeizogen, als letzte Hoffnung ergriffen werden. Obwohl ich nun eine von ihnen war, hatte ich das Gefühl, ich verfüge über Hilfsmittel, ein Ziel.

Und ich hatte den *Gesandten*.

Ob die Mieter des Hauses in der Cedars Road einen Gesandten hatten? fragte ich mich. Ich sah Jack, dem Physiker, dabei zu, wie er die Schildkröte anstieß.

»Sie tun ihr weh«, sagte ich.

Er lächelte, wobei sich seine Lippen leicht öffneten, wie eine Tür, die sich öffnet, jedoch auf der Hut vor dem Eindringen von schlechter Luft, von Schuldeneintreibern, Fremden.

»Sie spürt es nicht.«

Da verschwand die Sonne hinter den sich zusammenballenden Wolken. Mit jedem Tag brach der Abend früher an. Es hatte keinen Zweck, so zu tun, als wäre der Sommer nicht vorüber. Die Blätter auf den Bäumen raschelten spröde. Die Stachelbeeren waren schon lange geerntet und die Sträucher kahl. Ich kehrte zurück in mein Gartenzimmer und studierte die Karten für meine baldige Europareise. Die länger und dunkler werdenden Tage, die feuchte Kühle am frühen Morgen und Abend, die tröstende Gegenwart der vielen Gebäude in London, ja selbst die öde Masse der Krebsklinik nebenan mit ihrer hohen, an das Gartenzimmer grenzenden Mauer schienen meinen Wunsch zu lähmen, in den europäischen Winter zu reisen. Vielleicht, so dachte ich, würde Spanien, der Süden, anders sein. Wieder ließ ich mich von der Literatur täuschen:

Ach, hätt' ich einen Becher voll des warmen Südens...

und

Schwalbe, Schwalbe, fliegst nach Süden...

Meine dritte Begegnung war jene mit den Künstlern von Parliament Hill Fields.

In seinen Briefen erinnerte Frank Sargeson mich ständig daran, ich solle eine Adresse aufsuchen, die uns das junge Paar gegeben hatte, das auf Ibiza gelebt hatte, und so rief ich eines Nachmittags in Parliament Hill Fields an und wurde zum Abendessen eingeladen. Ich sprach mit Ben, einem Lyriker, der mir den Weg dorthin beschrieb, und wieder fuhr ich voll ungeduldiger Erwartung, die durch Namen wie Parliament Hill Fields und Crouch End geweckt worden war, mit dem Bus bis zu einer Straße mit Ziegelhäusern, wo mich Ben, ein schlanker, dunkelhaariger junger Mann mit schmalen, gebeugten Schultern und langen Armen, die wie Pendel hin und her schwangen, abholte und zum Haus begleitete.

Seine Augen waren tiefbraun, sein Gesicht blaß und feucht.

»Du bist also aus Neuseeland?« fragte er und blickte mich an, als suche er nach Anzeichen dafür. Er sprach mit schottischem Akzent.

»Und du, bist du Schotte?«

»Nay.«

»Du hörst dich schottisch an.«

»Aye.«

Dann lachte er und erklärte, er sei erst kürzlich von seinem ersten Besuch nach Schottland zurückgekehrt, bei dem er Hugh McDiarmid kennengelernt habe. »Hugh McDiarmid.«

»Ach so?«

Ich wußte, ich hätte Aufregung, vielleicht Staunen, sicher aber Bewunderung erkennen lassen sollen, doch traurigerweise hatte ich noch nie von Hugh McDiarmid gehört. Ich hatte das vage Gefühl, daß er ein Dichter war. Da fiel mir ein Gedicht aus meinem *Golden Book of Modern English Poetry* ein, das mir oft im Kopf herumgegangen war, ein Verweis auf »Steinerne Grenzen«. War das nicht von Hugh McDiarmid?

»McDiarmid und James Joyce sind meine Lieblingsdichter«, sagte Ben in seinem weichen schottischen Tonfall und fügte hinzu: »Aye, aye...«

»Ich bin Pole«, sagte er, während wir zur Eingangstür des Hauses in Crouch End gingen.

Die Mieter, Männer und Frauen, waren alle in London, um ihre künstlerische Laufbahn voranzutreiben. Sie begrüßten mich, und nachdem ich wie üblich geltend gemacht hatte, daß ich »den ganzen Weg aus Neuseeland« gekommen war, fragten sie mich, warum ich nach London gekommen sei.

»Ich bin Schriftstellerin«, sagte ich, mit mehr Selbstsicherheit, als ich empfand. »Ich habe ein Reisestipendium vom Literaturfonds, um Erfahrungen zu sammeln.«

»Hast du schon Bücher geschrieben?«

»Zwei«, sagte ich und versuchte meiner Stimme einen gleichgültigen Klang zu verleihen.

»Aber hast du schon etwas veröffentlicht?«

Ich begriff, daß meine neuen Freunde es nicht gewohnt waren, das Schreiben mit dem Veröffentlichen zu verbinden.

»Du willst damit sagen, du hast ein *Buch* veröffentlicht?«

»Einen Erzählband. Und ein Roman erscheint demnächst.«

»Nur in Neuseeland«, fügte ich eilends hinzu, in dem Versuch, ihren Schock zu mildern und wieder schlichte Neugier auf ihre Gesichter zu zaubern. »Ich hoffe, mein Roman wird irgendwann auch hier erscheinen.«

Wir waren im Begriff, uns zum Essen zu setzen. Eine junge Frau, eine stattliche Hausmutter, stellte eine riesige Schüssel mit Obst in die Mitte des Tisches. Sie kam mit zwei weiteren mit Salat und gekochtem Reis zurück. Auch sie hielt inne und starrte mich an, als jemand sagte: »Sie hat ein Buch veröffentlicht.«

Diejenigen, die sich am Essen beteiligen wollten, stürzten herein. Alle starrten mich an. Einer erklärte: »Ich bin nie jemandem begegnet, der ein Buch veröffentlicht hat. Ich meine, jemand wie wir.«

Wir begannen zu essen.

»Es ist Paella«, sagte jemand. »Das spanische Gericht.«

»O ja, ich weiß«, sagte ich eifrig. Ich befand mich wieder auf Sargesonschem Terrain.

Meine neuen Freunde beeindruckten mich; sie waren begabt, intelligent, gebildet, mehr als ich es je zu sein hoffen konnte, und da ich ängstlich darauf bedacht war, als ehrlich dazustehen, für den Fall, daß es ein Mißverständnis geben sollte, wiederholte ich, daß mein Buch »nur in Neuseeland« erschienen sei und daß der Roman »nur in Neuseeland« erhältlich sein würde.

Sie fragten, wie mein Verlag heiße.

»Caxton beim ersten«, sagte ich, »und Pegasus beim Roman.«

Ihre Aufregung über meinen Status verringerte sich, und sie gestanden, daß sie sich bereits für ihren einen und einzigen Verleger entschieden hatten: Faber and Faber. Kein geringerer als Faber and Faber.

Ich bekannte, daß auch ich von Faber and Faber träumte.

»Natürlich gibt es Deutsch... und Michael Joseph... und Calder...« Feierlich erhoben wir unsere Gläser mit Rotwein auf Faber and Faber, den alle anderen überragenden Lyrikverlag.

Ich hörte staunend zu, während sie bis tief in die Nacht hinein über ihre Hoffnungen und Träume von Ausstellungen, Aufführungen, Veröffentlichungen sprachen, denn nicht alle waren Dichter; und als es zu spät für den Bus nach Hause in die Cedars Road war, schlugen sie vor, ich solle über Nacht bleiben und in Marys Zimmer schlafen. Mary war Bens Freundin gewesen, wie er mir sagte, bis er eines Nachts eintrat und sie in den Armen von Dora fand. Er schlafe nun allein, sagte Ben, seit er aus Schottland zurückgekehrt sei und Hugh McDiarmid kennengelernt habe. Um Mitternacht verbreitete sich Erregung, als alles sich auf Hugh McDiarmid konzentrierte. Was für ein großartiger Dichter er war! Der größte, zusammen mit Joyce, Yeats, T. S. Eliot...

»Und Auden?«

»Oh, Auden! Ja.«

»Und T. S. Eliot ist der *Leiter* von Faber and Faber!«

Die Aufregung des Abends hielt mich wach, nachdem alle zu Bett gegangen waren, die meisten mit dem Bettpartner ihrer Wahl. Mary schlief bei ihrer Freundin Dora im ersten Stock. Ich lag da und staunte über die offensichtliche Selbstsicherheit dieser Leute und ihre Träume von Dichtung und ihr Vermögen, zu Dichtern und Malern zu werden, einfach indem sie das Zauberwort sprachen: »Ich bin ein Dichter, ich bin ein Maler.« Ich war beeindruckt vom Leben in der Kommune, von der Freiheit, dem Fehlen gebieterischer Autorität. Ich war überrascht, als ich hörte, daß einige der Mieter Londoner waren, deren Familien in London wohnten. Zwei der Mädchen waren Stipendiatinnen an der Slade School of Art, während jene ohne geregelte Arbeit neben dem Verfolgen der von ihnen gewählten Laufbahn Geld als Modell in den Klassen für Bildende Kunst verdienten (so wie Ben) und sich hauptsächlich davon ernährten, daß sie die Warenhäuser in der Oxford Street und in Knightsbridge aufsuchten, wo es Kostproben gab und wo sie Cracker und Kaviar schmausten und verschiedene Patés und Käsesorten kosteten und wo niemand es wagte, sie zu vertreiben, da sie womöglich getarnte exzentrische Millionäre waren.

Als ich beim uninteressierten, verächtlichen Licht des Tages aufwachte, fühlte ich mich wie eine Fremde in dieser Gemeinschaft, die sich bereits auf den üblichen Tagesablauf vorbereitete. Hatte ich wirklich mit diesen selbstbewußten, gescheiten Leuten auf Faber and Faber getrunken, Leuten, denen ich mich in Neuseeland nie zu nähern gewagt hätte, außer ich saß in einer sicheren Ecke bei Frank Sargeson, während er die Konversation übernahm?

Schüchtern sagte ich guten Morgen. Nein, ich wolle nicht auf das Frühstück warten. Dann versprach ich wiederzukommen, verabschiedete mich und eilte zur Bushaltestelle; auf dem Weg dorthin verlor ich meine Geldbörse. Beschämt, in Panik, kehrte ich zum Haus zurück.

»Meine Geldbörse, ich habe sie verloren. Mein Geld, meine Schlüssel!«

Ich fand mich in einer Verwirrung, die irgendwie meine Chancen verminderte, jemals bei Faber and Faber veröffentlicht zu werden oder meinen Roman in Großbritannien zu verlegen, als hätte ich Wörter ebenso nachlässig behandelt wie meine Geldbörse, meine Schlüssel und mein Geld.

Die Künstler von Crouch End hatten ihren Tag schon begonnen, und der für den Vormittag typische Abschottungsprozeß war bereits fortgeschritten, während ich, der Welt ausgesetzt, mich unsicher und sonderbar fühlte, wie ein Eindringling aus einem Theaterstück, als ich von neuem rief: »Meine Geldbörse! Meine Schlüssel! Mein Geld!«

Ben riß sich los und ging mit mir wieder zur Bushaltestelle, wo er mir Geld für die Fahrkarte gab.

Als ich in der Cedars Road eintraf, kam ich nicht durch das versperrte Tor, worauf ich auf die Klingel des Hauptgebäudes drückte und Patrick Reilly mir zu Hilfe kam, indem er einen Extraschlüssel und später einen Ersatzschlüssel fand.

»Die Vermieterin braucht es nicht zu wissen«, sagte er. »Obwohl es nicht etwas ist, was ich jeden Tag machen würde.« Patrick war ein Mann von gesundem Menschenverstand, der alle Handlungen, einschließlich seiner eigenen, auf ein unveränderliches Regelsystem bezog, eine erste Generation von Regeln und eine zweite, die gelegentliche Veränderungen oder Kompromisse gestattete. Ich merkte, daß es ihm Genugtuung bereitete, daß ich meine Nacht fern vom Gartenzimmer ganz unschuldig verbracht hatte, obwohl er deutlich sein Mißfallen kundtat, als ich sagte, daß meine neuen Freunde Maler und Dichter seien.

»Sie sind nicht das richtige für dich«, sagte er. »Sie hängen nur herum und arbeiten nicht. Und ihre Moral läßt auch zu wünschen übrig.«

»O nein«, protestierte ich. »Natürlich arbeiten sie.« Und, angerührt von ihrer goldenen Selbstsicherheit, erinnerte ich ihn daran, daß ich Schriftstellerin war.

»Bei dir ist das etwas anderes. Wenn du aus Spanien zurückkommst und in London lebst, wirst du dir eine *ordentliche* Stelle suchen.«

»Ach so?«

»Ja. Bei Peek Frean suchen sie immer jemanden. Oder du arbeitest als Stenotypistin.«

»Peek Frean?«

»Peek Frean.«

Mir schien, als wäre Patrick Reilly einer Handvoll neuseeländischer Erde entsprossen, die irgendwie in meinen grünen Rucksack gelangt und im Garten in der Cedars Road ausgestreut worden war. Patrick Reilly hatte mir geholfen. Nun versuchte er das Kommando zu übernehmen. Gegen seinen Willen hatte er akzeptiert, daß ich nach Ibiza fuhr, aber er rechnete fest damit, daß ich »frei und ungebunden« nach London zurückkehren und eine anständige Stelle finden würde.

»Dann können wir an unsere Zukunft denken«, sagte er.

Ich sagte nichts. Eigentlich mochte ich Patrick Reilly nicht. Er erinnerte mich an jene, mit denen ich in meinen weit entfernten Schultagen zu Mittag gegessen hatte, weil niemand anderer zur Verfügung stand. Obgleich er sich selbstsicher benahm und seine festen Ansichten zu fast jedem Thema hatte, machte er auf mich den Eindruck, auch nur ein Verschmäher einer anspruchsvollen Welt zu sein, obwohl er das vielleicht nie von sich selbst gedacht hätte. Er wußte, daß er ein kompetenter Busfahrer war, der seine Beförderung zum Inspektor abgelehnt hatte, da er kein Interesse daran hatte, halb erfroren an Londoner Bushaltestellen zu stehen und die Arme auf und ab zu bewegen, um sich warm zu halten, während die Busse vorbeifuhren, in denen die Fahrer es gemütlich hatten und vor dem Wetter geschützt waren. Er zog es vor, aktiv zu sein, hinter dem Lenkrad zu sitzen und sich vom Schaffner oben Bescheid geben zu lassen (einmal mit dem Fuß aufstampfen hieß los, zweimal hieß halt). Dennoch wußte er, daß er »höhere Fähigkeiten« besaß. Das sagte er auch.

»Es besteht kein Zweifel darüber, daß ich höhere Fähigkeiten besitze.«

Er war gescheit, drückte sich gut aus, er konnte sich Aufmerksamkeit verschaffen und Befehle geben. Zu Hause in seinem Wohnschlafzimmer, mit seiner besten Bluetop-Milch und den Peek-Frean-Schokoladenkeksen und dem besten irischen Speck und der irischen Butter, behielt er seine Selbstsicherheit und Bestimmtheit bei.

Abgesehen von einem gelegentlichen unruhigen Flackern in seinen tiefbraunen Augen, einem Blick, der fragte, ob wirklich alles so war, wie es zu sein schien? Oder gab es da etwas, das ihm entgangen war?

5
Eine Schachpartie

Während meiner letzten Woche in London beendete ich die Arbeit im Studentenheim der Technischen Hochschule und verabschiedete mich von den Geschichtenerzählern von Battersea. Und an meinem letzten Tag in London besuchte mich Ben, der Dichter, und nachdem wir unseren Tee getrunken und unsere Peek-Frean-Schokoladenkekse gegessen hatten, begannen wir uns über Schach zu unterhalten und entdeckten, daß wir beide Freude an diesem Spiel hatten, obwohl wir seit vielen Wochen nicht gespielt hatten. Ich stimmte bereitwillig zu, als er impulsiv sagte: »Kaufen wir ein Brett und spielen wir Schach.«

Wir machten uns auf die Suche nach einem Schachbrett. Die Geschäfte in Clapham waren geschlossen, Clapham Junction war geschlossen. Wir gingen zu Fuß nach Battersea, Chelsea, in Richtung Sloane Square, und konnten noch immer kein Schachspiel finden. Wir kehrten um und versuchten es in Balham, Tooting, und je weiter wir gingen und je unwahrscheinlicher unsere Aussichten wurden, ein Brett zu finden, desto verzweifelter wurde unsere Suche. Wir beide wußten, sprachen es jedoch nicht aus, daß der ursprüngliche Impuls, die Lust auf eine Partie Schach, schon lange nicht mehr bestand und zu einem Symbol jener undefinierbaren Sehnsüchte eines jungen Mannes und einer Frau, beide angehende Dichter, an einem Herbstnachmittag in London geworden war. Eine Schachpartie hätte unsere Sehnsüchte verankert, unsere Fragen hinausgeschoben und unsere Suche vorläufig beendet. Ich erinnere mich genau an diesen seltsamen Nachmittag. Ben, der seine langen Arme in einer Art Ruderbewegung ausschwingen ließ, ging schnell, und ich beeilte mich, mit ihm Schritt zu halten, so daß wir fast rannten. Ein zufälliger Beobachter hätte sich wohl gefragt: »Warum laufen dieser Mann und diese Frau an diesem Herbstnachmittag durch London? Was haben sie verloren, das sie zu finden hoffen, oder wer oder was ist hinter ihnen her?«

Schließlich gaben wir auf. Immer noch dahinhastend, gelangten wir zu der Wohnung, wo Bens Mutter wohnte, eine winzige, im ersten Stock gelegene Wohnung in Hampstead. Ich empfand ungläubiges Staunen, daß Ben mit seinem ausdrucksstarken Englisch der Sohn dieser kleinen schwarzgekleideten Frau sein sollte, einer polnischen Emigrantin, die kein Englisch sprach. Junge Männer und Frauen halten ihre Eltern so gut versteckt, als hätten sie sie in einen Sack im Inneren ihres Herzens eingenäht.

Oben in Bens Zimmer sprachen wir über Bücher. Er lag auf dem großen Doppelbett.

»Mein Ehebett«, erklärte er. »Wenn ich ein jüdisches Mädchen zum Heiraten finde.«

Er las aus Hugh McDiarmids Gedichten und aus *Ulysses* vor. Und als ich sagte, ich müsse gehen, empfanden wir Bedauern, Resignation, Verlust, so wie bei unserer erfolglosen Suche nach dem Schachspiel. Er begleitete mich über die Heide bis zur Bushaltestelle, und als wir am Teich vorübergingen, zeigte ich auf das vertrocknete Schilf, das nun zu meinen frühesten Erinnerungen an die erste Zeit in London gehörte, als lebte ich schon seit vielen Jahren hier. »So war es«, sagte ich. »Genau so.« Im Bewußtsein der Verzerrungen der Zeit, die mit einer Abreise einhergehen.

Mein Bus kam. Wir verabschiedeten uns voneinander und versprachen, in Kontakt zu bleiben. Unser Tag war ein Tag heimlicher Intensität gewesen. Wir waren Bekannte, waren dabei, Freunde zu werden. Wir spürten poetische Bewegungen ineinander wie zwei nebeneinanderliegende Häuser, in denen die Lichter in verschiedenen Zimmern angehen und wo die Bewohner eines jeden Hauses auf ihren getrennten Wegen zu unterschiedlichen Schicksalen innehalten, um das nachbarliche Beleuchtungsmuster zu erkennen.

Ich kehrte ins Gartenzimmer zurück, um meinen letzten Abend dort zu verbringen. Patrick Reilly, den ich seit mehreren Tagen nicht gesehen hatte, hielt schon Ausschau nach mir.

»Gehen wir doch an deinem letzten Abend zum Common essen«, schlug er vor.

»Na gut...«

Wir gingen über den Common, an einem Kleidergeschäft für Über- und Untergrößen vorüber, das Jess Whitworth, von kleiner Statur, bei ihren Besuchen in London häufig aufgesucht haben mußte, da an sie adressierte Prospekte regelmäßig im Gartenzimmer eintrafen. Neueste Nachrichten aus dem Geschäft für Über- und Untergrößen.

Wir gingen an dem riesigen modernen Antiquariat vorüber, das ABC, am Papierwarengeschäft mit den in einer Reihe liegenden staubigen Füllfedern im Schaufenster, überwacht von den Aktentaschen, dem Plastikspielzeug, den staubbedeckten Puzzlespielen. Schließlich kamen wir zu dem Restaurant, wo es, anders als in den Cafés für Fernfahrer, in denen Patrick, wie er sagte, üblicherweise aß, Tischdecken gab und eine gedruckte Speisekarte anstelle der Tafel vor der Tür.

Ich überließ Patrick die Auswahl. Steak, *medium*, und Gemüse, danach Apfelkuchen mit Sahne.

Das Steak war groß, mit Streifen dicker Fleischfibern, die Patrick mißfielen, so daß er sich beschwerte: »Ich vermute, es ist Pferdefleisch.«

Ich kaute an meinem Mundvoll herum und zog ein Gesicht. »Das hoffe ich nicht!«

»O ja, sie servieren oft Pferdefleisch, wenn es sich machen läßt. Ich hatte auf ein gutes irisches Steak gehofft.«

Insgeheim lächelte ich. Hier war ich, erzogen zur Anbetung des neuseeländischen Buttergottes, und fragte, wenn ich Butter kaufte, »Ist sie aus Neuseeland? Ich komme *den ganzen Weg aus Neuseeland*», während Patrick wiederum irische Butter, irischen Speck und irisches Steak verlangte.

Unsere Unterhaltung war langweilig. Patrick war bieder und hausbacken, hatte wenig Romantisches oder Anregendes an sich, doch manchmal am Abend, wenn wir auf dem Common spazierengegangen waren, wo die Besitzer der Spielzeugboote sich versammelten, um ihre Fahrzeuge per Fernbedienung über das Wasser zu schicken, in ihren Regenmänteln und Südwestern dastanden (obwohl abends meist schönes Wetter war) und Knöpfe und Schalter betätigten, hatte Patrick träumerisch von Irland und den Kobolden zu sprechen begonnen. Er habe sie gesehen, sagte er, mit eigenen Augen. Ich glaubte ihm, besonders am Abend, wenn die blutrote Sonne unterging, ihr Rand auf der Erde aufsetzte und die Blätter der Platanen wie welke, von neuem erleuchtete und belebte Hände auf den Wegen und unter den Bäumen lagen. Wenn Patrick mich langweilte oder mit seiner Bigotterie bedrückte, fielen mir die Kobolde ein, und ich dachte wieder freundlich von ihm.

Am nächsten Tag machte er sich kurz von seiner Arbeit frei, um sich am Bahnhof von mir zu verabschieden. »Laß von dir hören«, sagte er. »Und bleib frei und ungebunden.« Seine braunen Augen leuchteten dunkler als gewöhnlich, und ich, weichherzig, überwältigt von den vielen Abschieden, war den Tränen nahe und traurig, da ich in ihm eine weitere verlorene Seele sah, offenbar ohne Bewußtsein von Gefangenschaft und Freiheit.

Die Fähre, auf der ich eine Schlafkoje gebucht hatte, dampfte hinaus in den Ärmelkanal, wo sie auf halbem Wege stehenblieb, in einem Nebel, der zu dicht war, als daß man hätte fahren können. Das Meer war ruhig. Ich hörte, wie die Wellen gleichmäßig anschlugen und wie die Nebelhörner einander riefen wie Seevögel in Not.

Am Mittag des nächsten Tages gingen wir im langsam schwindenden Nebel in Dieppe vor Anker, wo ich in den Zug nach Paris stieg.

6
Plaza Roma

Mein erster Tag in Paris ist mir wegen der Tränen in Erinnerung geblieben, die ich vergoß bei dem Versuch, mich verständlich zu machen, und weil mir klar wurde, nachdem ich Brot, Eier und Butter gekauft hatte, um daraus auf meinem kleinen Kocher in dem winzigen Dachbodenzimmer des Hotels mit Blick auf die Stätte der alten Bastille eine Mahlzeit zuzubereiten, daß Brot tatsächlich *pain*, Schmerz, heißt. Von Frank Sargeson, der sich an seinen Fußmarsch durch Europa erinnerte, und von Jess Whitworth, die an mich ihre noch frischeren Erfahrungen weitergab, war ich so gut unterwiesen worden in den mechanischen Einzelheiten des Reisens, daß ich ihre Instruktionen genau befolgte. Wo immer ich hinfuhr, es ging darum, Geld zu sparen, indem ich selbst kochte und, wenn möglich, auf Campingplätzen und in Jugendherbergen übernachtete, und so war ich in Paris angelangt mit meinen Töpfen und Pfannen, einer Pfadfinderinnenausrüstung mit Besteck, Dosenöffner, Taschenmesser, Kocher (heizbar mit Spiritusstäben) und einem Schlafsack mit Leintuch. Während meiner Zeit in London hatte ich auch viele Bücher angehäuft, antiquarische und neue, darunter *Spanisch im Selbststudium, Erster Teil* und *Spanische Redewendungen, Zweiter Teil.* Diese Bücher, meine riesige rehfarbene Jacke mit Kapuze, Hefte, eine dicke wollene Reisedecke (»alle Reisenden haben eine Reisedecke«) und ein Vorrat an Kleidung waren in meine sich mittlerweile ausbuchtenden Koffer gepackt, und zusammen mit meiner Schreibmaschine im grünen Rucksack machten sie mein Gepäck zu einer lästigen Bürde. Ich hatte mich für das Hotel entschieden, weil es Ausblick über die Bastille bot, und ich wollte meine beiden Tage in Paris nicht nur mit dem Organisieren meiner Reisen und der Sorge um mein Gepäck verbringen. Ich tröstete mich, indem ich geliebte Passagen französischer Prosa und Lyrik vor mich hin flüsterte und aus dem winzigen Fenster zum winterlichen Himmel aufblickte und mir sagte, daß ich in Paris war. Wer hätte je gedacht, daß ich einmal in Paris sein würde? Ich sang mir ein paar Zeilen aus »Duncan Gray« vor, einem Volkslied:

You may go to France for me,
Ha ha the wooing o'it...

Und am nächsten Morgen, erfrischt und entschlossen, schon im voraus meine Erinnerung an Paris zu läutern, machte ich mich noch vor Tagesanbruch auf, um die Straßen zu erforschen, und nach einer Weile hatte ich mich im Gemüsemarkt in Les Halles verirrt, fand mich umringt von Kohlköpfen, stolperte darüber, glitt auf Kohlblättern aus, unfähig zu entkommen, denn meine Daudet-Zitate aus *Contes et Légendes*, Pierre Loti und Victor Hugo erwiesen sich hier als nutzlos...

Schließlich fand ich den Weg zum Hotel, wo ich meine Sachen packte für den Nachtzug nach Barcelona.

Am Bahnhof stand ich in der Schlange vor dem Schalter mit der Aufschrift *Consigne*, wo ich hoffte, mein Gepäck nach Barcelona aufgeben – *consign* – zu können, obwohl es mich überraschte, daß man mir, nachdem ich alles außer einer kleinen Einkaufstasche und meiner Traveller's-Joy-Tasche ausgehändigt hatte, einen kleinen Zettel mit einer Nummer gab, ohne daß ich meine Fahrkarte vorweisen mußte.

»Vous ne voulez pas regarder mon billet de travail?« deklamierte ich deutlich, triumphierend.

»Non.«

Gewillt zu akzeptieren, daß das wohl die französische Art war, ging ich auf den Bahnsteig, fand meinen Platz im Zug und wartete; dabei blickte ich ab und zu hinaus und versuchte, wie besorgte Reisende das tun, mein Gepäck auf den Karren zu entdecken, die zum Gepäckwagen gefahren wurden.

Auf der langen Bank mir gegenüber saßen ein älterer Mann und ein sehr zerbrechlich wirkender kleiner Junge, der zugedeckt dalag, den Kopf im Schoß des alten Mannes. Der Junge habe sich in Paris einer Herzoperation unterziehen müssen, sagte der Mann. Während der ganzen Fahrt holte er dann und wann Trauben aus einer Tüte und fütterte sie einzeln dem Jungen, der seinen Mund wie ein kleiner Vogel aufsperrte, um sie zu schlucken.

»Die sind gut für ihn«, sagte der alte Mann. »Sie werden ihn gesund machen.«

Die anderen Reisenden im Abteil, zwei Spanierinnen mittleren

Alters, die nach Perpignan fuhren, unterhielten sich mehrere Stunden lang auf Spanisch und schliefen dann ein, während ich ab und zu eindöste. Der alte Mann blieb wach, aufmerksam, aufrecht, und zog manchmal die Decke über dem Jungen zurecht, so daß ich sogar im Halbschlaf die Augen öffnete, um das wachsame blasse Gesicht des alten Mannes und seine ernsten dunklen Augen zu sehen. Die Frauen sahen die beiden häufig an und taten murmelnd ihr Mitgefühl für den schlafenden Jungen kund.

Der Morgen kam, wir näherten uns der spanischen Grenze, und ich war froh, auf meine eigene Schilderung der Reise verzichten zu können, indem ich mich der präzisen Beobachtung in Maurice Duggans *Tagebuch einer Reise* entsann. Für mich war dies Duggan-Territorium. Ich erinnerte mich an Duggans Beschreibung des Zuges, der uniformierten Beamten, von Meer, Himmel und Erde. Es war seine Landschaft, und es waren seine Grenzbeamten (mit gelegentlichen Beiträgen von Lorca und Lawrence Durrell), die hier mit blitzenden Gewehren, glänzenden Schnallen und Stiefeln umhergingen und den Reisenden den Weg in die Zollhalle wiesen, wo das Erlebnis wieder ganz zu meinem eigenen wurde.

Ich inspizierte die nicht abgeholten Koffer und inspizierte sie ein zweites Mal. Kein vertrauter grüner Rucksack, keine zwei alten Koffer mit ihren Riemen aus neuseeländischem Leder.

»Mes bagages«, sagte ich verstört zu niemandem im speziellen. »Je les ai consignés de Paris.«

Ich trat auf einen Beamten zu. »Mes bagages?« sagte ich.

Der Beamte zuckte zusammen.

»Consignés«, sagte ich.

Nach einem stockenden Wortaustausch begriff ich, daß ich mein Gepäck in der Gepäckaufbewahrung des Pariser Bahnhofs gelassen hatte und daß der Zettel, den ich besaß, der Gepäckschein war.

Eine Wolke von Tränen näherte sich bedrohlich, entleerte sich aber nicht. Ich schluckte. Dann, trotz wachsender Besorgnis und eines Gefühls jämmerlicher Einsamkeit, überwältigte mich die Wonne, des Gepäcks ledig zu sein. Ich sah zu, wie die anderen Reisenden mit Mühe in den hohen spanischen Zug kletterten, und mein Gefühl der Freiheit verstärkte sich. Leichten Herzens, wie ich jetzt war, hätte ich mich in die Luft erheben und nach Barcelona und Ibiza fliegen können.

Frank Sargeson hatte seiner Freundin, der Schriftstellerin Greville Texidor, geschrieben und ihr meinen Besuch angekündigt. In Barcelona wurde ich von Grevilles Tochter Christina und ihrem Mann, dem Maler Paterson, abgeholt; sie luden mich zum Essen auf der Plaza Roma ein, in meiner Erinnerung ein alter Platz, gesäumt von grauen Eukalyptusbäumen – oder waren es Oliven? –, um den die Gebäude standen wie uralte Erdformen, erdfarben, mit ihren Wurzeln tief im roten Erdboden. Sonnenstaub schien über allem zu liegen, und der Platz lag eingeschlossen in seiner Stille, wie ein verborgener Pfad in andere Zeiten. Unbelastet von lächerlich behinderndem Gepäck, hatte ich das Gefühl, losgebunden zu sein, und meine Sinne waren geschärft nach der durchwachten Nacht. Ich war mir des Lärms und Verkehrs von Barcelona nicht bewußt, nur dieses Hintergrundes aus überfließender Stille, die mich mit dem Gefühl umgab, zu Hause zu sein, endlich am richtigen Platz, wie ein menschliches Möbelstück, das, von einer Ecke der Welt zur anderen geschoben, nie zuvor den genau passenden Platz gefunden hatte. Ich wußte noch nicht, ob dies eine allen Reisenden gemeinsame Erfahrung war, eine Reaktion auf das Fremdsein, Anderssein, auf das plötzliche Fehlen aller Ketten und Bande, die einen an ein Heimatland fesseln.

Später besuchte ich Greville und ihren Ehemann und ihre zwölfjährige Tochter in ihrer Stadtwohnung, wo ich lächelnd, ganz dumm im Kopf und schüchtern dasaß. Ich traf auch Colin, der mir als englischer Lyriker vorgestellt wurde; er fuhr mit demselben Schiff nach Ibiza und hatte mir freundlicherweise angeboten, eine Unterkunft für mich zu finden.

»Ein Zimmer für ein paar Nächte«, sagte er. »*Una habitación.*«

»Una habitación«, wiederholte ich nervös, in dem Bewußtsein, daß ich kein Wort Spanisch konnte.

An jenem Abend sah ich Colin kurz, als ich die Fähre bestieg. Das Schiff schien zerbrechlich, eine Muschelschale, die spanische Nacht war dunkel, *obskur*, das Meer war dunkel, ruhig, und kleine Wellengruppen wiegten sich und funkelten weiß wie ein Gartenbeet mit Blumen, Astern oder wilden Möhren. Ich ging rasch in meine Schlafkoje und wartete und schlief fast die ganze Nacht bis zum Morgen.

7
Calle Ignacio Riquer

Als ich aufwachte, war die Fähre schon in den Hafen von Ibiza eingelaufen und im Begriff, vor Anker zu gehen. Ich sah Colin, der darauf wartete, daß der Landungssteg ausgelegt wurde; einige Fahrgäste waren schon ohne zu warten an Land gesprungen.

Und zwanzig Minuten später stand Colin mit seinem Motorroller da, ließ den Motor aufheulen und rief mir zu: »Steig auf. Ich bringe dich zu einem kleinen Hotel, das ich kenne.«

Tapfer kletterte ich auf den Rücksitz und hielt mich an Colins Taille fest, etwas ängstlich, denn ich war noch nie mit einem Roller gefahren, und ich wurde vor und zurück geworfen, als wir durch die engen, gepflasterten Straßen fuhren und vor einer kleinen Pension hielten.

»Hier«, sagte er. »Du kannst ein paar Nächte hier wohnen, es ist sicher ein Zimmer frei.«

Er führte mich zum Empfangstisch, wo er fließend Spanisch sprach, eine Antwort erhielt und sich mir zuwandte.

»Zwei Nächte?«

»Ist gut«, sagte ich.

Dann, seiner Pflicht entledigt, ging er zu seinem Roller zurück, ließ den Motor an und brauste die Straße entlang, während ich mit einem Gefühl der Verlorenheit und gekränkten Eitelkeit zusah, wie er wegfuhr. Er hätte zumindest »Bis später« sagen können oder »Nett, dich kennengelernt zu haben« oder »Viel Glück beim Schreiben«. Na ja, er sprach Spanisch und war respektvoll als *Dichter* bezeichnet worden. Und wer war ich? Nur eine Bekannte von einer Bekannten von einem Bekannten.

Ich stand in meinem Zimmer und nahm den allgegenwärtigen Geruch von Ibiza auf, den ich noch nicht genauer bestimmen konnte; ich war müde, ängstlich besorgt, eine ständige Bleibe zu finden, unterlegen, weil ich keine Dichterin war; doch all diese Gefühle wurden besiegt von der erwartungsvollen Ungeduld, mein neues Leben in einem fremden Land zu beginnen.

Zunächst brauchte ich ein Buch mit Redewendungen, die nicht gänzlich auf den reichen, konsumfreudigen, skifahrenden, aktienerwerbenden Reisenden zugeschnitten waren, den Fallschirmjäger am Rande des Bankrotts, dem ein neuer Anzug angemessen und der vom Blitz getroffen wird, während er am Bahnhof eine Schädelfraktur erleidet.

Und so, froh, daß ich mich um kein Gepäck kümmern mußte, ging ich auf die Suche nach einer Buchhandlung, wo ich mir ein seidenpapierdünnes Exemplar des *Daily Telegraph* besorgte, mehrere spanische Zeitungen, Pariser Zeitungen und ein Buch mit katalanischen Redewendungen, *Lern Spanisch mit mir*, das ich dann dazu benützte, um Brot, Butter, Käse, einen Apfel und eine Banane zu kaufen. Ich kaufte auch eine Tafel Schokolade, die mehr kostete als alle anderen Nahrungsmittel zusammen. Es waren kleine Tierchen darin, die mit ihren winzigen Köpfen aus winzigen Nestern blickten.

Als es dunkel wurde, merkte ich, daß das einzige kleine Deckenlicht in meinem Zimmer so schwach war, daß ich kaum die Umrisse der Möbel erkennen konnte, und als ich auf die Straße hinunterblickte, sah ich, daß die Geschäfte mit Kerzen erleuchtet und alle Lichter verschwommen waren. Dann schlief ich ein und wachte voller Vorfreude auf meinen ersten richtigen Morgen in Ibiza auf. Ich beschloß, mich auf die Suche nach einer Unterkunft zu machen.

Ich ging der auf einem Hügel gelegenen Altstadt entgegen, die schmalen gepflasterten Straßen entlang bis zu den Überresten der römischen Mauer mit ihrem steinernen römischen Krieger am Eingang zur Unterführung, die in die Oberstadt führte. Ich ging vorsichtig, um den zahllosen Haufen von Hunde- und Menschenkot auszuweichen, und gelangte ins Tageslicht des Hügels, von wo ich hinunterblickte auf den Hafen und auf die Gebäude auf der anderen Seite des Hafens, die sich ganz exakt im klaren, gezeitenlosen Ozean spiegelten. Von der Spitze des Hügels aus konnte ich die andere Seite der Insel jenseits der Felder und Olivenhaine sehen, hin bis zum durchsichtigen Mittelmeer. Ich saß da, an einen grauen Felsen gelehnt, der aus vielen Schichten von uralten Olivenblättern zu bestehen schien. Ich teilte meine Einsamkeit mit einer kleinen Herde wilder Ziegen und die Stille mit dem fernen Geräusch der Fischerboote. Die graublättrigen Olivenbäume, deren gewundene Äste und Stämme sich gegen den Meereswind wendeten, und die weißgrauen Steine – wie vor langer Zeit gefallener Schnee, der sich geweigert hatte zu schmelzen – auf dem roten Erdboden unter den Bäumen erweckten in mir ein Gefühl der Zärtlichkeit, als gehörte dieses Land mir und als kennte ich es seit langem. Es war natürlich Shelleys Welt, wie sie mir aus der Dichtung bekannt war, und es waren Shelleys Zeilen aus der »Ode an den Westwind«, die mir als erstes einfielen und mir das – parasitäre – Schwelgen gestatteten:

Du riefst das Mittelmeer aus Sommerträumen,
Das, von kristallner Woge eingewiegt,
Schlief, wo die Wellen Bajas Ufer säumen.
Und vor der Bucht die Bimssteininsel liegt
Und sah im Schlafe Türme und Paläste,
Alt, an der Woge Spiegelflucht geschmiegt...

– bevor ich den Ort freiräumte, wo meine »eigenen« Gedanken sein sollten. Es war jedoch verlockend, dazusitzen und mich an meine erste, eisreine Begegnung mit der Dichtung zu erinnern, wie der erste Frühling aller Zeiten, und für den Augenblick war ich einfach glücklich, dort zu sein, wo ich mich immer am wohlsten gefühlt hatte – draußen, unter freiem Himmel, auf einem Hügel mit Blick über das Meer; und ich hätte stundenlang dort gesessen, wie ich es oft getan hatte, wenn mir nicht wieder der Zweck meines Spaziergangs eingefallen wäre – eine Unterkunft zu finden.

Ich ging den schmalen Weg auf dem sanft gewellten Hügelrücken entlang, wo die Stürme stärkere Spuren hinterlassen hatten und die niedergedrückte Vegetation ihr verzweifeltes Bemühen verriet, im Angesicht des Windes zu wachsen, mit wenig Halt für die Wurzeln, außer in den Spalten im schneegrauen Fels.

Als ich so dahinging, sah ich zwei Gestalten in schwarzen Umhängetüchern und mit schwarzen Strümpfen und Schuhen, die sich bückten, um ihre großen Flechtkörbe mit Zweigen und Ästen zu füllen, und wieder erkannte ich sie, weil ich sie schon vorher gesehen hatte – auf Gemälden, auf denen die Mühsal der Bauern veranschaulicht wird, oder als zufällige Zuschauer inmitten eines Wunders oder in Beschreibungen von Victor Hugo und Pierre Loti und Daudet. Die beiden Frauen gehörten zur Ausstattung der Landschaft, als wäre diese ein vor langer Zeit entworfenes, eingerichtetes und ausgefülltes Interieur, mit keiner Aussicht auf Veränderung.

Ich zog mein neues Buch mit Redewendungen zu Rate und murmelte: »Buenos dias.«

»Buenas tardes«, erwiderte eine und wies auf die Sonne.

Ich sprach stockend: »Yo soy de Nueva Zelanda. Janet. Quiero habitacion.« Ich legte die Handflächen meiner Hände zusammen und hielt sie gegen meine Wange.

Die beiden Frauen begannen aufgeregt miteinander zu sprechen. Sie wandten sich zu mir.

»El Patron«, sagten sie. »El Patron.«

Allmählich verstand ich, daß sie *Catalina* und *Francesca* hießen und daß ich *Janetta* war und daß sie mich zu ihrem *patron* bringen würden, der mir sein Haus vermieten würde. Ich zerstreute jeden Verdacht, den sie gehegt haben mochten, durch meine Erklärung, daß ich keine Touristin sei – »No soy turista«, sagte ich mit fester Stimme. »Soy escritora.«

Catalina nahm mich leicht am Arm und führte mich den Hügel hinunter und durch die schmalen Straßen mit den Kopfsteinen zur *Ignacio Riquer*, wo, so sagten sie, das Haus neben ihrem stehe. El Patron habe die Aufsicht über das Museum, und sein Bruder *Fermin* war verantwortlich für das Haus, in dem ich vielleicht wohnen konnte. In der Ignacio Riquer Nummer sechs stießen sie eine schwere, unversperrte Eingangstür auf. Eine verhungert aussehende Katze fuhr uns mit ihren Krallen an und verschwand wie ein grauer Strich.

»Los gatos«, sagte Francesca wütend und erklärte, daß es wilde Katzen waren, die mich anfallen würden, wenn ich die Tür offenließ. Ob ich warten wolle, fragte Catalina, während sie El Patron holten?

Binnen fünf Minuten waren sie mit El Patrons Bruder Fermin zurückgekehrt, der schmächtig gebaut und Mitte Vierzig war, damit einverstanden schien, daß ich im Haus wohnte und eine Miete nannte, vergleichbar mit der, die Franks neuseeländische Freunde, die auf Ibiza gewesen waren, genannt hatten, und nachdem Fermin mir das Zimmer gezeigt hatte, in dem ich schlafen konnte, und die Toilette am Ende der Terrasse und die Küche (es gab kein Badezimmer), sagte ich, ich würde zu meinem Hotel zurückgehen und meine Einkaufstasche holen. Ich verstand es so, daß ich das ganze Haus mietete. Später, als ich mit meiner Einkaufstasche und meiner Traveller's-Joy-Tasche eintraf, saß Fermin im Wohnzimmer mit Blick auf die Terrasse und spielte Geige. Bei meinem Eintritt hörte er zu spielen auf. Er schien überrascht, weil ich kein Gepäck hatte. Hastig blätterte ich in meinem Buch.

»No hay equipages«, sagte ich. »A Paris.«

Schließlich gelang es mir zu erklären, daß ich mein Gepäck in der Gepäckaufbewahrung des Pariser Bahnhofs gelassen hatte und es mir schicken lassen würde und daß es in zwei Wochen hier sein würde, wenn alles gut ging. Ich erklärte, ich sei eine *escritora* und meine Schreibmaschine befinde sich in meinem Gepäck. Ich käme aus Neuseeland, sagte ich, dem Land der Schafe, der Wolle, der Butter... Ich versuchte den Eindruck zu erwecken, die Neuseeländer seien insofern anders als der Rest der Welt, als sie reinlich, unverdorben, vorurteilsfrei und allen Mitgliedern der menschlichen Rasse gegenüber wohlgesonnen seien. Und Neuseeland sei ein wunderschönes Land. Es sei *Gottes auserwähltes Land.*

Fermin verstand. Er runzelte die Stirn. Ibiza, sagte er, sei *Gottes auserwähltes Land.*

Ich wußte, daß ich wenig Verständnis und Feingefühl zeigte, indem ich so über Neuseeland sprach, aber Neuseeland auf diese Weise zu bejahen, war für jemanden zur Gewohnheit geworden, dem man so beharrlich eingeschärft hatte, das Überleben mit Schafen, Wolle, Butter gleichzusetzen und den Tod mit dem Ausbleiben des Exports von Schafen, Wolle, Butter: *exportieren oder sterben.*

Fermin zeigte viel Verständnis für das Problem mit meinem Gepäck. Er sah es als seine Pflicht an, sich jeden Morgen am Hafen zu erkundigen, ob es schon gekommen sei. Er käme jeden Tag ins Haus, sagte er, um Geige zu üben, da er sie jeden Abend in einem Nachtklub spiele. Andere Mitglieder des Haushalts kämen auch ins Haus, sagte er, und die Bediensteten Catalina und Francesca, die nebenan wohnten, würden die Küche wie immer zum Kochen benützen.

Zumindest, so dachte ich, bin ich trotz all dieses Kommens und Gehens die einzige Bewohnerin.

Mein Schlafzimmer war groß und luftig, mit einem breiten Fenster mit Aussicht auf den Hafen und die ferne Küste, wo die Gebäude standen wie die eines anderen Landes, eine Meeres- oder

Spiegelstadt, die in dem klaren Wasser abgebildet wurde. Ich stellte einen Tisch und einen Stuhl zum Schreiben hin und dachte mit einiger Erregung an das neue Buch, das ich in Auckland angefangen hatte, *Uncle Pylades*, und an das, welches ich danach schreiben wollte. Meine erste Aufgabe jedoch bestand darin, an American Express in Paris zu schreiben und meinen Gepäckschein beizulegen mit der Anweisung, sie sollten mein Gepäck holen und nachsenden. Als nächstes brauchte ich neue Kleidung.

Ich schrieb den Brief und schickte ihn ab, dann kaufte ich Unterwäsche, Strümpfe, einen Rock, eine Weste, ein Nachthemd und Schreibmaterial, und als ich nach Hause kam, mit Paketen beladen, doch verwirrt, weil die Geschäfte mein Geld nicht mehr annehmen wollten, untersuchte Fermin das biegsame Päckchen Peseten und erklärte, jemand hätte mir altes Geld von vor 1935 gegeben, das nicht mehr als gesetzliches Zahlungsmittel galt.

»Es ist nichts wert«, sagte er. »Man hat Sie hereingelegt.«

Ich setzte mich wieder an meinen Schreibtisch. Ich schrieb Gedichte und einige Briefe, die Art von begeisterten Briefen, die Reisende aus einem neuen Land senden, wo alles in den Glanz des Wundersamen getaucht ist. Für mich war dieses Wunder das Licht, der Himmel, die Farbe der Olivenbäume und der Gebäude, die abgegriffen und abgenutzt waren wie alte steinerne Buchseiten, ohne die Unruhe der Gebäude in Neuseeland, ohne die spürbare Angst vor plötzlicher Vernichtung durch Erdbeben oder Vulkane. Diese hier erhoben sich wie offene Bücher auf einem Pult aus Erde und wurden vielleicht einmal in hundert Jahren umgeblättert, und ihre Sicherheit lag in ihrem Alter und ihrer Offenheit. Und die Krönung des Wunders war die Empfänglichkeit des gezeitenlosen Meeres, das die ganze an seiner Küste stehende Welt in seine Tiefe hineinließ und eine Spiegelstadt schuf, auf die ich jeden Tag blickte.

Ohne meine Schreibmaschine fühlte ich mich wie eines Körpergliedes beraubt, und ich war froh, als ich erfuhr, daß mein Gepäck auf dem Weg nach Ibiza war. An jenem Tag ging ich zufällig an einem Café vorüber, wo ich Colin, den englischen Dichter, mit Freunden an einem der Tische auf dem Gehsteig sitzen sah, und erst als ich ihn erblickte, merkte ich, wie schrecklich einsam ich mich fühlte ohne meine Schreibmaschine und mein Gepäck und mit meinen mehreren hundert wertlosen Peseten. Leicht befangen, was ich zu verbergen suchte, schlenderte ich an seinem Tisch vorüber und blickte zu ihm hin. »Oh«, sagte ich, in einem Ton der Überraschung. »Hallo.« Dann, in einem Anfall von Aufregung, sagte ich etwas lauter als beabsichtigt: »Mein Gepäck kommt bald! Und ich habe eine Unterkunft gefunden!«

Seine Freunde hörten zu essen und zu trinken auf und starrten mich an. Zuerst schien Colin mich nicht wiederzuerkennen. Dann sagte er kühl, abweisend: »Oh, hallo.«

Er starrte mich einfach an, ohne ein Zeichen der Freude ob meiner Neuigkeiten.

Vielleicht habe ich seine Kühle übertrieben dargestellt; ich erinnere mich jedenfalls sehr gut daran. Es war wie ein kalter Luftzug, der um mich herumwirbelte, und ich wünschte, ich hätte nichts gesagt. Er und seine Freunde schienen genau richtig am Platz, wie sie dort in einem Straßencafé saßen, so wie Maurice Duggan, gebildet und klug, es beschrieben und wie Frank Sargeson es mir mit dem Satz verdeutlicht hatte: »Das ist die europäische Lebensart.«

Ich stürzte fort von Colin, dem englischen Dichter, und seinen Freunden, und nach dieser Zurückweisung machte ich keinen Versuch mehr, Zugang zu der englischsprachigen Kolonie zu finden. Ich sprach nur Französisch und Spanisch, darin unterstützt von Catalina, die ursprünglich aus Algerien stammte und auch Französisch sprach, von Francesca, Fermin und José, dem zwanzigjährigen Sohn von El Patron, einem Studenten der Rechte, der jede Woche ins Haus kam, um in der Blechwanne in der Küche zu baden, und nach seinem Bad in mein Zimmer kam, um mir Spanisch beizubringen.

Jeden Morgen, wenn Fermin mit dem Geigenüben fertig war, brachte er mir gleichfalls ein paar spanische Wörter und Redewendungen bei, und manchmal schwelgte er in Erinnerungen an seine Vergangenheit. Eines Tages sperrte er einen großen Schrank auf und öffnete die zwei Türflügel; auf Regalbrettern im erleuchteten Inneren befanden sich Schnitzereien des gekreuzigten Christus, an die Innenseite der Tür war ein Plakat des jungen, gutaussehenden Generals Franco, El Caudillo, geheftet.

»Er hat uns vor den Kommunisten gerettet«, sagte Fermin. »Er war jünger als ich. Und ich war jung.«

Er zuckte die Achseln und sah beschämt aus. »Jetzt sind die Dinge anders. Das ist lange her. Mira.«

Er führte mich zum Fenster, das wie mein Schlafzimmerfenster Ausblick auf die Stadt und das Meer und, etwas näher, auf die Straße bot, die von der römischen Unterführung zur Kirche auf den Hügel führte.

»Die Kreuzwegstationen«, sagte er. »El Caudillo hat alle Kommunisten dort in einer Reihe aufgestellt und sie erschießen lassen. Ich habe es gesehen. Aber ich war ein junger Mann. Das ist jetzt anders. Und El Caudillo…«

Fermin zuckte die Achseln und ging zum Schrank. Ich dachte, er würde auf das Plakat spucken. Statt dessen riß er El Caudillo von der Wand und warf das zerknüllte Papier auf das unterste Brett des Schrankes. Dann machte er die Tür zu und verschloß sie. »Das da drin sind meine Schnitzereien«, sagte er. »Ich bin auch Künstler. Aber das ist jetzt anders.«

Jeden Tag, während ich mich mit dem Schreiben von Gedichten und Briefen und Geschichten beschäftigte und mir sagte, wenn mein Gepäck mit meiner Schreibmaschine eingetroffen sei, dann würde ich mit der Arbeit an meinem Buch beginnen, brachte mir Fermin Nachricht von meinem Gepäck, denn jeden Morgen erkundigte er sich am Kai. Mein Gepäck und sein Geheimschrank, in dem die Träume eines jüngeren Mannes weggeschlossen waren, wurden zum Band zwischen uns. Und eines Tages kam er mit einem kleinen Karton zu mir, der bis zum Rand voll war mit kleinen Heiligenbildchen.

»Da ist noch ein Schatz«, sagte er. »Welchen Heiligen möchten Sie, Janetta?«

Ich zögerte. »Oh. Den heiligen Franziskus.«

Er fand das Bild des heiligen Franziskus und gab es mir. »Das ist auch schon lange her«, sagte er…

Was sehe ich also in der Erinnerung? Die Erinnerung ist nicht die Geschichte. Die Zeit fließt nicht wie ein Band, das man in der Hand hält, während der Tänzer einen Augenblick stillsteht. Szenen formen sich erst dann aus der Erinnerung, wenn die Vergangenheit nicht einmal mehr das Gestern ist, wenn sie eine Reihe im Gedächtnis behaltener, aufs Geratewohl freigelassener Augenblicke ist. Ich erinnere mich an Fermins Gesicht, als er von seinem einst leidenschaftlichen Haß auf die Kommunisten sprach, und indem er mir die Kreuzwegstationen zeigte, wo die Exekutionen stattgefunden hatten, sprach er nicht über weit entfernte Feinde mit einer irgendwie beängstigenden Ideologie, sondern über Freunde und Nachbarn, sogar Verwandte, und er hatte das Töten gutgeheißen, weil der Befehl von seinem geliebten Caudillo kam. Jetzt war er entsetzt, traurig und unsicher, ob das Töten notwendig gewesen war.

Er konnte seine Zweifel nicht einmal mit Hilfe seiner Geige ausdrücken. Vielleicht wußte er, daß die anderen Familienmitglieder über sein Geigenspiel lachten oder tolerant lächelten, wenn sie ihn zufällig hörten. Ich lächelte höflich und murmelte eine Wendung, die vielleicht »Bueno, Bueno« gewesen sein mochte.

Immer noch sehe ich Fermins bekümmertes Gesicht, wie er aus dem Fenster auf die Kreuzwegstationen blickt.

8
Nagelneue Leute

Die Wochen, in denen ich auf mein Gepäck und meine Schreibmaschine wartete, wurden zu meiner Lehrzeit im Hinblick auf das Leben von Ibiza und die Familie von El Patron.

In einem Anfall poetischer Gier kaufte ich ein Buch mit dem Titel *Las Mil Mejores Poesias de La Lengua Castellana* (1154-1954), das ich José mit der Frage zeigte: »Wo sind die Dichter von Ibiza? Hat Ibiza denn Dichter?«

Die Insel Formentera, mit Pinien bewachsen und direkt im Süden Ibizas gelegen, habe einen Dichter, sagte José. Miguel Costa Llobera. So fand ich das Gedicht von Llobera, »El Pino de Formentor«, das José mir vorlas und das ich später auswendig lernte. Mehr noch als die Gedichte von Lorca, die in der Anthologie enthalten waren, wurde es zu meiner »Pflichtlektüre«, zu meinem Brennpunkt für ein Ibiza, das ich als so alt empfand, berührt von den Arabern und von den Römern, und so jung wie die Tage der Kindheit mit ihrem blauen Himmel.

Hay en mi tierra un arbol que el corazón venera;
de cedro es su ramaje, de cesped su verdor,
anida entre sus hojas perenne primavera –

und

No asoma por sus ramos la flor enamorada,
no va la fuenticilla sus plantas a besar;
mas banase en aromas su frente consagrada
y tiene por terreno la costa acantilada,
por fuente el hondo mar.

Mühsam suchte ich in meinem neuen Wörterbuch nach Entsprechungen, bevor ich meine poetische Übertragung von »El Pino« verfaßte. Llobera war ein »ungefährlicher« Dichter, ein Patriot, kein Rebell. Fermin und José billigten meine Wahl eines Dichters, der über Pinien schrieb, und ich fragte mich, ob ich nicht zum Teil in meine eigene Kindheit zurückgekehrt war, wenn ich mich an andere Zeiten erinnerte, zwanzig Jahre früher, die ich nie durch die Literatur kennengelernt hatte:

Erinnerung, vergessener Tag
voll Frühlingssonnenschein.
Erzählt von Bäumen, schwankend im Wind,
vom Raunen im Pinienhain.

Dem Reisenden, der in neue Landstriche reist, bietet sich die seltene Gelegenheit, andere Zeiten zu besuchen oder nochmals zu besuchen, denn

Nagelneue Leute kommen und gehen
spülen den schalen Fluß der Zeit fort
in einem Haufen bis in die Ewigkeit –

Josés Mutter und Schwester kamen selten ins Haus: sie lebten zurückgezogen. Obwohl ich eine unverheiratete Frau war, alleinstehend, war ich doch auch eine Ausländerin, und jeder wußte, daß die Sitten der Frauen aus dem Ausland nicht die der spanischen Frauen waren. Ich wurde jedoch anerkannt, weil ich keine Touristin war, keine Amerikanerin, sondern eine fleißige *escritora*, die keine ausländischen Freunde hatte; gleichzeitig war an mir etwas Heimatloses, weil mein Gepäck und meine Schreibmaschine verlorengegangen waren: Mein Unglück war zu meinem Vorteil geworden. Catalina und Francesca nahmen mich in ihre Obhut, und jeden Morgen, wenn die Fischerboote mit ihrem Fang kamen, brachten mir Catalina und Francesca bei, wie ich den besten Fisch auswählen, was ich verlangen und wieviel ich bezahlen sollte. Fünf Stück der winzigen silbrigen, sardinenähnlichen Fische kosteten eine Peseta. Später brachten mir die beiden Frauen bei, einige Gerichte der Insel zuzubereiten, und ich konnte nun schon erstaunt und leicht verlegen an meine ersten Einkäufe von Butter und Schokolade denken. Als ich zu Beginn meines Aufenthalts mit Butter nach Hause kam, traf ich Francesca an, die gerade ihren Tee kochte, und ich war bestürzt und traurig über die Art und Weise, wie sie auf die Butter in meinem Korb starrte.

»Mantequilla!« sagte sie ehrfürchtig.

Nur die Reichen kauften *mantequilla*.

Ich hatte auch ein Stück Steak gekauft.

»*Carne*. Oh Janetta!«

Ich teilte meine Butter und mein Fleisch mit ihnen, und als Catalina kam, um ihren Tee zu trinken, hörte ich, wie sie aufgeregt über *Janetta* redeten, die *mantequilla* und *carne* gekauft hatte!

Da ich allmählich lernte, mich von der in Ibiza üblichen Kost zu ernähren, gab es keinen Anlaß mehr zu Staunen und Neugier wegen meines Essens. Auch was den Brennstoff für den Ofen betraf, machte ich es Francesca und Catalina nach. Während in Neuseeland Kohle und Holz in Säcken auf schwerbeladenen Lastwagen gebracht wurden, nahm ich hier meinen Flechtkorb mit den langen Henkeln und stand mit den schwarzgekleideten und in Schals gehüllten Frauen in der Schlange, um ein kleines Körbchen Koks und vielleicht zwei oder drei kleine Holzscheite zu kaufen. Doch Francescas Augen glitzerten immer noch, wenn sie mich mit meinem vollen Korb nach Hause kommen sah, als lebte ich in einem selbstverständlichen, ständigen Überfluß. Selbst wenn mein Vorrat gering war, beschämte mich ihr Blick und erinnerte mich an die hungrigen Augen der streunenden Katzen, die immer noch vor der Tür auf eine

Chance warteten hereinzukommen und jeden Morgen dem Müllmann folgten, wenn er seinen Esel mit überquellenden Körben die schmale Straße hinauf auf den Hügel und auf die andere Seite der Insel führte.

Dies war meine erste Begegnung mit den Gefühlen der wirklich Armen und mit meinem eigenen Bewußtsein davon, daß ich die Mittel hatte zu reisen, daß ich mich mehrere Monate lang selbst erhalten konnte, daß ich nach Neuseeland zurückkehren konnte, in eine Welt, in der Elektrizität im Überfluß vorhanden war, wo die Leute in Häusern wohnten, die von Gärten mit Obstbäumen, Gemüse und Blumen umgeben waren; und daß ich trotz meines ständigen Refrains *No hay mucho dinero* einer reichen Nation angehörte. Ich war vielleicht keine reiche *turista*, die Geld für Hotels, Essen und Trinken und Kleidung ausgab, aber meine Heimat war damals reich an Möglichkeiten, abgesichert durch eine soziale Gesetzgebung, die dem Bedürfnis eines jeden nach Nahrung, Wohnung und Gesundheit Rechnung trug. Vor meiner Abreise hatte Frank Sargeson gesagt: »Du wirst die Armen und die Bettler erleben. Wenn du anfängst darüber nachzudenken, wirst du verrückt. Du mußt versuchen, sie nicht zu beachten. Du kannst nichts dagegen tun.«

Was hätte ich tun können, um das Los von Francesca und Catalina zu erleichtern? Butter und Fleisch jeden Tag? Ich konnte es nicht ertragen, wie sie meine Kleider mit ihren Blicken absuchten, als trüge ich verborgenen Schmuck. Besonders Francescas dunkle Augen waren von einer Wachsamkeit, wie ich sie nie zuvor an einem menschlichen Wesen beobachtet hatte – sie war die Hungrige, gierig nach Gütern wie auch nach Nahrungsmitteln, die sie nicht kaufen konnte. Und doch zeigte sich selten ein Zeichen der Unzufriedenheit, außer vielleicht eines Tages, als ich mit meinem gemieteten Fahrrad die staubigen weißen Landstraßen neben den Olivenhainen entlangfuhr und Catalina und Francesca begegnete, die viele Kilometer zu Fuß gegangen sein mußten, um die Oliven aufzusammeln, die von den überhängenden Ästen auf die Straße gefallen waren. Es waren auch andere da, Familien aus der Stadt, die mit ihren Körben gekommen waren, um die Oliven aufzulesen. Catalina und Francesca erklärten, dies sei eine Gelegenheit für sie, sich damit zu versorgen, und als Catalina wehmütig sagte, El Patron habe eine Farm auf dem Land, und ich fragte, ob die Familie ihr Gemüse, Eier und Obst gebe, sagte sie: »O nein, das kaufen wir auf dem Markt. Die Farm ist für El Patron und seine Familie; aber wir dürfen immer die Oliven aufsammeln, die auf die Straße fallen.« Ich tat einen Blick in ihren Korb, auf die kleinen harten Früchte mit den Kernen, und im Geiste verfaßte ich ein Sprichwort, das in der Art der Sprichwörter versuchte, eine Lösung für alles anzubieten: Die Oliven, die neben die staubige Straße fallen, sind die schmackhaftesten, die wertvollsten. Wieder kamen Wörter zu Hilfe.

In meiner Vorstellung, daß die Balearen, die *Spanischen Inseln*, schon ihrem Namen nach mit Sonne und ewigem Sommer gesegnet seien, hatte ich kaum an Winterkleidung gedacht, und als die Tage, immer noch blau und sonnig, kälter wurden, war ich froh, daß ich meine übergroße rehfarbene Jacke mit ihren großen Taschen und der Kapuze hatte, und nachdem ich Catalina und Francesca einmal klargemacht hatte, daß es mich nicht zu einem weiblichen Teufel machte, wenn ich Hosen trug (*diablas* war ihr Ausdruck für die ausländischen Frauen mit ihren schwarzen Hosen), begann ich die graue Hose anzuziehen, die man mir in Neuseeland geschenkt hatte, und den warmen braunen Mantel, den mir Tante Joy und Tante Elsie gekauft hatten.

Kurz vor Weihnachten kam mein Gepäck im Hafen an. Als Fermin die Nachricht verkündete, herrschte große Aufregung, und als der Lastwagen die beiden Koffer und den grünen Rucksack aus Segeltuch ablieferte und Fermin alles durchs Wohnzimmer trug, kamen Catalina und Francesca und José, letzterer frisch gebadet, um alles anzustarren, in der Erwartung, daß ich die Koffer augenblicklich öffnen würde. Konfrontiert mit Gütern, die ich – außer meiner Schreibmaschine – nun nicht mehr für notwendig hielt, empfand ich Verlegenheit, so als begegnete ich Freunden, die ich nicht mehr zu kennen wünschte, weil wir der Freundschaft entwachsen waren. Ich hatte das Gefühl, die Familie für ihre offensichtliche Enttäuschung entschädigen zu müssen; drei Monate des Wartens und Hoffens und Fragens, und nun diese alten, abgenutzten Koffer, an den Ecken eingedrückt, ein Deckel schief, als wären sie, wie manche Gegenstände in alten Märchen, von selbst über kilometerlange Straßen und über das Meer bis nach Ibiza gelangt.

Als ich später in der Ungestörtheit meines Zimmers die Koffer öffnete, betrachtete ich mit Mißfallen alles das, was ich eingepackt hatte. Dann, als ich meine Bücher wiedersah, den kleinen Kocher, das Pfadfinderinnenbesteck, die Armeetöpfe und -pfannen, war ich meinem verstoßenen Gepäck freundlicher gesinnt. Ach, da war das blaue Schlauchkleid, das ich aus einem Stück Jerseyseidenbahn genäht hatte, dem Stoff, den »jeder« in Neuseeland trug. Jetzt wirkte die Farbe zu grell und fehl am Platz in einem Land, in dem Kleider schwarz waren.

Und weil ich Catalina und Francesca nicht den Wunsch abschlagen konnte, die Dinge zu sehen, bat ich sie ins Zimmer. Ich zeigte ihnen meine Schreibmaschine. Und hier sei das grüne Samtkleid, das meine Schwester aus einem Vorhang gemacht habe.

Catalina und Francesca lachten.

»Janettas cortina, Janettas cortina.«

Ich nahm meinen Teppich und meine Wärmflasche heraus; beides konnte ich gut gebrauchen, denn abgesehen vom Herdfeuer in der Küche gab es im Haus keine Heizung, die riesigen Marmorböden waren nun für immer abgekühlt, und die Nächte waren sehr kalt. Und jetzt, wo ich meine Schreibmaschine hatte, hatte ich das Gefühl, *wirklich* mit der Arbeit anfangen zu können, anstatt nur Gedichte und Briefe und Erzählungen zu schreiben. Ich war mir jedoch bewußt, daß ich mir mehr von meinem Gepäck versprochen hatte, als es je halten konnte, daß ich mich in der ältesten Form von Selbstbetrug geübt hatte, indem ich die Gegenwart dadurch beschwichtigte, daß ich mich an ein zukünftiges Ereignis klammerte: Ich befand mich in bester menschlicher Gesellschaft.

9
Die Pinien

Während der folgenden Tage saß ich in meinen Teppich gehüllt da, die gefüllte Wärmflasche am Körper, während ich meinen Roman *Uncle Pylades* tippte. Ich blickte aus dem Fenster auf die Kinder, die unter den Eukalyptusbäumen Tempelhüpfen spielten; die Markierungen hatten sie mit einem Stock in den weißen Staub gezogen. Ich hörte ihrem Singsang zu:

Tengo tengo tengo
tu no tienes nada
tengo mantequilla...

und ich betrachtete die älteren Schwestern, die in den Türeingängen saßen, mit ihren Klöppelkissen auf den Knien, und ihre Hölzer bewegten, schnell eines über das andere, und ich dachte an die Zeit im Krankenhaus, als ich französische Spitze geklöppelt und aus den französischen Anweisungen das Gefühl gewonnen hatte, mir würde, obgleich man mir Bücher und das Schreiben und normale menschliche Gespräche verwehrte, durch diese Anweisungen im *Handbuch des Spitzenklöppelns* neues Leben zugeführt: *Plantez un épingle au point Deux... jetez trois fois...* Die Sprache, die verraten, verändert, beeinflußt hatte, konnte immer noch die Einsamen trösten, konnte helfen, wo menschliche Wesen ihre Hilfe entzogen hatten.

Gewitter krachten über dem Haus, Blitze ließen das Zimmer hell aufleuchten und Winde heulten, riefen, brüllten, wie ich Winde nie gehört hatte; sie erinnerten mich an die alten Götter, Geschöpfe, aus Donner, Blitz und Sturm geboren, die an den Fensterscheiben auf und ab rasten, als wollten sie eindringen, mit ihren Krallen am Glas kratzten und danach schnappten, als wäre es ein Musikinstrument. Oft, mitten im Sturm, ging ich ins Freie, die Straße entlang auf die andere Seite der Insel, und ich saß auf dem grauen Fels zwischen den arg mitgenommenen silbergrauen Pflanzen und Bäumen, und ich dachte, daß ich mich nie so zu Hause gefühlt hatte. Ich war hocherfreut darüber, daß ich allein auf einer Mittelmeerinsel war und kein Englisch sprach und daß mein Spanisch begrüßt wurde, wie es bei meinem Englisch nie der Fall gewesen war, denn mein Ringen um Formulierungen hatte die Freundlichkeit jener zur Folge, die stolz darauf waren, daß ich ihre Sprache zu sprechen versuchte, und begierig danach, zu erklären, vorzuschlagen, zu helfen und zu lehren. Wogegen man im Gespräch mit jenen, mit denen man die Muttersprache teilt, allein ist in dem Bemühen, die Erwartungen der Zuhörer zu erfüllen.

Wenn ich Tag für Tag an meinem Tisch saß und tippte, blickte ich auf die Stadt, die sich im Meer spiegelte, und eines Tages ging ich auf der Hafenstraße bis zum gegenüberliegenden Ufer, wo die *wirkliche* Stadt lag, die mir nur als die Stadt im Meer bekannt war; doch schien es mir, als ob ich versuchte, hinter einen Spiegel zu gelangen, und ich wußte, was immer die äußere Erscheinung von Licht, Stadt und Meer war, die wirkliche Spiegelstadt lag im Inneren als die Stadt der Phantasie.

Ich dachte viel über Inseln und Meere nach. Ich schrieb ein Gedicht:

Habt Mitleid mit dem Kontinent, dem Meer entfremdet,
wo Menschen, sich sehnend nach Spiegeln, hinter ihren Augen
eine Hochebene oder ein Tal einfangen,
das sich verändert mit den Gezeiten des Sehens
zu Schneeformen und Wolkenmassen, nie ganz
getrennt vom schattenhaft schweren Land, das sich neigt,
selbst im Schatten, um das Tageslicht zu trinken.

Klein sind die Inseln, ihr Bild immerdar flüchtig,
am besten nur einmal gekannt, über die Schulter
wie fliegende Vögel, geduckte Kaninchen, aufschlagend
auf dem Meer; jeden Tag eine seltsamere Form im Spiegel,
vollkommener glänzend und beschlagend
als gebrochene Schatten aus Jahrhunderten, als reglose Flügel
eines Riesenvogels oder das eine vollständige Blatt,
abgeworfen von einem Baum, dessen vollständige Form und
Suche
nach dem unsichtbaren Himmel schwankend festgehalten
werden
jenseits der Gemeinschaft des Wassers,
selbst an einem windstillen Tag am ruhigen Binnenmeer.

Klein sind die Inseln, eine Tyrannei der Vollständigkeit,
Angst vor der Begegnung mit zu vielen Ichs in Spiegeln.

Ach, wie ernst ich meinen Traum nahm, eine Dichterin zu sein! Ich bin jetzt allein, sagte ich mir. Ich führe das Leben einer Schriftstellerin. Ich war im Frieden mit mir selbst, als befände ich mich an einer überirdischen Küste und erblickte die Erschaffung von Szenen der großen Gemälde der Welt und sähe, wie die Menschen von Ibiza sich bewegten, scheinbar gelenkt von den Malern; die Häuser, die Pflanzen, der Tag- und Nachthimmel in den von den Malern gewählten Farben. Bei meinen nachmittäglichen Spaziergängen oder Radfahrten staunte ich darüber, wie klar sich der Umriß der Insel vor meinen Augen entfaltete. Ich schrieb schwärmerische Briefe an Frank Sargeson. Ibiza, so sagte ich, sei genau so, wie er und Jess behauptet hätten, so, wie ich es mir erträumt hätte. Ich hatte das Gefühl, es in mir zu tragen, und nachdem ich die Strände und die salzigen Berge erforscht hatte, fuhr ich mit dem Fahrrad an den Lehmfeldern vorüber, wo die Lehmoberfläche ihre roten Adern öffnete, bei den Töpferwerkstätten, und ich ließ mein Fahrrad stehen und drang ins bewaldete Innere der Insel vor, bis zu einem großen hellgrünen Pinienwald, wo, so warnten mich Catalina und Francesca, die Räuber und wilden Männer hausten, und obwohl ich ihnen nicht glaubte, fand ich später heraus, daß sie die Wahrheit sagten – wie Sizilien hatte auch Ibiza seine Räuber.

Auf meinen Spaziergängen in der Stadt sah und hörte ich manchmal die Ausländer lachen, reden, und ich wollte ihnen zurufen: »Ich bin hier, ich spreche auch Englisch. Ich bin aus Neuseeland, *den ganzen Weg aus Neuseeland.*« Statt dessen ging ich hochmütig vorüber, als wüßte ich alles, was es auf der Welt zu wissen gab.

Ich konnte kaum glauben, wie anständig es in Ibiza zuging. Abends, wenn die Stromzufuhr gedrosselt wurde und die Geschäfte mit Kerzen erleuchtet waren, ging ich ohne Angst in den dunklen Straßen der Stadt umher. Als ich um einen Schlüssel für die Eingangstür bat, hatten mich Fermin, Catalina und Francesca erstaunt angesehen und erklärt, daß nur Ausländer ihre Türen versperrten, die heimlichtuerischen, besitzgierigen Ausländer, die ihren Reichtum, ihren großen Vorrat an *dinero* hüteten. Meine Eingangstür blieb daher stets unversperrt.

Weihnachten kam mit einem Brief und einem Lebensmittelpaket von Patrick Reilly in London. Er schickte mir Corned Beef und Irish Stew, und er hoffte, ich sei immer noch frei und ungebunden.

Um Weihnachten hörte auch das Geräusch auf, das viele Tage angedauert hatte, ein Schreien wie eine kleine, schrille Aufeinanderfolge von Beifallsrufen, ein Chor aus »Bravo, Bravo, Bravo«, der mir rätselhaft erschienen war und den ich für die Rufe der Inselhunde hielt, die dann und wann wie fleischfarbene, fast durchsichtige Schatten durch die Straßen liefen. Ich erfuhr, daß die Schreie von den Truthähnen im kleinen Hof unter dem Haus gekommen waren, wo jetzt Stille herrschte. Ich schrieb:

> Weihnachten und Tod sind hungrige Zeiten,
> wenn nur die Törichten und die Sterbenden
> mit begrenzter Sicht des Hier
> vollständiges Lob erfahren und
> Bravo, bravo zum Unsichtbaren sagen.
>
> Wer weiß, wem der Truthahn im kleinen Hof
> sein ungestümes Lob spendet?
> Oder der kranke Mann, ausgestreckt
> auf einem weißen Teller in seiner schrumpfenden Welt?

Und mit der bitteren Kälte kam ein neues Geräusch, das fast unaufhörliche Läuten der Kirchenglocken, und ich schaute hinaus und sah die kleinen weißen Särge, die bei den vielen Leichenzügen vorübergetragen wurden. Jeden Tag, wenn das Läuten begann, seufzten Catalina oder Francesca und murmelten: »Ah, un crio, un crio.«

Viele Babys starben in jenem Winter: Das schien normal zu sein. Im zypressengesäumten Friedhof an der Straße, die ins Innere der Insel führte, waren Reihen neuer Gräber.

Und so schrieb ich, und ich machte Spaziergänge – abends hinauf auf den Hügel, wo ich zusah, wie die kleinen dunklen Formen der Fledermäuse wie Fäden am Himmel hin und her flitzten.

Und einmal, als ich mit dem Rad unterwegs war, blieb ich an einem kleinen, von Pinien gesäumten Strand stehen, um Rast zu machen; dort lag ich unter den Bäumen und hörte ihrem heimlichen Flüstern zu, und das Licht fiel wie blauer und grüner Schnee um und auf mich, und das Meer glitzerte durch die Pinienäste hindurch. Kein ungewöhnliches Bild, doch so wie bei meinem Besuch des Pinienwaldes im Landesinneren berührte es die Antenne, die in meiner Kindheit wurzelte, genau wie es in der Kindheit Antennen gibt, deren Ursprung in der Empfängnis und im Leben der Toten und den Neuanfängen liegt; und als ich die Empfindung an den Nervenenden und ihren Ursprung in der Vergangenheit zwischen den Pinien und dem Himmel und dem Wasser und dem Licht spürte, ersetzte ich diese Szene durch eine umfassendere, schob mit Hilfe der geübten Sparsamkeit der Erinnerung Altes und Gegenwärtiges teleskopartig ineinander, so daß die Erinnerung an diese Szene von da an und in Zukunft das kollektive Gefühl jener vergangenen enthielt, und wenn ich heute den Pinien zuhöre, am Wasser, im Licht und im Blau, dann spüre ich die Verbindung, die Fülle des Seins und Liebens und Verlierens und Staunens, das grübelnde »Warum wurde die Welt geschaffen?«, das mich in der Kindheit verfolgt hatte, den Schauer des Gestern, doch ich erinnere mich an die Pinien von Ibiza.

Nachdem Weihnachten, das den Blick nach vorn zu verstellen trachtet, vorüber war, begann ich mit nagender Sorge an meine Zukunft zu denken. Ich vermutete, daß es nach Ablauf meines Stipendiums das Gegebene sein würde, nach Neuseeland zurückzukehren, doch fühlte ich mich fern von Neuseeland so zu Hause, daß ich dazu wenig Lust verspürte. Auch hatte Frank Sargeson davon gesprochen, daß es ratsam wäre, wenn ich in London einen Psychiater aufsuchte, um herauszufinden, ob die neuseeländischen Ärzte mit ihrer Diagnose der Schizophrenie recht gehabt hatten. Ich wußte, daß ich nicht daran gelitten hatte. Meine Behauptung stieß jedoch naturgemäß bei fast allen auf Unglauben. Nach der Veröffentlichung meines Erzählbandes *The Lagoon* hatte mir John Forrest geschrieben, mein Freund aus fernen Studententagen, der jetzt in Amerika lebte. Da er mich seit elf Jahren nicht gesehen hatte und meine wahre Geschichte nicht kannte, meine Entschlossenheit, seine Erwartung an mich als »Verwandte Hugo Wolfs, van Goghs« zu erfüllen, hegte er höchstwahrscheinlich auch kaum Zweifel an der Gültigkeit der Diagnose. Meine Antworten auf seine Briefe formulierte ich in beiläufigem Ton, schlüpfte in meine frühere Rolle vermeintlicher »Gescheitheit«, »Andersartigkeit«, die Rolle einer Träumerin, einer Schöpferin von Phantasien. Wenn Johns unvermeidliche »Liebe Freunde«-Briefe eintrafen, lächelte ich über meine neue Reife. In einem Anflug von Snobismus hatte ich ihn manchmal als »meinen Freund, den Arzt aus Amerika«, bezeichnet. Ich erwähne ihn hier, weil er mir kurz zuvor in einem Brief mitgeteilt hatte, wenn ich es wünsche, könne er einen Besuch bei einem Arzt im berühmten Londoner Maudsley-Krankenhaus vereinbaren.

10
El Americano

Man hatte mir gesagt, der Frühling auf den Balearen käme früh. Und dennoch, sein Blütenausbruch Anfang Januar umschlang die Insel mit einem neuen Band von solch übermäßiger Süße, daß es dunkle Falten des Schmerzes in die Wonne hineinzwang.

Inmitten der schwarzweißen Bohnenblumen, von denen die Felder weithin voll waren, den Obstgärten in rosa und weißen Tönen, wie sie nie auf Gemälden wiedergegeben werden, sondern eingeschlossen bleiben in bestimmten Blumen, im warmen Frühlingswind, erfüllt vom Duft der wildwachsenden Blumen, der Mandel- und Avocadoblüten und der Bohnenblumen, schickte ich mich an, den Gedichten freien Lauf zu lassen, die ich, wie ich wußte, zu schreiben versuchen würde, obwohl ich mitten in der Arbeit an meinem Roman steckte. Oft erinnerte ich mich mit einem merkwürdigen Gefühl daran, daß ich seit drei Monaten kein Englisch mehr gesprochen hatte, wenn mir auch bewußt war, daß meine englischen Wörter in meinen Mundwinkeln versteckt waren und daß der Schlüssel im Schloß umgedreht war, aber wie rostig vom Nichtbenütztwerden der Schlüssel, das Schloß und die Sprache waren, wurde mir erst klar, als ich eines Nachmittags von meinem Spaziergang zurückkam und Francesca vorfand, die aufgeregt rief: »El Americano, El Americano«, während ich verblüfft zuhörte, bis ich einen braunhaarigen jungen Mann sah, der die Treppe zum Wohnzimmer herunterkam.

Er war ebenso überrascht, mich zu sehen.

»Hallo«, sagte er. »Ich bin Edwin Mather. Ich habe das Studio oben gemietet. Ich bin Maler.«

Ich mußte nach meinen englischen Wörtern suchen. (Von wegen *meine* Wörter!)

»Ich wohne im Vorderzimmer«, sagte ich. »Ich bin Schriftstellerin.«

»Ich nehme an, wir haben die Küche und das Klo draußen gemeinsam.«

El Americano. Genau wie Francesca mich gewarnt hatte. Hatte sie mir nicht gesagt, daß sie aus Algerien fortgegangen war, weil Los Americanos gekommen seien und sich das ganze Öl und alle Duftstoffe genommen hätten?

Mir war übel vor Enttäuschung, und ich empfand ein Gefühl des Verrats, denn ich glaubte Anrecht zu haben auf das ganze Haus und konnte nicht verstehen, wie El Patron nun auch andere Zimmer vermieten konnte. Vielleicht hatte ich mich geirrt. Ich hatte Ignacio Riquer Nummer sechs als *meinen Platz* betrachtet, natürlich geteilt mit El Patron und seiner Familie und Catalina und Francesca, doch nicht mit einem *Ausländer*, einem amerikanischen Maler, der Englisch sprach! Ich empfand Feindseligkeit und Schutzlosigkeit, während sich englische Gedanken und englische Wörter in meinen Kopf drängten wie in einen Vortragssaal, alle bereit, ihre Rolle zu spielen. Ich konnte mich an niemanden wenden. Ignacio Riquer Nummer sechs war *mein Platz* gewesen.

Ich erholte mich ein wenig. Zumindest würde Edwin Mather im ersten Stock wohnen. Doch würde er das Haus mit mir teilen, die Küche, den Herd, die Haustür, den Korridor, das Wohnzimmer, das auf den Hof hinausging, die Toilette im Hof, und mir würde stets eine Anwesenheit im Haus bewußt sein und mich von meinem Schreiben ablenken. Ich hatte das Gefühl, daß die Verbindung zwischen der Welt des Lebens und der des Schreibens einem Hochseil ähnlich und daß intensive, entspannte Konzentration nötig sei für das Hin- und Hergehen darauf mit bloßen Füßen (auf Messern und Federbetten). In einem solchen Leben bedeutet die Anwesenheit anderer eine unwillkommene Störung und wird nur dann zu einer begrüßenswerten, freudigen Ablenkung, wenn die Aufmerksamkeit, wenn auch nur für kurze Zeit, von den Wörtern abgezogen werden muß, in Zeiten des Reisens oder der Krankheit.

Bei dieser ersten Begegnung erklärten Edwin und ich, wie Bewerber um eine Stelle, die beide annehmen mußten (denn auch er hatte vielleicht gedacht, er miete das ganze Haus), unsere Anwesenheit in Ibiza – seine Geldmittel stammten von einem Stipendium, das er nach Andorra überwiesen bekam, wo der Geldmarkt »frei« war. Unwissend, was die Wege des internationalen Geldumlaufs betrifft, hörte ich aufmerksam zu, während er mir riet, mein ausländisches Geld in Andorra zu wechseln. Er könne es arrangieren, meinte er.

»Oh«, sagte ich zweifelnd.

Er zeigte mir sein Studio im ersten Stock, einen großen, luftigen Raum mit weißen Steinwänden, einem Oberlicht und einer Tür, die auf das Dach hinausging, mit Blick über die Stadt, die Felder, das Meer und die Spiegelstadt. Plötzlich war ich enttäuscht, weil ich meinen Abenteuergeist so eingeschränkt hatte – warum hatte ich nie dieses obere Stockwerk des Hauses erkundet? Wenn ich auf dem Weg zu meinem Schlafzimmer durch das Wohnzimmer ging, blickte ich ständig auf die Steintreppe, als wäre es ein verbotener Ort, ohne zu begreifen, daß ich selbst es war, die das Verbotsschild hingehängt hatte, ohne mir darüber im klaren zu sein, daß ich mir damit einen umfassenderen Blick über die Spiegelstadt versagte. Diese Offenbarung des Panoramas von der Dachspitze, nachdem ich Tag für Tag in einen Teppich gehüllt in meinem Sessel in meinem Zimmer verbracht hatte, die Schreibmaschine auf dem Tisch vor mir, den Blick, wenn er sich von der Schreibmaschine abwandte, nur auf die Spiegelstadt jenseits des Hafens gerichtet, hatte die Wirkung eines Erdbebens, verschob mein Gleichgewicht, tat Tiefen unter mir auf, verzerrte, doch erweiterte auch meinen einfachen Blick, so einfach wie das Starren des Pferdes mit Scheuklappen, das ich angeschirrt am Brunnen gesehen hatte, den es Stunde um Stunde umkreisen mußte, um Wasser heraufzuholen. Kein Zweifel, das Wasser war rein und süß und stand in keinem Zusammenhang mit dem Trott des Gefangenen, der am Brunnen tätig war, doch ich war mir nicht so sicher, ob das, was auf meiner Schreibmaschine entstanden war, in gleichem Maße frisch und funkelnd war.

Plötzlich war ich auch zu einem neuen Tagesablauf gezwungen, der auf Edwin Rücksicht nahm. Ich stand früh auf, heizte ein und stellte nun Edwins Wasser zum Rasieren und Waschen beiseite, und wenn er aufgestanden war, hatte ich schon gefrühstückt und mit meiner Arbeit angefangen. Abends aß er für gewöhnlich mit Freunden in einem Café oder blieb zu Hause und kochte seine Spezialität, französische Zwiebelsuppe, oder aß mit mir gemeinsam, was nun meine Spezialität war, nämlich Paella mit *Safran*, was ich nur erwähne, weil mir der Gedanke gefiel, daß ich »Krokusse aß«. Edwin malte fast den ganzen Tag, während ich schrieb, und manchmal trafen wir uns spontan oder verabredet in der Küche, wenn er oder ich fragten: »Quiere el fuego?«

Und bald waren die Küchenregale angefüllt mit Delikatessen, die Catalina und Francesca vor Aufregung erbeben ließen. Edwins erste Begegnung mit ihnen bewog ihn zu der Bemerkung: »Wer sind diese beiden alten Frauen, die herumschleichen und ihre Nase in alles stecken?«

Ich sagte es ihm. Sie schienen Edwin nicht sympathisch zu sein, während ich, im Gefühl, sie »verstehen« zu können, sie verteidigte und ihn daran erinnerte, daß sie arm waren und sich die Nahrungsmittel, die er kaufte, nicht leisten konnten und daß es nur natürlich war, wenn sie sich von seinem übervollen Regal bedienten.

»Aber sie schleichen den ganzen Tag aus und ein.«

Ich erzählte ihm, daß sie nebenan wohnten und daß unser Herd ihre einzige Kochgelegenheit sei. Sie hätten ein einziges Zimmer, sagte ich zu ihm, und sie hielten Zwerghühner auf ihrem kleinen Schlafzimmerbalkon. »Vielleicht geben sie Ihnen ab und zu ein frisches Ei«, sagte ich.

Er beschwerte sich auch, nicht ganz zu Unrecht, über die Glühbirnen. Obwohl in seinem Studio natürliches Licht durch das Dachfenster einfiel, wollte er malen, wann immer er es wünschte, und abends lesen. (Das bewerkstelligte ich, indem ich drei oder vier Kerzen auf meinem Tisch anzündete.) Edwin besorgte in der Stadt neue Glühbirnen, die sofort die Sicherungen im Haus durchbrennen ließen und ihm einen Tadel von seiten Fermins einbrachten, den Edwin beschrieb als den »lästigen kleinen Kerl mit der Violine. Haben Sie die fürchterlichen Geräusche gehört, die er auf dieser Geige produziert? Ich habe nicht gewußt, daß er dieses Haus zum Üben benützen wird.«

Ich zeigte auf den verschlossenen Schrank im Wohnzimmer. »Er hat Schnitzereien da drin. Der Schrank leuchtet innen auf, wenn man die Tür öffnet. Er ist eine empfindsame Seele.«

Edwins Ansicht über Francesca, Catalina und Fermin deprimierte mich, denn für mich waren sie meine neue Familie, die sich um mich gekümmert und auf mein Gepäck gewartet und mir beigebracht hatte, einzukaufen und zu kochen, und als mein drei Monate altes Visum ablief, war es Catalina gewesen, die mich auf die Polizeiwache mitgenommen und mich als ihre Freundin, die Schriftstellerin aus Neuseeland, vorgestellt hatte, deren Visum erneuert werden müsse. Ich hatte das Gefühl, daß El Patron und seine Familie Schutz gegen El Americano benötigten. Er und seine englische oder amerikanische Sprache waren die Eindringlinge.

Eine Zeitlang konnte ich mich nicht an das gewöhnen, was ich als Zerstörung meiner vollkommenen Welt ansah, und ich fand es immer noch schwierig, bei einer »Anwesenheit« im Haus zu schreiben, doch allmählich begannen Edwin und ich uns über unsere Arbeit zu unterhalten. Jeden Tag, wenn er zu malen aufgehört hatte, bat er mich in sein Studio, wo er mir seine vormittäglichen Bemühungen erklärte und über seine Ideen und über Kunst im allgemeinen sprach, und im Austausch dafür – obwohl ich nicht über meine augenblickliche Arbeit sprach – lieh ich ihm ein Exemplar meines Romans *Wenn Eulen schrein*, der mittlerweile veröffentlicht und vor kurzem im *correos* angekommen war, wo ich meine Post holte. *Wenn Eulen schrein* gefiel Edwin. »Es sollte in den Staaten erscheinen«, sagte er. Er kenne jemanden in New York, der für einen Verlag arbeite; vielleicht könne er ihm ein Exemplar senden?

Ich sagte, ich würde »sehen«.

Abgesehen von den Gesprächen über unsere Arbeit und vom oftmals am Tag geäußerten Satz »Quiere el fuego« lebten wir unsere getrennten Leben. Dann, eines Nachmittags, als ich von meinem Spaziergang zurückkam, traf ich Catalina und Francesca in einem Zustand der Aufregung an: Edwin habe eine Besucherin, die die Nacht über bleiben werde ... im selben Zimmer ... im selben Bett. Und an jenem Abend lernte ich Dora kennen, eine Flötistin aus dem Mittleren Westen, die in Paris Musik studierte. Sie war klein, zierlich, mit schwarzen Haaren. Sie trug die »richtige« Kleidung – schwarze *pantalones* und einen Pullover. Ich sehnte mich danach, so voller Geheimnisse zu sein, wie sie es schien, Geheimnisse, die einen Mann dazu ansporen würden, sie zu entdecken, aber ich hatte seit so langer Zeit alle Ein- und Ausgänge blockiert, die ich kannte oder fühlte, daß ich geschlechtslos war wie ein Holzblock. Mit all diesen Schutzschichten hatte ich mich ausgelöscht.

An jenem Abend waren Edwin und Dora in den Ort essen gegangen. Während ich, innerlich unruhig, mit einem nagenden Gefühl der Einsamkeit und einem Widerwillen, mich wieder ans Schreiben zu machen, mein karges Mahl zubereitete, eine Weile im Halbdunkel las, verträumt auf meine Spiegelstadt hinausblickte und dann zu Bett ging. Ich hörte, wie Edwin und Dora nach Hause kamen, hörte sie lachen und reden, als sie die Treppe zu seinem Studio hinaufgingen, und ich empfand das plötzliche, unangenehme Gefühl der Entmutigung darüber, nur ich selbst und niemand anders zu sein: nicht zierlich, sondern mit Beinen, die laut meiner Schwester wie Fußballerbeine waren, und mit Handgelenken, die mich an Eisenbahnschwellen erinnerten.

11
Figuretti

Am nächsten Morgen war Dora fort, noch bevor ich aufgestanden war. Sie mußte ein Schiff oder ein Flugzeug aufs Festland oder in den Norden erreichen. Edwin und ich frühstückten spät, und er sprach ganz beiläufig von ihr, so als wäre sie einfach irgend jemand. Catalina und Francesca konnten nicht aufhören, über sie zu reden, *la diabla*, die beim Americano übernachtet hatte, und die Bettwäsche mußte gewaschen werden, und was für eine Schande. Eine Teufelin! Sie wandten sich zu mir: »Du bist nicht wie sie, du bist keine Teufelin. Los Americanos!«

Mir war klar, daß ich diese Rolle schon früher gespielt hatte – als Kind zu Hause, in der Schule, dann an der Universität und an der Pädagogischen Hochschule: die Befolgerin der Regeln, die »Gute«, erlöst von dem Bösen, nie in Versuchung geführt. Während das Lob damals ein Gefühl klebriger Selbstgefälligkeit in mir hervorgerufen hatte, verschaffte es mir jetzt nur wenig Befriedigung, denn in der Arithmetik meiner zweiunddreißig Jahre bedeutete es für meine Selbstachtung nun eher eine Subtraktion als eine Addition.

Eine Zeitlang kehrte mein Leben mehr oder weniger in seine alten Bahnen zurück. Dann, eines Abends, als ich in meinem Zimmer war und tippte, hörte ich Stimmen in der Küche, Männerstimmen, unterbrochen von herzhaftem Lachen, und unter dem Vorwand, heißes Wasser zu holen, ging ich hinaus, um meine Neugier zu befriedigen, und fand Edwin mit einem Freund vor, den er als *Bernard* vorstellte und dessen vierunddreißigsten Geburtstag sie feierten. Ich sagte Hallo (unfähig, das mir lächerlich erscheinende »Hi!« herauszubringen), aß einen Toast und trank ein Glas Rosé mit ihnen (laut Bernard der beste der Insel), und dann, mit der Erklärung, ich hätte zu arbeiten, kehrte ich in mein Zimmer zurück, und als ich ging, hörte ich, wie Edwin sagte: »Von Janet ist ein Buch veröffentlicht worden.«

Später, im Bett, hörte ich noch immer ihr Lachen, das nun, nachdem Stunden vergangen waren, leicht betrunken klang. Ich fand, daß Bernards Lachen das fröhlichste war, das ich je gehört hatte. Sein Klang schien die richtige Zusammensetzung zu haben, um sich mühelos mit einer gezackten Form in meinem Herzen zu verbinden. Anders konnte ich mir das Vergnügen nicht erklären, das es mir bereitete, seinem Lachen zuzuhören.

Am nächsten Morgen, einem blauweißgrünen Frühlingsmorgen, ließ ich meine Arbeit unberührt liegen und machte mich in einer Anwandlung von Hausfraulichkeit daran, Orangenmarmelade nach einem Rezept zu kochen, das Edwin aus dem *Observer* ausgeschnitten hatte; das blutfarbene Obst wallte in dem großen Topf auf, den Catalina mir geborgt hatte, und ich lehnte mich gerade über den Topf, um die goldene, von blutroten Streifen durchzogene klebrige Flüssigkeit umzurühren, als die Tür aufging und Bernard eintrat.

»Hi«, sagte er. »Ich konnte heute morgen nicht arbeiten. Ich habe gedacht, ich mache einen Spaziergang. Haben Sie Lust mitzukommen?«

Ich wurde nervös. »Was für eine Arbeit ist das?« fragte ich und entsann mich, daß Edwin gesagt hatte, Bernard helfe dabei, Freud nach Spanien zu bringen, indem er am Bau der Ölpipeline mitarbeite.

»Zu Hause bin ich Professor für Geschichte. Ich habe an der Pipeline mitgearbeitet, bis ich von einem Pferd gefallen bin und mir den Arm gebrochen habe – es ist am Verheilen. Eigentlich bin ich ein Dichter. Ich habe schon mehrere Gedichte geschrieben, seit ich auf der Insel bin.«

Er war mittelgroß, hatte blondes Haar und graue Augen und eine volltönende Stimme, die in meinen bereits bezauberten Ohren wie Musik klang. Ich fand, daß seine Augen, sein unverwandter Blick leicht glasig und irr aussahen: In meiner Unschuld wäre mir nie in den Sinn gekommen, er könnte Drogen nehmen. Er sah zu, wie ich die Marmelade in die sechs bereitstehenden Gläser füllte, und ab und zu, wenn ich mich vorbeugte, so merkte ich, starrte er in meinen Ausschnitt und auf meine Brüste. Er hörte nicht auf, sie anzustarren. Auch mich starrte er an, mit seinen glänzenden, irr aussehenden Augen.

Wir redeten über uns.

»Ich konnte auch nicht arbeiten«, sagte ich. »So ein schöner Tag.«

»Gehen wir am Strand spazieren, an Figuretti vorbei.«

»Figuretti?«

»Ja. Kennen Sie Figuretti nicht?«

Ich sagte nein, leider nicht, und er erklärte es nicht weiter, und in all der mir verbleibenden Zeit auf der Insel fand ich nie die Besonderheit oder Bedeutung von Figuretti heraus. Manchmal dachte ich, es müsse ein Buch sein, dann, ein Stück Himmel, denn während der folgenden Wochen sagten Bernard und andere, die ich kennenlernte: »Figuretti ist heute sehr schön« oder »Es ist gleich hinter Figuretti« oder »Als ich zum ersten Mal bei Figuretti war«. Einmal zeigte Bernard auf ein Café, eine Häusergruppe, die Kirche, den Himmel. »Sehen Sie«, sagte er in zufriedenem Ton. »Da ist Figuretti.«

Merkwürdigerweise wahrte ich meine Unwissenheit und fragte nie nach.

Ich verschloß das letzte Glas Marmelade und stellte die sechs Gläser in einer Reihe auf den Tisch. Edwin wird sich freuen, dachte ich und horchte vergebens auf die Geräusche, die er bei der Arbeit in seinem Studio machte, und ich wünschte, ich lebte in der Zeit von Federkiel und Tinte, als man auch Schriftsteller nicht arbeiten hören konnte und niemand, auch wenn er horchte, wußte, was für einen Wörterklang sie gerade mischten und verrührten und auf das Pergament oder Papier auftrugen.

»Edwin ist beschäftigt«, flüsterte ich.

Wir gingen die engen Straßen entlang, hügelan durch eine Gruppe hoher Kakteen, deren harte, dornige Handflächen nach oben gerichtet waren. Bernard zeigte auf den Eingang zu den Höhlen, in denen einige der Inselbewohner lebten. Mir war nun bewußt, daß ich eine weitere Reise machte, eine erste, so wie damals, als Ben und ich ganz London nach einem Schachspiel absuchten, das trotz der gelegentlich an die Oberfläche steigenden Träume und Wünsche ein buchstäbliches Schachspiel blieb, auf dem man eine wirkliche Partie Schach spielen konnte. Dieser Strandspaziergang mit Bernard wurde von uns als eine Absicht erkannt, ähnlich der vorbereitenden Bewegungen von Vögeln, die zum Flug ansetzen. Bernard und ich lachten auch und redeten und zitierten unsere Lieblingsdichter (ich war etwas enttäuscht, als er Kiplings »Gunga Din« vortrug), aber ich war erneut von ihm bezaubert, als ich erfuhr, daß er fließend Französisch und Spanisch sprach, und augenblicklich tischte ich meine Lieblingszitate auf, wie Konfekt, das zubereitet, geformt und zum Kosten hingestellt wird. Man stelle sich also eine zweiunddreißigjährige Frau vor, mit frischer Gesichtsfarbe und blauen Augen, in einem blauen »Sack« aus Jersey (Edwin fand, es sei eine »wunderschöne Farbe«, und ein Maler muß es ja wissen) und mit flachen Riemensandalen. (Frank Sargeson trug im Sommer immer flache Riemensandalen. Er brauchte nur zu mir zu sagen: »Riemensandalen sind am besten und am billigsten für den Sommer. Du brauchst Riemensandalen«, und schon machte ich Riemensandalen zu einem Bestandteil meiner Frühlings- und Sommerexistenz, wo immer auf der Welt ich auch lebte.) Man stelle sich vor, wie ich am »blauen Mittelmeer« eine Fabel vorzutragen begann, die ich vor Jahren gelernt hatte, sie vortrug, um mein Vergnügen an den Reimen mit jemandem zu teilen und mein ausgezeichnetes Gedächtnis unter Beweis zu stellen:

> Maître Corbeau, sur un arbre perché,
> Tenait en son bec un fromage.
> Maître Renard, par l'odeur alléché,
> Lui tint à peu près ce langage:
> Hé! bonjour monsieur du Corbeau.
> Que vous êtes joli! que vous me semblez beau...

– und dann, fertig mit La Fontaine, wandte ich mich Alphonse Daudet zu und schüttelte den Staub von »Si vous avez jamais passé la nuit à la belle étoile, vous savez qu'à l'heure où nous dormons un monde mystérieux s'éveille dans la solitude et le silence. Alors la source chante bien plus clair et il y a dans l'air les frôlements, les bruits imperceptibles si l'on entendit l'herbe pousser, la branche grandir...«; darauf folgte noch eine Portion Victor Hugo: »C'est pour renaître ailleurs qu'ici bas on succombe...«

So hatte ich dezent auf meine Intelligenz hingewiesen, und nun war Bernard an der Reihe, mich zu beeindrucken.

»Wie wär's mit Auden?« sagte er.

Ich war hingerissen. »Oh! Auden!«

Ich begann: »Er verschwand im tiefsten Winter: / Die Bäche waren vereist...«

> Folge, Dichter, folg bedacht
> Bis zum tiefen Grund der Nacht,
> Deine Stimme, unzerstört,
> Helfe uns, daß Jubel währt...

Bernard antwortete mit einem Zitat von Edna St. Vincent Millay, und während ich mit höflicher Aufmerksamkeit zuhörte und in meiner Überheblichkeit befand, daß meine Dichter »besser« waren als seine, wünschte ich mir doch, er würde lange Stellen aus Yeats zitieren und das Bild von seiner Vollkommenheit bewahren vor meinem realistischen Impuls, das zu zerstören, was ich aus dem Tag, den Umständen und der Person gemacht hatte, die sehnsüchtig vom mysteriösen Figuretti sprach. Wir spazierten weiter, und unsere Stimmung hob sich, als wir uns umblickten, das Meer und den Himmel sahen und den Duft der Bohnenblumen, der Mandelblüten und der unzähligen namenlosen Blumen rochen, die überall in einem ewigen Frühling blühten.

Wir gingen an einer mageren Kuh vorüber, die am Ende des Strickes graste, mit dem sie an einem Pflock angebunden war, in dessen Umkreis kein Gras wuchs, und in einer Geste der Großzügigkeit gegenüber der Welt zog Bernard den Pflock aus der Erde und führte die Kuh zu einer neuen Weide, aber nachdem er den Pflock wieder in die Erde gesenkt hatte, hob er einen Stock auf und versetzte der Kuh damit zwei heftige Schläge, in einem Zorn, zu dem keine Veranlassung bestand, was mich an die Geste des blassen Physikers erinnerte, der die Schildkröte auf dem Rasen in Clapham Common attackiert hatte. Wieder kämpfte ich darum, die Vollkommenheit des Tages in Ibiza zu bewahren und nicht zu zerstören.

Wir gingen weiter. Der leichte Wind wehte ein Grasbüschel quer über den Sand zum Wasser hin.

»Sehen Sie doch«, rief Bernard entzückt. »*Tumbleweeds*. Steppenläufer! Kennen Sie Steppenläufer?«

Beschämt sagte ich, ich hätte geglaubt, *tumbleweeds* seien umherstreifende Cowboys. In meiner Kindheit hatte ich so viele Wildwestfilme gesehen, daß mir Texas, New Mexico und Arizona ganz vertraut waren mit ihrer Flora und Fauna und den Cowboyliedern, die ich damals sang, darunter

Drifting along with the tumbling tumbleweed...

Meine Reaktion war ekstatisch. Das war also Steppenläufer! Ich sah zu, wie das trockene Grasbüschel, von seinen eigenen Wurzeln umschlossen, immer weiter auf das Meer zurollte, wo es liegenblieb und sich, teils aus eigenem Antrieb, teils in der Hand des Windes, im Zickzack das Ufer entlangbewegte, nie innehielt, um auszuruhen oder Wurzeln zu schlagen. Obgleich ich mich nicht dem Anthropomorphismus, der pathetischen Vermenschlichung der Natur ergeben wollte, stattete ich den Steppenläufer mit einer Kraft zu innerer Freiheit, zu schützender Isolation aus: Ich betrachtete ihn mit Wohlwollen. Wir waren den ganzen Strand entlanggegangen und an der weißen Steinvilla vorbeigekommen, die Bernard gemietet hatte, nur wenige Meter vom Wasser entfernt. Wir sprachen über uns und über unser Leben, und als Bernard fragte, ob ich verheiratet sei, sagte ich nein, aber weil ich nicht verraten wollte, daß ich sexuell, jedoch nicht technisch eine Jungfrau war, machte ich vage Andeutungen über Liebschaften aus vergangenen Tagen.

Bernard hatte früh geheiratet und lebte nun von seiner Frau getrennt.

Ich hätte niemanden im speziellen, sagte ich. Ich hätte ein oder zwei Freunde, aber ich sei mit meinem Schreiben so beschäftigt, daß mir nur wenig Zeit oder Neigung für Herzensangelegenheiten blieben.

Mein Versuch, mich geheimnisvoll zu geben, belustigte Bernard. Er lachte herzlich, und jedesmal, wenn er lachte, spürte ich in mir einen Widerhall dieses Lachens, als wäre ich ein riesiger leerer Palast in Erwartung der Gäste und des Festmahls.

Wir erklommen den Hügel am entfernten Ende des Strandes mit Ausblick über ein dreieckiges Meer und das säuberlich in Terrassenform angelegte Land, von dem jeder Zentimeter angebaut war, um Frucht zu tragen. Wir breiteten unser Picknick im Gras aus und aßen und tranken, und während wir hinunterblickten auf die Felder und das Meer, stand ich mit seinem Arm um meine Hüfte da. Wir waren stundenlang weg gewesen. Langsam wurde es dunkler.

»Gehen wir zu meiner Villa«, sagte er. »Wir können ein Feuer im Kamin machen.«

Hand in Hand gingen wir den Strand entlang zurück zur weißen Steinvilla. Eine Villa am Strand! Die märchenhafte Vorstellung, wie ein Schalentier in Reichweite des Meeres und in Sichtweite des Steppenläufers zu leben, der nun, neben meinem geliebten Matagouri, seinen Platz als besondere Pflanze einnahm!

Nachdem Bernard und ich gegessen hatten und in der Dämmerung neben einem flackernden Kaminfeuer saßen, ein lebendes Klischee aus all den *True-Romance*-Heftchen, die ich in meiner Mädchenzeit gelesen hatte, empfand ich Genugtuung darüber, ein weiteres erstes Erlebnis zu haben – einfach dazusitzen, über interessante Dinge zu reden und auch vage auf Gefühle anzuspielen, einem unsichtbaren Vertrag zuzustimmen und ihn zu unterschreiben, ohne darüber zu sprechen, in einer Atmosphäre beiderseitiger Erregung. Anders als Bernard war ich auf dem Gebiet der Verführung ein Neuling.

Der Nachtwind vom Mittelmeer wehte kühle Luft ins Zimmer, und ich wollte das Fenster schließen. Bernard beugte sich nach vorn, umfaßte mit festem Griff meine Taille und preßte mich an sich. Ich sträubte mich und machte mich los.

»O nein«, sagte ich prüde. »Ich habe Sie gerade erst kennengelernt. Ich kenne Sie gar nicht. Ich glaube nicht an... Ich meine, ich habe Sie erst kennengelernt.«

Dann nahm ich eine ruhige, vernünftige Haltung ein und löschte auf diese Weise nicht nur erfolgreich den Funken aus, sondern überspülte ihn mit einem dämpfenden Bedauern, wurde zu meinem eigenen Meer; und kein Material zum Anfachen in Sicht.

Dann unterhielten wir uns eine Weile und tauschten weiter voller Erregung Einzelheiten über unser Leben und unsere Ansichten und Überzeugungen aus, alles unvermeidlicherweise versehen mit romantischen Zitaten aus der Dichtung.

Es war früher Morgen, als wir über die gepflasterten Straßen in Richtung Ignacio Riquer gingen, und als wir vor meinem Haus standen, drückte er mich wieder eng an sich, während seine geübten Hände nach den »richtigen« Stellen suchten, und er küßte mich, bis ich seine Küsse erwiderte und wir atemlos auf der dunklen Straße standen. Dann machte ich mich los, wünschte ihm förmlich eine gute Nacht und ging in mein Zimmer, und mein Körper fühlte sich an, als wäre er immer noch umfangen von ihm, in einer Umarmung, die die ganze Nacht anhielt, wie ein Phantom, und wenn es wie ein langsam schwindender Traum zu entweichen begann, gebot ich ihm zurückzukehren.

Ich verbrachte ein paar ruhelose Tage.

»Ich höre deine Schreibmaschine nicht«, sagte Edwin im Ton der Beschwerde, als wäre das Geräusch meiner Schreibmaschine eine notwendige Begleitung seiner eigenen Arbeit; und das war es vielleicht auch, denn ein Zustand der Ruhelosigkeit kann ansteckend sein, und jedes Abgehen eines Künstlers von seinem geplanten Tagesablauf kann Anarchie auslösen, wenn die Ideen hereinlugen und keinen Platz finden, um sich niederzulassen.

»Arbeitest du im Augenblick nicht?«

Ich »lachte leichthin« (wie es in Romanen geschildert wird, wenn das Lachen am ernstesten und melancholischsten ist), denn wie der Flecken Erde, auf dem der Riese gelegen hat, hatte auch Bernard seinen tiefen Eindruck hinterlassen, und als ich eines Morgens mit dem quälenden Gedanken aufwachte, ich (schüchtern, in meinem dreiunddreißigsten Jahr, auf Reisen in Übersee, um »Erfahrungen zu sammeln«) könnte nie mehr eine solche Erfahrung haben, zog ich mich an, stellte Edwin sein Wasser zum Rasieren hin und ging dann hinaus und auf der Straße in Richtung Hügel und Meer und Bernards Villa. In der *pasteleria* kaufte ich Frühstücksgebäck. Ich ging durch die Gruppe hoher Kaktusbäume neben den fensterlosen weißen Häusern und den Höhlen. Ich kam zum Strand, dem »Mittelmeer aus Sommerträumen, das, von kristallner Woge eingewiegt, schlief«.

Ich hielt nach Strandläufern Ausschau, sah aber keine.

Ich klopfte an die Tür von Bernards Villa.

Er war nicht überrascht, mich zu sehen. Er hatte einen Morgenmantel an und hielt ein Stück Papier in der Hand.

»Ich habe gerade ein Gedicht geschrieben«, sagte er. »Über den Frühling in Ohio.«

Er begann zu lesen: »Nur der Frühling in Ohio...«

Ich fand, es war ein unbedeutendes, fast nichtiges Gedicht, und nachdem er aufgehört hatte zu lesen, murmelte ich: »Oh. Frühling in Ohio. Das muß wunderschön sein.«

»Ist es auch. Es ist wie nirgends sonst. Eines Morgens wacht man auf, und der Frühling ist da. Der plötzliche Ausbruch des Frühlings in Ibiza erinnert mich daran.«

»Frühling in Ohio«, murmelte ich einfältig und blickte schüchtern, als Bernard seine Aufmerksamkeit dem Gedicht entzog und mir zuwandte.

»Ich habe noch nicht gefrühstückt«, sagte er. »Am besten schreibe ich mit leerem Magen.«

Das erinnerte mich an einen alten Witz aus dem Radio, und ich wollte schon kichern, knallte dann aber meine Gebäcktüte auf den Tisch und sagte: »Ich habe das Frühstück mitgebracht.«

Und so saßen wir einander gegenüber, aßen das Gebäck und setzten unser Gespräch dort fort, wo es vor mehreren Abenden eingeschlafen war; wir unterbrachen unsere Prosa mit Zitaten unserer Lieblingsgedichte, wobei jeder im stillen den dichterischen Geschmack des anderen beurteilte, bis unser Frühstück vorbei war und wir auf dem Sofa gegenüber dem breiten Fenster mit Ausblick auf den Strand saßen. Das Mittelmeer, dachte ich, im Bewußtsein, daß ich in ein fortgesetztes Klischee hineingeraten war.

Und dann zog Bernard mich langsam aus, und ich machte seine Knöpfe auf, und wir beide wußten, daß dies der Grund für meinen Besuch war. Nackt gingen wir ins Schlafzimmer, zum großen Doppelbett, während das Meer draußen schwieg und anbrandete und schwieg und anbrandete und der blendende Glanz der Morgensonne das Zimmer erfüllte. Als Bernard die Vorhänge zuziehen wollte, sagte ich, im Glauben, daß ich mich damit sehr erfahren anhörte, und in der Erinnerung an einen Satz aus dem Buch *Meeting and Mating*, mit dem meine Schwester und ich uns vor Jahren eingehend befaßt hatten: »Es ist vielleicht eine gute Idee, bei Tageslicht miteinander zu schlafen«, ganz beiläufig, als wäre mir nichts unbekannt.

Ich lag auf dem Bett. Ich starrte Bernards großen, erigierten Penis an. Ich wagte nicht zu sagen, daß es das erste Mal war, daß ich mit einem nackten Mann zusammen war. Ich starrte weiter auf den Taubenschlag mit dem roten Dach, voll weißer Tauben, bereit, in den Himmel zu fliegen und nie mehr zurückzukommen; und ich war der Himmel; und wie seltsam das war, daß ich, nach all meinen Reden über die »Männer in meinem Leben« auf unserem Spaziergang, dies zum ersten Mal erlebte und nur ich es wußte. Und plötzlich bestand Bernard aus zwei Wesen, aus ihm selbst und dem Männchen, das aussah wie ein Taubenschlag. Ich empfand die Traurigkeit und Endgültigkeit, mich mitten in einer *True Romance* zu befinden (»dann nahm er... dann legte ich«), in einer weißen Steinvilla am Mittelmeer.

Bernard ging dann ins Badezimmer, und als er zurückkam, hatte der Taubenschlag ein Kondom an, und eine vage Schwermut überkam mich, während ich mich fragte: »Warum ist er so gut darauf vorbereitet und trägt sie mit sich herum wie Tabletten gegen Verdauungsstörungen?« Ich bezwang meine momentane Enttäuschung: Ich wollte mir meine neue Erfahrung nicht nehmen lassen. Ach, warum, dachte ich, mußte ich meine Gefühle überschminken, damit sie als *Liebe* gelten konnten, so wie diese sein sollte, ohne Zweifel und Mißtrauen. Und vielleicht war ja das, was ich da überschminkte, bereits ein Leichnam?

Wir verbrachten den Vormittag damit, miteinander zu schlafen. Trotz meiner Lektüre über dieses Thema erlitt – oder genoß – ich Erschütterungen und Überraschungen, die durch die damit einhergehenden Empfindungen gemildert wurden. Außerdem hatte ich das Gefühl, meine Lügen über mich selbst als »erfahrene Frau« nicht mehr zurücknehmen zu können. Ich, die ich von mir annahm, stets nach der »Wahrheit« zu suchen – suchte ich jetzt nach der Wahrheit in einer Lüge? Ich wußte, diese Lügen waren die Lügen der Eitelkeit und Feigheit, der Weigerung, mein Leben so zu sehen, wie es gewesen war, und nicht so, wie ich annehmen oder hoffen wollte, daß es gewesen sein könnte.

Am Nachmittag, frisch verknüpft in einem starken, rasch besiegelten Bund, die Arme umeinander geschlungen, einander mit den Händen fest umklammernd, gingen wir ins Tageslicht hinaus und durch die Straßen der Stadt. Wir kamen an Figuretti vorüber.

»Da ist Figuretti«, sagte Bernard, während ich mit großen Augen um mich blickte auf die geheimnisvolle Welt von Himmel, Stein, Sand, Meer.

»Figuretti«, wiederholte ich, als wäre es ein Spiel, ein Wettbewerb, an dem ich mich mein ganzes Leben beteiligt hätte und bei dem ich nie die Antwort wissen würde.

Wir kamen zum Postamt, wo ein Paket auf mich wartete. Aus England. Wer hatte es wohl geschickt?

Später, in der Villa, öffneten wir das Paket, in dem vier Dosen Corned Beef von Patrick Reilly waren.

Und ein Brief, der mit den Worten »Ich hoffe, du bist noch immer frei und ungebunden« endete.

Ich kostete das Gefühl der Übertretung aus, als Bernard und ich im Bett lagen, uns liebten und später unser Corned Beef und das französische Brot aßen.

Von jenem Tag an verbrachte ich jede Nacht und einen Großteil des Tages in Bernards Villa. Zur Frühstückszeit stahl ich mich nach Hause, versuchte, das Bild von mir als unschuldiger *escritora* aus Nueva Zelanda aufrechtzuerhalten, merkte jedoch, daß es mir nicht gelungen war, als ich die Enttäuschung im Blick von Catalina und Francesca sah, als ich eines Morgens zur Tür hereinkam und sie antraf.

»El Americano?« fragte Francesca mit einem hinterhältigen Lächeln. »Mucho dinero?«

Ich verfiel in mein Gemisch aus Französisch und Spanisch.

»No sé«, sagte ich kühl. »Peut-être.«

Damals wurde allgemein angenommen, daß alle Amerikaner reich waren, hauptsächlich weil sie die teuersten Lebensmittel und Konsumgüter als selbstverständlich zu betrachten schienen. Selbst Edwin mit seinem Stipendium lebte im Luxus und kaufte Dinge, die für Catalina, Francesca und mich unerschwinglich waren. Und erst Bernard in seiner »Villa am Mittelmeer«! Ich konnte die fast unmerkliche Veränderung der Gefühle von Catalina und Francesca mir gegenüber spüren: Ich war nicht mehr die konfuse Janetta, ganz allein, auf ihr Gepäck und ihre Schreibmaschine wartend; ich war – nicht ohne ein Gefühl des Triumphs meinerseits, doch auch mit einem Gefühl des Verlustes – zu einer der Teufelinnen geworden, und da ich nun einmal eine war, wußte ich, daß ich nun das seltene Vergnügen geopfert hatte, in Catalinas und Francescas winzige

Wohnung eingeladen zu werden, um beispielsweise eine Fiesta-Party mit ihnen zu feiern, lachend um den Tisch zu sitzen und zu reden, während die Kohlenpfanne darunter brannte.

Nun hatte ich mich zu den Americanos gesellt. Ich war Bernards »Frau«.

Bernard und ich besuchten andere Amerikaner, viele von ihnen Verbannte des McCarthy-Regimes – den Filmregisseur, nun zum Maler geworden, der sich auf Ibiza eine Villa gebaut hatte und uns durch seine persönliche Galerie des Amerikanischen Bürgerkrieges führte, wo ein jedes der Porträts der Generäle ein Porträt von ihm selbst war. Wir besuchten Konzerte und Lyriklesungen am Französischen Institut. Wir aßen und tranken mit Edwins und Bernards Freunden, zum Großteil Amerikanern, Frauen und Männern, die mit den Partnern ihrer Wahl ein luxuriöses Leben der Sinnlichkeit und Sinnenfreude führten, wie es die Lotosesser genießen. Ab und zu fand ich mich in beunruhigenden Situationen – einmal kam ich zu einer Dinnerparty und merkte, daß ich der einzige Gast war; mein Gastgeber, mir gänzlich unbekannt, saß am anderen Tischende und erlitt plötzlich einen Malariaanfall. Während ich ihm in sein Schlafzimmer half und ihn auszog, fragte ich mich, ob seine Krankheit eine Abart der »Briefmarkensammlung« war, über die wir als Mädchen oft gelacht hatten. Aber er war wirklich krank. Im Bewußtsein, daß ich tatsächlich den Zweck meines Literaturstipendiums, nämlich »Erfahrungen zu sammeln«, erfüllte, saß ich die ganze Nacht an seinem Bett, rührte seine Medizin an und verabreichte sie ihm.

Während unserer Besuche bei den Amerikanern erfuhr ich viel aus dem, was gesagt oder auch nicht gesagt wurde. Ich hörte von der Zirkulation von Drogen. Niemand in meiner Bekanntschaft, soweit mir aufgefallen war, nahm Drogen oder handelte mit ihnen, aber meine Naivität in dieser Hinsicht war so groß, daß ich mich jetzt frage, ob ich Anzeichen mißdeutete oder sie gar nicht bemerkte. Ich hörte einfach zu, fasziniert von all den Geschichen, als wäre ich ein Kind, das lange aufbleiben und zuhören darf, wenn die Erwachsenen von ihren Heldentaten erzählen.

Ich konnte ein paar sehr reale Anzeichen der Zukunft anderer nicht mehr ignorieren und kam auch nicht umhin, über das Risiko nachzudenken, das ich selbst einging, als ich hörte, daß Barbara, eine Malerin, die glücklich und zufrieden mit Greg, einem anderen

Maler, lebte und malte, plötzlich allein und in Not war. Greg war nach Paris gefahren und würde nicht zurückkommen, und die Leute fragten Barbara, was sie machen werde, wenn das Baby da sei. Würde sie auf der Insel bleiben? Wovon würde sie leben? Würde sie nach Amerika zurückkehren und das Baby bekommen oder sich dafür entscheiden, es nicht zu bekommen? Es sei noch Zeit... jemand kannte jemanden, der jemanden kannte... Jeder hatte Mitleid mit Barbara. Es sei auch anderen passiert, sagten sie.

Als ich bei einem meiner seltenen Zusammentreffen mit Edwin in Ignacio Riquer aus Gewohnheit unseren traditionellen Satz – Jahrzehnte her, in meinem Leben – »Quiere el fuego?« murmelte, erwiderte er: »Ich hoffe, du weißt, was du tust?«

»Natürlich weiß ich das«, sagte ich.

»Aber was ist mit deinem Schreiben? In letzter Zeit habe ich nie mehr deine Schreibmaschine gehört. Was ist passiert?«

»Na ja...«

Bernard hatte Besitz von meinem Geist und meinem Körper ergriffen. Wir erforschten die Insel, mieteten Fahrräder und verbrachten den Tag an abgelegenen Stränden. Wir redeten und zitierten und sangen und liebten uns. Einmal besuchten wir seine Freunde auf einer Jacht im Hafen (Spiegelstadt!). Ihr Vorrat an Feuerwaffen erschreckte mich.

Dann, eines Nachts, als wir im Bett lagen, sagte Bernard bestürzt: »Mir sind meine Vorräte ausgegangen. Ich wollte welche besorgen.«

Seine Besorgnis mißfiel mir. In solchen Augenblicken sind solche Dinge nicht von Bedeutung. »Was macht das schon?« sagte ich unbekümmert.

Später sagte ich verträumt: »Was wäre, wenn ich ein Baby bekäme?«

Bernards Antwort versetzte mir einen Schock. »Das wäre schrecklich«, sagte er.

Er meinte es ernst. Das wäre schrecklich. Seine Worte verfolgten mich mit einer Realität, die bisher nicht bis zu mir gedrungen war. Ein Baby, ein Abbild der Liebe von Bernard und mir; ein Geschenk von Bernard, für den ich eine entschlossene Art von Liebe empfand, die ich während der vergangenen Wochen, sobald sich Zeichen der Verwirrung gezeigt hatten, rasch zurechtgebogen und geglättet hatte, um ihre Vollkommenheit zu bewahren – wäre ein Baby denn nicht die Erfüllung unserer Liebe?

Seine Worte »Das wäre schrecklich« zerstörten diese vollkommene Liebe erfolgreich. Ganz plötzlich nahm der Platz auf dem Erdboden, der – wie ich dachte, unauslöschlich – vom Riesen gezeichnet war, wieder seine frühere Form und seinen früheren Bewuchs an. Ich fühlte, wie mein Leben, so wie das Gras, wieder seinen Platz einnahm und auf Sonne und Licht und Wind reagierte: Meine Sehnsucht und Liebe und Leidenschaft für Bernard waren verschwunden. Seine kalten Worte »Das wäre schrecklich. Ein Baby wäre schrecklich« – wie hatte er sie denken und aussprechen können? Ein Baby wäre schrecklich.

Diese Nacht war die letzte, die ich in der Villa verbrachte. Ich kehrte in mein Zimmer in der Calle Ignacio Riquer zurück, um dort zu leben und zu arbeiten. Ich fand einen Schlüssel für die Haustür und versperrte sie und weigerte mich zu öffnen, wenn Bernard kam. Edwin und ich nahmen unseren alten Tagesablauf wieder auf, malten und schrieben, und jeden Nachmittag ging ich zu ihm ins Studio, um mir das Werk seiner Vormittage anzusehen. Er hatte einem seiner Bilder den Titel »Die Straße, wo die Kinder nicht mehr spielen« gegeben.

»Weißt du noch?« sagte er.

Ich wußte es noch. Wir waren spätabends durch die Straßen gegangen, während jemand Flöte gespielt hatte, und die Flötentöne waren hart wie zerbrochene Pflastersteine zu Boden gefallen und hatten im Mondlicht gefunkelt; und die Kinder, die den ganzen Tag auf der Straße gespielt hatten, waren schon lange verschwunden.

»Es ist wie eine Straße, wo die Kinder nicht mehr spielen«, sagte ich.

Dann, eines Tages, erzählte mir Edwin, daß Bernard im Begriff sei, die Insel zu verlassen. Er fehlte mir. Wir hatten ineinander genistet, und es gibt kein wärmeres Nest als die Haut.

Am Tag von Bernards Abreise gab ich Edwin einen Strauß Wiesenblumen und bat ihn, ihn zum Schiff mitzunehmen und ihm zu bringen.

Catalina und Francesca waren beide froh, als sie erfuhren, daß El Americano fort war. »Los Americanos«, sagten sie. »Sie bringen alles durcheinander. Überall. Sogar das Licht.«

Und das stimmte, denn Edwin war erneut in Ungnade gefallen, weil er mit seinen starken Lampen einen Kurzschluß verursacht hatte.

»Sie bringen das Licht durcheinander«, sagte Francesca. »Und machen alles dunkel.«

Ich blieb sechs weitere Wochen in Ibiza. Daß ich nicht mehr mit Bernard zusammen war, schmerzte mehr, als ich gedacht hatte, denn er hatte mein Leben und mein Ich mit Beschlag belegt, und nun, in seiner Abwesenheit, durchsuchte ich die leeren Stellen und fand nur eine öde, unbewohnte Finsternis, in der Bernard flüchtig auftauchte. Meine Liebe war zum Teil durch mein bewußtes Manipulieren meiner Gefühle und zum Teil durch das Entzücken, das Bernards Lachen mir bereitete, geweckt worden. Ich hatte diese Liebe gehegt, und selbst in der kurzen Zeit, in der ich sie erfahren hatte, absorbierte ihre Komplexität, ihr Licht alles, was ich kannte oder fühlte oder gewesen war oder sein würde.

Von wegen *True Romances*! Soviel also zu Dichtung und Musik! Ich begann den Verdacht zu hegen, daß ich schwanger war. Ich wurde von einer Angst ergriffen, die meinem Bild von der vollkommenen Liebe nicht ganz entsprach. Auch würde mein Geld nicht ewig reichen. Edwin, dem ich nichts von meiner Misere erzählte, der aber wußte, daß mein Geld zur Neige ging, schlug vor, ich solle doch in Andorra leben, dem »freien« Geldmarkt, von dem er schon gesprochen hatte. Er spürte, daß Ibiza für mich zu einem unerträglichen Ort geworden war – Ibiza, meine Insel, jetzt in ihrem warmen Blütenduft, und aus dem Inneren und von den Hügeln leuchteten die hellgrünen Pinienwälder, deren Zweige an ihren Spitzen durch das neue Wachstum von einem glänzenderen, helleren Grün waren –, Ibiza hatte sich plötzlich verändert, war durchdrungen von meinen eigenen Gefühlen, zerstört durch meinen Blick. Während meine Umgebung zuvor (wie ich annahm) aus eigenem Recht existiert hatte – der Himmel und das Meer und das Wetter und die Spiegelstadt – und auch ich aus eigenem Recht existiert hatte, mit der Insel und ihren charakteristischen Merkmalen als meinen Gefährten, litt nun alles an den Konsequenzen; es war nicht die Berührung, die etwas zu Gold werden ließ, sondern zu Asche: Fast konnte ich die Bäume absterben, die Olivenblüten welken sehen. Auch war ich dadurch eingeengt, daß ich andere auf der Insel kannte, ich war nicht mehr allein, Schöpferin und Bewahrerin meiner Welt, im Einklang mit anderen Welten, weil ich sie nach eigenem Gutdünken deuten konnte: Ich schmeckte die Bitternis der Abwesenheit und der verlorenen Wonne, gebunden an einen Magneten der Realität.

(Wenn der Herbst vorüber ist und die Blätter von den Bäumen gefallen sind und nur die dunklen immergrünen Pflanzen ihr Laub behalten, das gleichzeitig ein Schutz gegen und ein Hindernis für den Einfall des Lichtes ist, dann sehen wir, daß wir nie allein im Wald gewesen sind. Umrisse von Häusern tauchen auf, Menschen, die ihren alltäglichen Aufgaben nachgehen; es entsteht eine neue Perspektive der Distanz, man entdeckt Horizonte, die man im Frühling und Sommer nicht wahrnehmen und den ganzen Herbst hindurch nur ahnen konnte. Sehen wir uns doch jene hohen Schornsteine an, die sich erheben aus Feuern, von denen wir nie wußten, daß sie angezündet wurden, und die dennoch brennen, im stillen genährt! Sehen wir uns doch die von neuem sichtbaren Pfade an! Nun werde auch ich, die ich klarer durch diese und jene Welt und ihre Jahreszeiten blicke, klarer durchblickt. Meine eigene Umgebung verliert ihre Tarnung; ich selbst verliere meine Tarnung. Es besteht sogar die Möglichkeit von Nestern, neu gebaut oder verlassen, in meinem eigenen Baum!)

12
Andorra

Ich verließ Ibiza an einem grauen Tag, an dem das Mittelmeer von einem Sturm zu zehn Meter hohen Wellenbergen aufgepeitscht wurde und man mir und den anderen Passagieren helfen mußte, die heftig hin und her schwankende Fähre zu besteigen. Es lag eine Unbekümmertheit, eine bereitwillige Annahme des Schicksals in der Art und Weise, wie ich all das einfach überging, was mich früher erschreckt hätte. Ich verabschiedete mich von Edwin, dem treuen Edwin, der immer noch hoffte, die Veröffentlichung von *Wenn Eulen schrein* in New York zu erleben. Dann ging ich sofort in meine Kabine und war die ganze Nacht seekrank, und am Morgen, in der glasklaren Windstille, als das Schiff fast ohne jede Bewegung in Barcelona anlegte, nahm ich meine Koffer und meinen grünen Rucksack und meine dicke Traveller's-Joy-Handtasche und saß in klassisch verlorener Pose auf einem umgedrehten Koffer am Kai von Barcelona, während ich mich von meiner Seekrankheit erholte und mich fragte, wohin ich gehen und was ich tun sollte. Ich wußte nur, daß mein Ziel Andorra war.

Später fand ich ein Zimmer in einem kleinen Hotel, und als ich das Foyer betrat und den Geruch nach Oliven und Olivenöl wahrnahm, der alles durchzog, empfand ich eine Welle des Heimwehs nach Ibiza, Catalina, Francesca, Fermin, José, nach meiner ganzen Familie dort und nach mir selbst als der unschuldigen *escritora* mit den ruhigen, unkomplizierten täglichen Aufgaben und dem einfachen Stoß Schreibmaschinenpapier und der Verbindung mit der Spiegelstadt.

Und nun war es Bernard, dessen Anwesenheit blieb, wie ein Phantom. Er war hier, neben mir, um mich herum, in mir. Ich hörte sein Lachen auf der Straße, und wenn ich hinausschaute, sah ich einen Fremden, der unter Fremden lachte und redete.

Am nächsten Morgen sagte man mir, daß um diese Jahreszeit keine Busse nach Andorra fuhren. Es war immer noch Winter auf dem Festland, und die Monate des Frühlings auf Ibiza waren wie eine Fata Morgana, ein Traum, an den man sich im kalten Wind von Barcelona erinnerte. Die Straßen nach Andorra waren unpassierbar, bis auf eine, die von Privatautos benützt wurde. Ich könne ein Taxi mieten, schlug jemand vor.

Das Taxi war billig. Ich konnte nicht glauben, daß ich, eine Neuseeländerin, die noch nie in einem Taxi gesessen hatte, an jenem späten Vormittag mit zwei weiteren Fahrgästen von Barcelona nach Andorra fuhr, durch die Dörfer Nordspaniens, an den Feldern und alten Klöstern und an Kilometern von roter Erde vorüber. Die anderen Fahrgäste stiegen bald aus und ließen mich zurück in dem Minibus-Taxi, allein und voll Staunen über die kleinen Dörfer, die wie dunkelrote Früchte und Blumen aus der Erde wuchsen, oder wie alte Wunden, stellenweise noch offen, bedeckt von geronnenem Blut, und die unter dem leuchtend blauen Himmel nicht unterbrochen wurden vom üblichen Segen des Grüns. Ich versuchte, mir die

Erinnerung an jene Dörfer einzuprägen und sie festzuhalten, denn ich wußte, daß dies vielleicht meine einzige Reise durch Nordspanien sein würde. Ich wußte auch, daß ich, gleich woran ich mich erinnerte, sehen würde, wie die Wunden des Landes sich öffneten wie im Bürgerkrieg, und ich würde meine Freunde aus Ibiza und Fermin vor mir sehen, wie sie auf die Stätte der Exekutionen neben den Kreuzwegstationen zeigten.

Bald begann der Bus die Ausläufer der Pyrenäen hinaufzufahren, wo das Licht plötzlich von den dunkelgrünen, am Nachmittag fast schwarzen Pinienwäldern erstickt wurde. Der Gegensatz zwischen den Bäumen von Ibiza in ihrem sanften Hellgrün, mit dem zarten, verschwommenen Blätterwerk, manchmal gelb im fallenden Sonnenlicht, und dem sich hart vom Schnee abhebenden Schwarz der Bäume im Norden schien Teil der natürlichen Regression vom südlichen Frühling in den nördlichen Winter und in Einklang mit der Stimmung der unausweichlichen Gegenwart zu sein, die eine Frau von zweiunddreißig Jahren, die allein und vielleicht schwanger ist, früher oder später überfällt. (Zweifellos vollführte ich auf dieser Reise eine Übung in emotionaler Vergiftung, indem ich den äußeren Schauplatz an den inneren versetzte und umgekehrt, hin und her, bis ich fast glaubte, daß ich zur dunklen, vom Winter umfangenen Pinie wurde.)

Am späten Nachmittag waren wir im Dorf Andorra La Vella angelangt, wo ich mein zusehends lästiger werdendes Gepäck ablud, den Fahrer bezahlte und dann abermals auf einem umgedrehten Koffer saß, während ich mir meinen nächsten Schritt überlegte. Ich hatte angenommen, Andorra würde eine große Stadt des Fürstentums sein, aber vor mir lag ein von Häusern umrandeter Dorfplatz und dahinter die Berge. So begann ich auf der Straße dahinzugehen und war eben in die Straße eingebogen, die aus der Stadt hinausführte, als mir ein junger Mann begegnete.

»Por favor«, sagte ich. »Quiero una habitación.«

Ohne zunächst eine Antwort zu geben, bedeutete er mir, ihm zu folgen, bis wir zu einem Auto voller Arbeiter kamen, die nach Hause in andere Dörfer fuhren. Der junge Mann, Carlos, erklärte mir, er würde mich in sein Heim in Les Escaldes mitnehmen, da er sicher sei, seine Frau und er könnten mir ein Zimmer geben.

»Kommen Sie mit«, sagte er.

Nach kurzer Zeit stiegen Carlos und ich in Les Escaldes aus und gingen durch die Hauptstraße in Richtung Fluß, ein tosender Bergbach, dessen Wasser gegen die Kellergeschosse der Mietshäuser an seinen Ufern schlug. Wir gingen die schmale Treppe eines dieser Häuser hinauf bis in den zweiten Stock, in eine straßenseitig gelegene Wohnung, wo Carlos, seine Frau Donna und ihre beiden Kinder, der sechsjährige Antoine und der vierjährige Xavier, wohnten, und während Carlos Donna erklärte, daß ich hoffte, bei ihnen *una habitación* zu finden, klammerten sich die Kinder, schüchtern und mit großen Augen, an den Rock ihrer Mutter und starrten mich an. Dieses Starren wurde zu wütender Bestürzung, als sie erfuhren, daß ihr Schlafzimmer nicht mehr nur ihr Schlafzimmer war, sondern auch das von Mama und Papa, während ich in Mamas und Papas Zimmer schlafen würde, im großen Doppelbett mit der Federmatratze. Ich erfuhr nicht sofort von meiner Störung der Schlafgewohnheiten der Familie, begriff jedoch bald, daß sie arm und dankbar für Extrapeseten waren. Im verbleibenden kleinen Schlafzimmer wohnte ein anderer Untermieter, El Vici Mario, den ich noch an jenem Abend kennenlernen sollte.

Die anderen Zimmer waren eine kleine Küche und eine Toilette mit einem Waschbecken und zwei Wasserhähnen, für heißes und kaltes Wasser, wobei jedoch nur aus dem Kaltwasserhahn Wasser floß, da das Warmwasser der Stadt, das von heißen Quellen in den Bergen gespeist wurde, an den Becken und Wasserhähnen der Stadt und im städtischen Bade- und Waschhaus kostenlos benützt werden konnte.

Mein Zimmer blickte auf die Straße hinaus und auf die nahen, schneebedeckten Pyrenäen dahinter, und die Nachtluft im Zimmer schmeckte nach Schnee und war so kalt, daß sie fast schmerzte, nicht ununterbrochen, sondern gemischt mit der angenehmen Vorfreude auf das Tageslicht und, vielleicht, auf die Wärme der Sonne. Ich kuschelte mich in mein Federbett wie ein Vogel in sein Nest, und die Matratze bauschte sich um mich herum, und dort versuchte ich eine Zukunft zu planen, in der ein Kind inbegriffen war, denn es war nahezu sicher, daß ich schwanger war. Ich erinnerte mich daran, wie meine kleine achtjährige Freundin Poppy gesagt hatte, wenn Hollywoodstars ihre Babys nicht bekommen wollten, dann tranken sie Gin oder aßen Chinin oder liefen Berge hinauf und hinunter… tja, ich war doch in den Pyrenäen, oder nicht? Wie hatte Poppy von diesen volkstümlichen Gebräuchen erfahren? Und warum dachte ich so rasch an Kindheitslösungen? Ich wußte, daß mir im Krankenhaus eine ernste, bleibende Lehre darüber erteilt worden war, was geschehen kann, wenn eine Person in einer Gruppe oder Gesellschaft die Macht hat, über Leben und Tod der anderen zu entscheiden, und mir selbst ein solches Recht anzumaßen war verabscheuungswürdig. Doch bei dem Versuch, in die nähere Realität einzutreten, fing ich mich darin wie in einer Falle. Ich lief tatsächlich die Abhänge der Pyrenäen hinauf und hinunter. Ich schluckte auch Chinintabletten. Gleichzeitig traf ich Vorbereitungen, um das Baby zu kleiden und zu wärmen. Ich kaufte Wolle, Stricknadeln, ein französisches Buch mit Anleitungen (und der Erklärung »ma sœur... son bébé...«), und ich begann für »le premier âge« zu stricken, aus dem Abschnitt »de la naissance à trois mois... pour tous les soins du bébé ... ensemble d'exécution simple et rapide...«. Ich strickte ein winziges Jäckchen und Schuhe und legte beides fein säuberlich auf den Boden meines Koffers.

Ein weiterer Monat ging vorüber. Ich hatte begonnen, mich in den Tagesablauf der Familie einzufügen, jeden Morgen mit dem Blecheimer auf die Straße und über die alte Steinbrücke zur Molkerei zu gehen, um die Milch zu holen, und rechtzeitig zurück zu sein, um mit den Kindern, die nun aufgestanden und angezogen waren, und mit El Vici Mario, Donna und Carlos zu frühstücken. Wir saßen um den Tisch mit der großen Schüssel Milch und Brot in der Mitte, und jeder aß aus der Schüssel und gab sie an den nächsten weiter. Dann gingen Xavier und Antoine in die spanische Schule. (Andorra hatte sowohl spanische als auch französische Schulen.) Schon mit vier Jahren las Xavier im ersten Satz seines ersten Buches von frühester Gewalt – »Cain mató a su hermano Abel...«

Während des Tages, wenn Carlos und El Vici Mario und die Kinder fort waren, redeten Donna und ich über »dies und jenes« – die Kinder, Carlos, El Vici, daß es schwierig war, im Winter den Lebensunterhalt zu verdienen, wenn es wenig Arbeit für einen Zimmermann gab, und daß Carlos deshalb im Winter Geld verdiente, indem er Sonntag abends in einem Restaurant bediente und einen Lohn nach Hause brachte, den er nicht zählen konnte, denn er konnte weder lesen noch schreiben noch rechnen, und daß Donna, die die Schule besucht hatte, für ihn zählte und versuchte, es ihm beizubringen, indem sie bunte Zählkugeln neben die Münzen auf den Eßtisch legte. Deshalb sei es wichtig, sagte sie, daß die Kinder jeden Tag, bei jeder Witterung zur Schule gingen; und eines Tages würde die Familie vielleicht nach Kanada auswandern und dort ein neues Leben beginnen. Ihre Nachbarn in der Wohnung gegenüber mit Blick über den Fluß wollten nach Kanada auswandern. Der Ehemann der Frau war vor zehn Monaten weggefahren, mit dem Versprechen, das Fahrgeld für seine Frau und seine Kinder zu senden, wenn er genug Geld verdient und eine ständige Bleibe gefunden hätte. Zuerst hatte er geschrieben, und er hatte sogar Geld für den Haushalt geschickt, aber nun hatten sie schon seit Monaten kein Wort mehr von ihm gehört, und manchmal hatte Lola geweint und sich gefragt, was wohl aus ihr und den drei *crios* werden sollte.

Nachmittags und abends erzählte ich den Kindern Geschichten und bediente mich dabei sowohl der französischen als auch der spanischen Version von »Es war einmal« – »Il y avait une fois« und »Hay en tiempos muy remotos...«, Sätze, die mich stets in die Spiegelwelt versetzten, wie die Spiegelstadt, wo Kulturen ihr Leben unter dem Licht der Phantasie statt der Sonne führen. Stets angelockt von jener Welt und von dem Reiz, sie mit Worten zu beschreiben, die für eine genaue Schilderung vielleicht gar nicht existieren, insbesondere bei einem begrenzten Wortschatz, erkannte ich immer mehr das ganze Ausmaß ihrer Schätze, entdeckte sie bei Besuchen in der Spiegelstadt, wo die großen Künstler gelebt hatten, bevor sie zurückgekehrt waren, um zu beschreiben, was sie gesehen und empfunden und kennengelernt hatten. Ich wußte, daß einige sie besucht hatten und nie wieder zurückgekehrt waren. Und hier war ich, mit einem weiteren Schlüssel zu der Stadt – »Hay en tiempos muy remotos«; ich trat durch die Vergangenheit in die Gegenwart und Zukunft ein mit Geschichten, die sich auf den Reisen hin zur Stadt und wieder zurück wie Blumen am Wegesrand pflücken ließen.

Wie in Ibiza wurde ich auch in Les Escaldes bald zu einem Mitglied der Familie. Sonntags trug ich meine schwarze Mantilla und ging mit der Familie in die Kirche. Sonntag abends gingen wir ins ansässige Kino und sahen uns einen amerikanischen Film an, üblicherweise einen Western, mit spanischen Untertiteln. Und während ich morgens mein Buch zu schreiben versuchte, machte ich mir immer mehr Gedanken über meine Schwangerschaft und über mich selbst als Mutter eines Kindes: Manchmal war ich glücklich, wenn ich daran dachte, daß ich ein Abbild von Bernard haben würde und mir einen Jungen mit Bernards Gesicht und Körper und seinem Lachen vorstellte oder ein Mädchen mit seinen Augen; dagegen konnte ich als Nachbildung meiner selbst nur ein weiteres Kind mit rotem Kraushaar und Shirley-Temple-Grübchen vor mir sehen, wie ich es gewesen war, und mir Bernards Beitrag zu einem zweiten Ich nicht vorstellen. Vielleicht, so dachte ich, würden unsere Großeltern auftauchen und unsere Merkmale erfolgreich auslöschen oder aufheben, oder die Vererbung würde sogar noch weiter in die Vergangenheit zurückgreifen und auf irgendeinen vergessenen Charakterzug stoßen, der wie ein Eisenbahnwaggon auf einem Nebengleis wartete, um wieder an die Hauptlinie angeschlossen zu werden.

Solche romantischen Träume waren alsbald verbannt, wenn ich unbekümmert in den Bergen herumwanderte, über steile Abhänge kletterte und mir vage Gedanken machte über die Schilder *Perigo, Gefahr, Lawinen.* Ich stieg hinauf zu dem warmen See, der sich zwischen die Spitzen schmiegte, und ich saß da und blickte hinunter auf die dunklen Pinien unter der Schneelinie, und wieder dachte ich an die Pinien in Ibiza, »que el corazon venera«, und verglich sie mit den dunklen, gramgebeugten Häuptern der Pinien von Andorra. Ich ging an Steindörfern vorüber, die aus dem Felsen herauszuwachsen schienen, an riesigen Ställen voller Kühe, und der Geruch von ihrem Mist hing um den Eingang, gefror jedoch zu einem Nichts im Gebirgsatem des Schnees. Bald, so sagte man mir, würden die Schafe von Frankreich, wo sie den Winter verbrachten, über die Pässe nach Hause getrieben werden. Von El Vici erfuhr ich viel über diese Gebirgspässe, denn er kannte die Wege wie seine Westentasche und verdiente sich im Winter seinen Lebensunterhalt sowohl als Schmuggler als auch als Bergführer. Meine Naivität war so groß, daß El Vicis Schmuggeln ihm eine romantische Aura verlieh: Ich fragte mich nie, was für Güter geschmuggelt wurden; ich stellte mir einfach eine Gruppe wild aussehender Männer vor, darunter El Vici, die mit Schmuggelware beladene Packpferde über die unwirtlichen Bergpässe führten.

Nach meinem täglichen Spaziergang schluckte ich meine Chinintablette, wobei ich hoffte und meine Hoffnung verwarf und mich über meinen Zustand zusehends ängstigte und freute. Es war das Bedürfnis nach Licht, welches die Lösung des Problems brachte. Obgleich Andorra, anders als Ibiza, durch seine Bergflüsse genügend elektrischen Strom besaß, waren Einwohner wie Carlos und Donna zu arm, um ihn zu verwenden, und deshalb waren die Glühbirnen, so wie in Ibiza, zu schwach zum Lesen und Schreiben. Wie Edwin das in Ibiza getan hatte (El Americano, der das Licht »umbrachte«, wie Francesca es ausgedrückt hatte), kaufte ich eine stärkere Birne und stellte mich auf einen Sessel, und als ich in die Höhe griff, um die Birne auszuwechseln, wurde mir schwindlig und übel, und ich fiel, und Blut floß, was mich an jenes erste Mal erinnerte, als es geflossen war, in der Narzissen-, Schnee-, Weltkriegs- und Geburtstagszeit in Oamaru. Das Blut war klumpig. Ich wischte es in ein Handtuch und spülte es die Toilette hinunter, wobei ich die Kette mehrmals ziehen mußte, bevor es sich auflöste (wie ein rascher, entsetzter Blick mir sagte) und verschwand.

Schwach und krank lag ich in meinem Federbett und blickte auf die schneebedeckten Berge hinaus.

»Du bist sehr blaß«, sagte Donna an jenem Abend.

»Es ist einer dieser Tage«, sagte ich.

Sie lächelte in der Erkenntnis, daß wir zwei Frauen in einem männlichen Haushalt waren. Erst als das Baby fort war, wurde mir klar, daß ich es akzeptiert und mich darauf vorbereitet hatte. Ein Gefühl überkam mich, das stärker war als das des Verlusts, aber nicht so intensiv wie Trauer, ein Niemandsland weiblicher Empfindungen, in dem neben Haß auf mich selbst ein wunderbares Gefühl der Freiheit aufstieg, eine Sehnsucht nach Bernard und nach dem, was er mir geschenkt hatte und wovon er nie wissen würde, Traurigkeit über einen verlorenen Weg, über Verschwundenes, zusammen mit dem Gefühl der Freiheit und der Aussicht, ein neues Leben in der Spiegelstadt zu leben, zu triumphieren wie das wildwucherndste, stärkste, dornigste Unkraut, das dennoch wunderschöne Blüten trägt und so die anerkannten Blüten in diesem weiblichen Niemandsland überragt.

Der körperliche Verlust Bernards, wie eine Witwenschaft, und der Verlust der winzigen Hülle des Wachstums, sein »Anteil«, bewogen mich naturgemäß dazu, die mir von El Vici angebotene Gesellschaft anzunehmen, auf Drängen von Donna und Carlos, die entzückt waren und uns bereits in der neuen Kirche sahen. Da die beiden Jungen Masern hatten und nicht zur Schule gingen, sondern in ihrem verdunkelten Zimmer blieben und *tisane* eingeflößt bekamen, fiel es weniger auf, daß ich ein paar Tage krank war.

Und in meinem von neuem geklärten und eins gewordenen oder vielleicht einsamen Zustand nahm ich El Vicis Einladung zu einem Picknick in den Bergen an, und so brachen wir eines Morgens mit unserem Picknick auf, im Bewußtsein der Billigung von Carlos und Donna und der Blicke von El Vicis Freunden auf der Straße, über die Bergpfade in Richtung Schneelinie. Ich hatte erfahren, daß El Vici während des Krieges in der Widerstandsbewegung tätig gewesen und später Gefangener in einem französischen Konzentrationslager gewesen war und daß er nach dem Krieg nach Andorra gekommen war, da er genaue und umfangreiche Kenntnisse über die Bergpfade besaß; im Herbst pflückte er Trauben in Südfrankreich oder arbeitete in einem Pelzgeschäft im Süden. Wie viele Italiener war er ein ausgezeichneter Rennradfahrer und hatte sein wunderschönes blauweißes Fahrrad nach Andorra mitgebracht, wo es in seinem Schlafzimmer stand, denn obwohl er nicht damit fuhr, polierte und schmierte er es und stellte es am Treppenabsatz auf den Kopf, drehte die Räder und spielte mit den Gängen herum. Diese Informationen hatte er mir auf Französisch gegeben, das er, genau wie Italienisch und Spanisch, fließend sprach.

Ich, die ich stets sprachtalentierte Menschen bewunderte, war bereit, diesen großen, gutaussehenden Mann zu mögen. Ich bewunderte seinen Kampf gegen die von Il Duce Mussolini angeführten Faschisten, ich nahm Anteil an seinen Leiden und Qualen im Konzentrationslager; die Tatsache jedoch, daß ich es nicht akzeptieren konnte, daß er zweifarbige – schwarz-weiße – Schuhe trug, insbesondere auf dem Foto, das er mir schenkte, sagt eher etwas über mich und den Einfluß meiner frühen Jahre aus als über den Charakter El Vicis. In meiner vergangenen und verschwundenen Welt war jeder Mann, der zweifarbige Schuhe trug, ein »Ganove«, ein »Gigolo«, womöglich ein Gangster.

Während wir auf den Schnee zugingen, deutete El Vici auf charakteristische Merkmale der Gegend, und wir sprachen Französisch, gelegentlich auch Spanisch. Wir blieben wenige Meter vor dem Schnee stehen, den ich, stets entzückt von Schnee, mit Zitaten aus der französischen Literatur begrüßte, was mir eine beunruhigende, ja lächerliche Wiederholung meines ersten Spazierganges mit Bernard auf Ibiza zu sein schien. Ich hatte das Gefühl, eine alte Platte zu spielen, vielleicht meine einzige, und ich fragte mich, ob es immer so sein würde, unter diesen Umständen, hin und her auf den gleichen ausgetretenen Pfaden des Gehirns.

Während ich das Essen auf dem kahlen Stück Felsen verteilte, erzählte El Vici, daß er in Milano geboren und aufgewachsen und daß sein Vater ein stiller Mann und seine Mutter von ungeheurem Körperumfang sei (er streckte die Hände aus, um die Breite seiner Mutter zu veranschaulichen). Er erklärte, »la bonne chance« mit den Frauen sei ihm nicht vergönnt gewesen.

Als wir unsere Salami und unser Brot zu essen und unseren Wein zu trinken begannen, beugte er sich plötzlich vor und griff nach meinen Brüsten. Ich, wieder ganz die sich zierende junge Frau, machte mich los.

»O nein«, sagte ich mit der Miene einer Beraterin in Herzensangelegenheiten. »Darüber müssen wir uns unterhalten.« Ich sagte, es sei nicht meine Art, Leute, die ich nicht gut kannte, zu küssen und zu umarmen.

»Aber Sie sind mit mir in die Berge gegangen«, protestierte El Vici. »Keine Frau geht mit einem Mann in die Berge, wenn sie nicht ein Liebespaar werden wollen.« Frauen gingen nicht allein aus, so wie ich, machten keine langen Spaziergänge am Fluß, auf den Straßen, in den Bergen. In Zukunft, sagte er, solle jemand mit mir gehen. Er werde mit mir gehen, und wenn er arbeite, würden Donna und Carlos und die Kinder mich begleiten. Ich sei jetzt eine Andorranerin, sagte er. Andorra sei meine Heimat.

El Vicis Gefühle waren ernster, als ich angenommen hatte. Nach dem Tag des Picknicks stellte er sicher, daß ich nicht mehr allein ausging, und da jetzt in Andorra der Frühling begann, obwohl die Straße nach Frankreich noch immer gesperrt war, fingen die Bergblumen zu blühen an, und Donna und die Kinder und ich gingen Blumen pflücken – weiße Stiefmütterchen, Primeln, Freesien, Lilien, deren Duft noch durch die schneeerfüllte Luft in ihrem Inneren eingefroren war. Es gelang mir trotzdem, einsame Spaziergänge zu machen, manchmal den Lauf des Andorraflusses entlang oder nach Andorra La Vella, um Pakete zu holen, die Patrick Reilly aus England schickte – Dosen mit Corned Beef, Irish Stew und Reispudding, so als lebte ich in einem hungernden Land. Ich bekam auch nostalgische Briefe von Edwin. Ibiza sei nicht mehr, was es gewesen war. Die alte Clique sei fort, das Haus sei einsam, und Fermin käme immer noch, um auf seiner Geige zu kratzen, und die beiden alten Bediensteten schlurften immer noch herum und steckten ihre Nase in alles und beschwerten sich über das schreckliche Verbrechen, das er beging, indem er stärkere Glühbirnen verwendete. Er habe um ein neues Stipendium angesucht, schrieb Edwin. In Paris. Er habe nichts von Bernard gehört.

Dann, eines Abends, als El Vici und ich uns in seinem Zimmer unterhielten, kniete El Vici plötzlich vor mir, und während er versuchte, mir einen Ring anzustecken, flüsterte er: »Voulez-vous me marier, moi?« Der Ring, so sagte er, habe seiner Großmutter in Milano gehört.

Ich war geschmeichelt, bestürzt und voll Wehmut, denn es war Bernard, der noch immer meine Gedanken und Träume beherrschte. Mir war auch klar, daß ich mich aufgrund der Tatsache, daß man mir die Jahre zwischen zwanzig und dreißig genommen hatte, in mancher Hinsicht wie eine Frau Anfang Zwanzig benahm, die erst vor kurzem die Schule und ihr Zuhause verlassen hatte und zum ersten Mal die Welt der Männer und Frauen, der Sexualität und der Liebe erforschte. Obwohl ich El Vicis Ring nicht annahm, wies ich ihn auch nicht zurück. Wurde ich vielleicht von einem Impuls der Gier dazu bewogen, der Gier nach Liebe um jeden Preis? Er und die Familie schlossen jedenfalls daraus, daß wir »verlobt« waren und in der Kirche in Andorra heiraten würden. Meine Reaktion war gewesen, erst einmal abzuwarten. Dann überfiel mich Panik, und ich erklärte, ich müsse zuerst nach London fahren und »Dinge erledigen« (als müsse ich in Vorbereitung auf den Tod mein Leben in Ordnung bringen) und würde dann wieder nach Andorra zurückkehren.

Während meiner restlichen Zeit in Andorra geschah es so abermals, daß ich mich in der Rolle fand, die mir am geläufigsten war, in der der passiven Person, deren Leben für sie geplant wird und die sich aus Angst vor Strafe oder Provokation nicht dagegen zu wehren wagt. Nachdem ich so viele Jahre im Krankenhaus verbracht hatte, wurde mir langsam klar, daß diese Rolle in den folgenden Jahren immer auf mich warten und daß ich einen Großteil meines Lebens damit verbringen würde, aus einem Gefängnis auszubrechen, das ich betreten hatte, weil ich »daran gewöhnt war und Gewöhnung alles ist«.

Und so ging ich mit El Vici spazieren, wenn es Zeit für die »Promenade« war. Wir gingen in die Kirche und trafen Vorbereitungen für das späte Osterfest. Donna beriet mit mir, was ich zur Hochzeit anziehen sollte. El Vicis Freunde wurden mir vorgestellt, schüttelten mir herzlich die Hand und sprachen freundliche Worte. Und nachts, eingerollt in meinem Federbettnest und hinausblickend auf die schneebedeckten Berge hinter den Häusern von Les Escaldes, dachte ich an die Gespräche tagsüber mit El Vici, an die Pläne, die er machte, die Antworten, die er auf meine Fragen gab, und ich spürte, wie sich die blanke Angst in mir ausbreitete bei der Aussicht auf mein zukünftiges Leben, zuerst in Andorra, dann in Südfrankreich bei der Arbeit in den Weingärten oder im Pelzgeschäft, vielleicht ein Leben in Armut, in der Sorge um *los crios*. Ich ertappte mich dabei, daß ich dachte wie eine Engländerin auf dem Weg in die »Kolonien« – »Was ist mit der Erziehung der Kinder, den Schulen?« Und was war mit den Büchern und dem Lesen und meinem Schreiben? Was war mit Musik und Kunst? Ich wollte nicht eine der Figuren werden, die ich so romantisch als lebende Gestalten auf den Gemälden der großen Maler gesehen hatte. Und ich wollte auch nicht wiederholen, was ich nun schon mehrmals gemacht hatte – die Dichtung dazu verwenden, mich in menschliche Gefahr zu begeben und zu versuchen, einen Strom der Liebe auf mich zu lenken. Ich war im Begriff zu lernen, daß die Verwendungsmöglichkeiten von Dichtung unbegrenzt, doch nicht immer harmlos sind.

El Vici begleitete mich, als ich meine Fahrkarte nach London kaufte. Während er vor dem Reisebüro auf mich wartete, fragte ich eilig: »Wenn ich die Rückfahrkarte nicht verwende, wird mir dann mein Geld zurückerstattet?« Der Beamte versicherte es mir.

Das Osterfest ging in feierlicher Fröhlichkeit vonstatten, mit dem traditionellen Osterkuchen in Form eines Hauses, dem großen goldenen Käserad, das vom Priester aus den Lebensmittelpaketen der amerikanischen Regierung verteilt wurde, mit Fondant und Keksen und Canalones, bei deren Zubereitung ich Donna half. Der Tisch war mit einer weißen Decke und Kerzen geschmückt, wie ein Altar, und selbst Antoine und Xavier, die in Ungnade gefallen waren, weil sie die Palmenzweige vom Palmsonntag aus dem Fenster auf die Straße geworfen hatten, saßen still und gehorsam mit ihren weißen Spitzenkragen und in ihrem besten Gewand da. Alle blickten einander liebevoll an, und ganz besondere Blicke galten El Vici und mir, und wieder fühlte ich mich unter dem Bann der spanischen und italienischen Gesichter mit den dunklen, glühenden Augen, die auf die Gemälde der Meister gehörten, die »sich nie irrten, was das Leiden betrifft«. Ach, warum konnte nicht auch ich dort auf dem Gemälde sein? Ich, trotz meines keltischen roten Haars, meines Geburtsortes in einer Welt der Antipoden, wo die Bäume, so wie die Pinien Andorras, von einem ernsten Immergrün waren, von der Farbe der Ewigkeit, der Herrschaft, des Waldes, der ganz selbstverständlich mit dem Meer, dem Himmel, dem Land, dem Wetter regierte? Mein Wunsch, Teil von etwas zu sein (und wie sollte das besser gelingen als dadurch, gleichzeitig im Inneren der wirklichen Stadt und der Spiegelstadt zu sein?), verstärkte meine Bereitschaft, andere über mein Leben entscheiden zu lassen.

An jenem Abend saß ich in meinem Zimmer, die Schreibmaschine auf den Knien, und tippte. Ich hörte das Gemurmel von Stimmen, während Donna mit Carlos und den bunten Zählperlen arbeitete. Ich wußte, daß El Vici in seinem Zimmer war und vielleicht sein blau-weißes Fahrrad polierte. Plötzlich kam mir in den Sinn, daß ich nicht wußte, ob er lesen und schreiben konnte... Wieder war ich die Engländerin unter den »armen Bauersleuten«, für die es keinen Ausweg gab, während mir der Ausweg nach London blieb. Wieder dachte ich an die *crios*, seine und meine, geliebt und gewollt, doch arm, barfuß, ohne die Möglichkeit, zur Schule zu gehen – wie weit, fragte ich mich, wollte ich denn noch gehen mit diesem »Erfahrungen sammeln«, wie ich dem Komitee des Literaturfonds bei meinem Ansuchen um das Stipendium für Übersee versprochen hatte?

Und mein Schreiben? In einer Zukunft, in der ich nie allein sein würde, in der ich den ganzen Tag arbeitete, Trauben pflückte, mich um Kinder kümmerte, für meine Familie kochte ... wie konnte ich je wieder allein sein, imstande, jene Welt der Phantasie zu betreten, um sie zu erforschen und zu beschreiben? Zweifellos würde ich darin leben, in der Welt der alten Meister, doch in einer Welt, in der die Engelchen weinten und ihre Windeln naßmachten, in der die

Trauben sich bewegten und wuchsen und millionenfach gepflückt werden mußten, anstatt nur eine Schüssel zu füllen, erleuchtet von einem immerwährenden Strahl goldenen Lichtes; eine Welt, in der schwach beleuchtete Räume mit all ihrem wunderbaren Spiel von Licht und Schatten bewohnt, gereinigt, instandgehalten und wetterfest gemacht werden mußten.

Und ich liebte El Vici nicht: Er fügte sich ganz einfach bereitwillig in einen leeren Raum ein, der bald auf natürliche Weise zugewachsen sein und besser zu dem Leben passen würde, das ich zu führen wünschte.

Mitte Mai, am selben Morgen, als die Straße nach Frankreich wieder geöffnet wurde, wartete ich mit Donna, Carlos, El Vici und den Kindern auf den kleinen Bergbus nach Perpignan. Es gab einen traurigen Abschied mit vielen Umarmungen und Küssen und Zärtlichkeit. Nein, sagte ich zu El Vici, als wir uns küßten, ich wolle seinen Ring nicht mitnehmen, denn ich würde ihn vielleicht verlieren. Die ernsten Kinder mit den klugen Augen, die vielleicht alles wußten (*Cain mató a su hermano Abel*), sagten auf Wiedersehen. Ich hatte Antoine eine Mundharmonika geschenkt mit Anweisungen zum Ein- und Ausatmen der Luft; er versuchte eine Melodie für mich zu spielen. Ich gab Donna meine grüne *cortina* und den warmen braunen Mantel, den mir meine beiden lachenden Tanten Elsie und Joy, die Schwestern meiner Mutter, gekauft hatten. Dann, wieder mit Küssen für alle, zuletzt für El Vici, stieg ich ein.

Der Schnee lag in hohen Wällen zu beiden Seiten der Straße. Ich saß da, bezaubert von dem blauen Licht, der unwirklichen Bergstraße, unter Schnee und Pinien geduckt, und von der Art, wie der Bus, das erste Fahrzeug auf der wieder offenen Straße, sich mit seinem Schneepflug abkämpfte, um den Weg freizuräumen, denn es schneite von neuem. Dann, bei der Ankunft in Perpignan, hatte ich das Gefühl, aus einem Tal der Finsternis aufzutauchen, denn plötzlich waren die Bäume hellgrün, die Erde war in eine weiche Wolke grünen Frühlings getaucht, des *richtigen* Frühlings. Ich wartete zweieinhalb Stunden auf den Zug, spazierte durch das Dorf, saß auf der Steinbank vor dem Friedhof und genoß einen Luxus an Einsamkeit und Stille und den Frieden, wie ihn die Öde eines kleinen, abgelegenen Bahnhofs mit sich bringt, wo selten ein Zug hält, wo die Plakate für andere Orte werben – Städte, Kathedralen, Meere, andere Sonnen und Himmel voll grellgelben Sonnenlichts. Ich dachte an die kleinen Bahnhöfe an der Hauptstrecke auf der Südinsel Neuseelands – Winton, Gore, Balclutha, Milton, Clinton ... und natürlich erinnerte mich das Spazieren durch den Friedhof an die französische Lyrik und Prosa, die meinen Gedanken nie fern lag... »Qu'il était triste, le cimetière de La Semillante... Que je le vois encore avec sa petite muraille basse...«, Sätze, die wie Musik, Geschmacksempfindungen, Düfte, Farben die sinnierenden Erinnerungen näher bestimmen und isolieren, die Wolken sozusagen mit Perlen säumen. Warum kehren solche Erinnerungen unweigerlich zu meiner lebenslangen Beschäftigung mit dem Himmel zurück, mit Augenblikken, die abwechselnd von der Wärme der Sonne bestimmt waren und von der Kühle und Verzweiflung bei ihrem Verlust und vom Warten auf ihre Rückkehr; ein Leben, das vom Himmel überwacht, gesegnet und einsam gemacht ist?

Ich stieg in den Zug nach Paris, wo ich die Nacht in dem Hotel an der Bastille verbrachte. Am nächsten Tag kam ich in London an, wo Patrick Reilly mich am Bahnhof erwartete mit der Nachricht, er habe eine neue Unterkunft in Clapham Common South gefunden. Ob es anmaßend von ihm gewesen sei, daß er auch ein Zimmer für mich gemietet habe? Die Vermieterin, so sagte er, wolle einfach Ma genannt werden.

Ich dankte ihm. Was hatte ich vorzuweisen, so fragte ich mich, aus meiner Zeit in Ibiza und Andorra? Ich erinnere mich an ein Wort von Albert Camus, der sagte, das Leben sei eigentlich das Gegenteil von Ausdruck und wenn er den großen toskanischen Meistern Glauben schenken solle, dann bedeute es dreifache Zeugenschaft, in Schweigen, Flammen und Unbeweglichkeit.

II.
Zu Hause in der Großstadt

13
London

Ich hatte vor, mir in London Arbeit zu suchen und mit Hilfe objektiver Mittel herauszufinden, ob ich je an Schizophrenie gelitten hatte. Ich hoffte, Nutzen aus John Forrests Bereitschaft zu ziehen, für mich einen Termin am Institut für Psychiatrie zu vereinbaren. Obwohl ich noch immer am verzerrten »Privileg«, als schizophren zu gelten, festhielt, weil es mich müheloser mit den großen Künstlern verband, als meine Versuche, Kunstwerke zu schaffen, das vielleicht vermocht hätten, fürchtete ich, daß meine veröffentlichten schriftstellerischen Arbeiten jene lose Verbindung zerstören könnten, denn ich konnte meine Romane nicht für immer und ewig mit Figuren bevölkern, die am »Ophelia«-Syndrom litten, und dazu Einzelheiten meiner Beobachtungen im Krankenhaus heranziehen. Ich wußte, daß das Ophelia-Syndrom eine poetische Fiktion ist, die es einem Schriftsteller dessen ungeachtet nützlicherweise gestattet, verschiedene Varianten ansonsten unausgesprochener oder unannehmbarer Gefühle, Gedanken und Ausdrucksweisen zu erforschen.

Ich hatte auch die Absicht, einen Agenten zu finden, der *Wenn Eulen schrein* englischen und amerikanischen Verlagen anbieten würde. Und, finanziell abgesichert durch irgendeine Arbeit, wollte ich weiter an meinen Gedichten, Erzählungen und an dem Roman schreiben, den ich vor meiner Abreise aus Neuseeland angefangen hatte – *Uncle Pylades.*

Meine nächste Sorge – eine Folge meiner Liebesaffäre in Ibiza, meiner Trennung von Bernard, meiner kurzen Schwangerschaft und meines allzu bereitwilligen Akzeptierens von El Vici Mario als zukünftigem Ehemann – galt dem Bedürfnis, mir mehr als ein bloß elementares Wissen über die weibliche und männliche Anatomie und über sexuelle Praktiken anzueignen: Meine Ahnungslosigkeit selbst in der von mir vorgetäuschten Rolle einer »intellektuellen Frau« war haarsträubend gewesen.

Und so begann ich mit Patrick Reillys getreuer und manchmal falsch angebrachter Hilfe die Stellenangebote in der *South London Press* zu studieren, während Patrick mich wie zuvor, einem konformistischen neuseeländischen Gewissen gleich, das irgendwie mit mir gereist war und menschliche Gestalt angenommen hatte, ständig mahnte: »Du brauchst einen guten, festen Job. Stenotypistin oder Sekretärin. Du willst deine Zeit doch nicht mit Schreiben verbringen. Das bringt kein Geld ein. Und es ist nicht solide.«

Gehorsam ging ich mit ihm zum Arbeitsamt in der Vauxhall Road (»für qualifizierte Arbeitskräfte, kurz- oder langfristig«), wo ich in meiner Aufregung nicht imstande war, den Tipptest zu bestehen, weil ich zu viele Fehler machte.

»Und wie wäre es mit Peek Frean?«

Ah, Peek Frean! Für Patrick vielleicht das Londoner Gegenstück zu Figuretti. Ich dachte sehnsüchtig an meine erste Zeit in London, an Patricks besitzergreifende Güte und seine ständigen Hinweise auf Peek Frean – die Kekse (Haferkekse mit Bitterschokolade), die Keksfabrik, sogar das Fabrikgelände –, und wie mich der Name verfolgt hatte – Peek Frean, zusammen mit den anderen Londoner Namen Tooting Bdy, Hatfield North, Kristallpalast, High Barnet ... diese Namen kehrten mit frischer Macht zurück.

Wohl wissend, daß Patrick etwas erwidern würde, murmelte ich: »Peek Frean.«

»Ja, Peek Frean. Du könntest in der Keksfabrik arbeiten.«

Ich befolgte Patricks Rat nicht; statt dessen antwortete ich auf eine Annonce, in der jemand gesucht wurde, der für den Modekatalog eines Versandhauses in Brixton schreiben sollte, und nachdem ich mich bei Mr. Jones vorgestellt und dabei in einem Exemplar von *Wenn Eulen schrein* geblättert und beiläufig erwähnt hatte, ich hätte das Buch geschrieben, wobei mir nicht entging, daß er beeindruckt zu sein schien, bekam ich den Job und ein Exemplar eines alten Katalogs, den ich mir ansehen sollte, um etwas über die Beschreibung von Kleidungsstücken zu lernen. Ich sollte mit anderen in einem großen Raum arbeiten; schreiben täglich von »neun bis fünf«.

Es war die Anwesenheit »anderer«, die mich abschreckte. Ich erklärte, ich hätte anderweitig Arbeit gefunden.

Da ich nun in der Nähe der Südlondoner Frauenklinik wohnte, die ständig Inserate aufgab, in denen Dienstpersonal gesucht wurde, bewarb ich mich um Arbeit als Teilzeitstationshilfe, aber mein Vorstellungsgespräch bei der Oberschwester hatte deren Rat zur Folge, ich solle doch um eine Ausbildungsstelle zur Krankenschwester ansuchen, da sie mich für »gutes Krankenschwesternmaterial« halte. Die älteren Schülerinnen Ende Zwanzig und Anfang Dreißig, so sagte sie, seien besser imstande, sich dem Studium und der praktischen Arbeit zu widmen: Sie sei sicher, daß aus mir eine ausgezeichnete Krankenschwester würde. Natürlich benötige ich ein Gesundheitszeugnis, aber das sei sicher kein Problem, da ich eine gesunde, intelligente, fähige junge Frau zu sein scheine.

Diese Ideen und die Schmeichelei reizten mich. Ich vereinbarte einen Termin für eine ärztliche Untersuchung, wobei ich mich für eine Ärztin entschied, die ihre Praxis in der Nähe hatte, mit einem Namen, der in absurder Weise erfunden klang und den ich jetzt aus leicht ersichtlichen Gründen auf die Initialen Dr. C. S. reduziere. Die ärztliche Untersuchung fand nie statt, weil ich den Fehler machte, meine »psychische Vergangenheit« zu verraten, worauf Dr. C. S., augenblicklich bestürzt und entsetzt, ausrief, daß die Krankenpflege nicht das Geeignete für mich sei. Sie suchte in meinem Gesicht nach »Zeichen« meiner langen Einkerkerung und deren Ursachen; ich hielt es nicht für sinnvoll zu sagen, daß es ein »Irrtum« gewesen sei.

Sie erhob sich und begleitete mich schnell zur Tür, wo sie stehenblieb, vielleicht ein wenig beschämt ob ihrer Eile und ihrer schlecht verhohlenen Angst. Sie habe eine Freundin, sagte sie, die für leichtere Arbeiten im Haushalt eine Hilfe suche, und vielleicht könne ich dort arbeiten ... unter Aufsicht natürlich. Ansonsten ... mit meiner Vergangenheit ... in meiner Verfassung ...

Sie komplimentierte mich rasch zur Tür hinaus.

Ich entsinne mich lebhaft dieser Unterredung: Das Wesentliche daran ist in dem eigenartig fiktionalen Namen Dr. C. S. enthalten. Unter meinen Erinnerungen an Londoner Namen hat er seinen Platz neben Peek Frean, Tooting Bdy, Tufnell Park ... nur daß er, anders als diese, ein kleines Kügelchen des Schreckens einschließt.

Es war nicht nur das Übel der Konformität in Gestalt Patrick Reillys, das mich verfolgte; auch der Schatten meiner eigenen Vergangenheit erhob sich weiterhin drohend vor mir. Wie sollte ich mein Selbstvertrauen wiedergewinnen, wo ich doch nie »meine Version« der Geschichte hatte erzählen können? Ich wußte, es war Zeit für mich, »die Wahrheit« herauszufinden.

Deshalb vereinbarte ich über John Forrest einen Termin bei Dr. Michael Berger vom Institut für Psychiatrie.

In der Zwischenzeit fand ich einen Job und einen Agenten und kaufte eine Enzyklopädie der Sexualität.

14
Fragen

Ich wurde Platzanweiserin im Regal-Kino in Streatham, wo ich jeden Tag um halb elf mit den Vorbereitungen für die Elf-Uhr-Vorstellung begann, mit einer Pause am Nachmittag, und jeden zweiten Tag arbeitete ich in der Fünf-Uhr- oder Sieben-Uhr-Vorstellung, manchmal in beiden, und hörte nach elf Uhr abends auf, nach der routinemäßigen Durchsuchung des Kinos nach verirrten Besuchern, verlorenen Sachen – und neugeborenen Babys auf der Toilette. Ich versuchte Gefallen an der Arbeit zu finden, denn es handelte sich zweifellos um ein »Sammeln von Erfahrungen«, doch war es nicht sehr angenehm, bei den Sonntagmorgen-Vorstellungen ein Kino voller Kinder zu beaufsichtigen oder die Halbstarken bei den Sex- und Horrorfilmen am Sonntagnachmittag im Zaum zu halten oder während der Pausen die Rolle der Eisverkäuferin zu spielen, mit meinem Tablett mit Orangensaftgetränken, Schokoladen- und Vanilleeis, das ich mir um die Taille und über die Schultern geschnallt hatte, und im Halbdunkel das passende Wechselgeld aus meinem »Schwimmgürtel« zu holen und dann später dafür bezahlen zu müssen, daß ich die schweren Zwei-Shilling-Münzen mit den neuseeländischen Halfcrowns verwechselt hatte. Das Personal und das Publikum faszinierten mich. In meiner Rolle als »werdende Schriftstellerin« »studierte« ich sie sorgfältig, während ich die Sprache und die Gepflogenheiten der Platzanweiserinnen lernte und daß es etwas ganz anderes war, in den Grafschaften als Platzanweiserin zu arbeiten als in den Vororten von London, die als Vorspiel galten zum Platzanweisen in Kinos wie im Leicester Square, wo Filmpremieren stattfanden und wo Filmstars, Regisseure und Produzenten in Fleisch und Blut auftauchten und wo eine Platzanweiserin am richtigen Ort und zur richtigen Zeit, wenn sie einen interessanten Eindruck machte, vielleicht sogar auffiel, angesprochen wurde, vielleicht auf dem Weg nach Hollywood, auf dem Weg zum Star ... zum Großen Glück. Das war der Traum aller jungen Platzanweiserinnen, die mit mir arbeiteten, und zweifellos hielt dieser Traum alle aufrecht, die in den Untermietzimmern von Streatham, Brixton und Clapham wohnten, und es gab immer ein Beispiel einer Platzanweiserin in der Phantasie oder im wirklichen Leben – »Ihr erinnert euch doch an sie ... erst vor zwei Jahren ... wer hätte das gedacht?« –, die es »geschafft« hatte.

Ich empfand die Arbeit als ermüdend und deprimierend: Kinos wurden geschlossen, an ihre Stelle traten Bingo-Hallen, und bei jeder Programmänderung versuchten die Geschäftsführer des Regal, ABC, Odeon oder Gaumont, vom Verlust ihrer Stellung bedroht, eine noch spektakulärere Reklame zu ersinnen. In einer Woche brüllten Löwenimitationen im Foyer, oder Kinder nahmen an unmöglichen Wettbewerben teil, die sie niemals gewinnen konnten, was mich an die Spiele erinnerte, die in meiner Kindheit zur Zeit der Wirtschaftskrise von den Lichtspieltheatern organisiert wurden, als ein fehlender Buchstabe in einem Satz, der mit einer Reihe von Buchstaben vervollständigt werden sollte, für uns fast für Leben oder Tod stand. Während der drei Wochen, in denen *Frankensteins Fluch* lief, wurden Vampire, Pfähle, Silberkugeln und eine Nachbildung Frankensteins, in einer Mischung aus Horror und Folklore, im Foyer ausgestellt. Und die ganze Zeit blickte der Geschäftsführer, ein kleiner Mann mittleren Alters mit aufwärtsgerichtetem Blick und rotblonden Haaren, zusehends beunruhigter; und die Platzanweiserinnen träumten von der Zeit in Hollywood.

Nachdem ich aus dem *Artists' and Writers' Yearbook* eine Agentur ausgewählt hatte, A. M. Heath, die auch e. e. cummings betreut hatte und daher, so dachte ich, bereit sein mußte, sich mit experimenteller Prosa zu befassen, das heißt, Geld für den Glauben an einen Schriftsteller zu opfern, ging ich in die Dover Street, wo ich eine Verabredung mit Patience Ross von A. M. Heath hatte. Ich fand das Büro nahe dem obersten Stockwerk. Die allgemeine Unordnung, die dort herrschte, überraschte mich – Manuskripte überall, manche auf dem Boden gestapelt, manche auf Regalen, neu erschienene Bücher, noch mit dem Glanz auf den Hüllen, auf Ständern und an den Wänden, in Schaukästen, auf Bücherregalen ausgestellt; Fotos von unzähligen Autoren und Autorinnen, mir alle unbekannt.

Patience Ross, schwarz und grau gekleidet mit kurzen grauen Haaren, grauen Augen und liebenswürdigem Wesen, begrüßte mich.

Meine erste Literaturagentin!

Sie griff in eine mit Büchern vollgestopfte Handtasche und zog das Exemplar von *Wenn Eulen schrein* hervor, das sie eben gelesen hatte. Sie sei davon beeindruckt gewesen, sagte sie, obwohl sie nicht annehme, daß es von allgemeinem Interesse sei. Falls ich einverstanden sei, daß sie mich als meine Agenten vertraten, würden sie damit beginnen, das Buch englischen Verlagen und mittels ihres Agenten in den Vereinigten Staaten auch amerikanischen Verlagen anzubieten, obwohl ich mir darüber im klaren sein müsse, daß Verlage sich lieber mit Manuskripten beschäftigten als mit Büchern, die bereits in einem anderen Land erschienen seien. Ob mir bewußt sei, fragte sie, daß sie gemäß meinem Vertrag mit Pegasus Press Anspruch auf fünfzig Prozent all meiner Einnahmen aus Übersee besäßen? Da die Aussicht auf Tantiemen so fern lag, lächelte ich nur, mit einer Miene, die besagte: »Wen kümmert das schon?«

Nach der Unterredung verließen wir das Büro gemeinsam im schmiedeeisernen Aufzug, den Patience Ross mit »etwas aus Kafka« verglich, worauf ich, darauf bedacht, »wie eine Schriftstellerin« zu erscheinen, um es mit jenen einschüchternden Autorenporträts an den Wänden aufzunehmen, wissend murmelte: »Ja, Kafka…«

Ich nahm den Bus Nummer 137 zurück nach Clapham South.

Meine nächste Aufgabe war schnell erledigt. Ich ging in ein Geschäft in der Charing Cross Road und kaufte einen großformatigen Band, die *Encyclopaedia of Sex*, über die im Schaufenster zu lesen war, sie enthalte »Hunderte von Diagrammen und Farbfotos«.

Dann rüstete ich mich für meinen Termin bei Dr. Berger in der folgenden Woche.

Es war mein erster Londoner Sommer, die Hitze war drückend, die Luft voller Abgase, und die Gehsteige glühten. Am Tag meines Termins bei Dr. Berger im Maudsley-Krankenhaus, Denmark Hill, ging ich zu Fuß durch die Clapham Park Road und die Acre Lane von Clapham South nach Clapham North, durchquerte Brixton auf der Coldharbour Lane bis nach Camberwell Green, an den Reihen baufälliger Ziegelhäuser vorüber; überall war es düster, schmutzig, ärmlich; der Tonfall der Menschen war eigenartig, die Frau im Geschäft sagte »Schätzchen«, »Bitte sehr, Schätzchen«, als ich ein Päckchen Pfefferminzbonbons kaufte, *sensationell scharf*; die Frauen hatten Kopftücher auf, ihre Gesichter sahen müde aus; die Männer waren blaß, von kleiner Statur, wie Höhlentiere; Bettler saßen auf den Gehsteigen, Mützen oder Dosen neben sich, und warteten darauf, daß Geld hineingeworfen wurde, als Reaktion auf die Schilder, die neben ihnen an der Wand lehnten – *Kriegsversehrt, nur noch Beinstümpfe. Blind von Geburt. So geboren. Frau und fünf Kinder.*

Ich ging an einem Geschäft vorüber, das *Pferdefleisch zum menschlichen Verzehr* anbot. Ich las die Anzeigen bei den Zeitschriftenhändlern und die mit Kreide angeschriebenen Speisen vor den nicht sehr einladenden Fernfahrercafés. Ich gelangte zu einem quadratischen Platz mit vertrocknetem Gras, gesäumt von ein paar Sträuchern und Bänken, um den der Verkehr in Richtung Peckham, Forest Hill, Central London und Clapham kreiste. Ich ging die Straße entlang bis zur Ambulanz des Maudsley-Krankenhauses, wo ich endlich die Antworten auf die Fragen zu finden hoffte, die ich mir noch immer wegen meiner »Vergangenheit« stellte. Ich mußte wissen, ob meine eigenen Ansichten, die üblicherweise auf höflichen Unglauben oder manchmal auf skeptische Zustimmung stießen, irgendeine Wahrheit enthielten oder ob sie lediglich ein weiteres Beispiel von Selbsttäuschung waren.

Während meiner ersten Unterredung mit Dr. Berger fand ich mich erneut in der vertrauten Rolle, meinen langen Krankenhausaufenthalt als Mittel einzusetzen, um seine Aufmerksamkeit zu fesseln. Ich wußte, daß ein so langer Aufenthalt mit so drastisch geplanter und durchgeführter Behandlung üblicherweise zu dem Schluß führte, daß mein Zustand hoffnungslos gewesen war, wie auch zu der Annahme, daß er wiederkehren konnte: Ich kannte die Wirkung, die meine Vergangenheit auf Fremde hatte. Ich wußte auch, daß ich ihre Reaktion dazu benutzen konnte, das zu erreichen, was ich wollte. Die Tatsache, daß ich immer wieder so weite Wege gehen mußte, um zu meinem »verborgenen wirklichen Ich« zu gelangen, um Antworten auf Fragen zu finden, die ich, hätte ich das Selbstvertrauen und die Gelassenheit besessen, wirklich ich selbst »in der Welt« zu sein, ganz offen hätte stellen können, war für mich der Beweis einer gewissen ungesunden Selbstverleugnung. Nach wiederholten Erdbeben gibt es häufig kaum Hinweise auf das, was unter den Trümmern noch lebt, und wenn es Überlebende gibt, müssen sie zuerst Aufmerksamkeit erregen, bevor die Zuständigen beschließen, die Überreste der Stadt zu durchforschen, gleich, ob es eine wirkliche oder eine Spiegelstadt ist, die sich bewegt, wenn der Wind sich bewegt und den Gezeiten des Meeres und des Himmels unterworfen ist.

Dr. Berger, ein großer, dunkler, blasser Mann mit entmutigend überlegener Miene und bedrückend englischem Tonfall, vereinbarte einen neuen Termin mit mir. Dieser Besuch bei einem Psychiater hatte in mir Gefühle vergangener Angst wiederaufleben lassen: Seine Aufmerksamkeit zu erregen und dabei sein ernstes Gesicht zu beobachten, hatte meinen Vorrat an Selbstvertrauen schrumpfen lassen. Ich wußte jedoch, wenn irgend jemand die »Wahrheit« herausfinden konnte, dann war er es, allein oder mit seinen Kollegen.

Ich arbeitete weiterhin im Regal. Meine finanziellen Mittel gingen rasch zur Neige, und das Platzanweisen wurde immer ermüdender und deprimierender, wenn ich jeden Nachmittag während der Kaffeepause den Geständnissen der jüngeren Platzanweiserinnen zuhörte. Eine hatte ein Verhältnis mit einem berühmten Sänger gehabt, den alle für vollkommen hielten; man konnte sein freundliches Gesicht jeden Tag auf dem Fernsehschirm sehen: Er habe ihr einen Vertrag und vielleicht eine Karriere als Filmstar versprochen, sagte sie. Eine andere erfuhr, daß ich Schriftstellerin werden wollte, und brachte mir eine Sammlung ihrer Gedichte mit, und ich zuckte zusammen, als ich von ihrem goldenen Mond, der am Himmel wohnt, las und von ihrem Herzen mit all seinen Schmerzen; doch vielleicht hätte ich gar nicht zusammenzuzucken brauchen, hätte ich nur an meine eigenen Erfahrungen gedacht.

Manchmal schickte mir mein Vater aus Oamaru per Postanweisung ein Bündel von Fünf-Shilling-Scheinen, das er an ungeraden Tagen gekauft und während der Währungsbeschränkungen »gespart« hatte. Miss Lincoln in Mount Maunganui schickte gleichfalls ihr Bündel von Fünf-Shilling-Scheinen.

Und abends, wenn Patrick Reilly und ich nicht arbeiteten, spazierten wir auf dem Common wie damals, als ich nach London gekommen war, und auch die damalige Jahreszeit näherte sich; der angeschlagene Sommer versprach schließlich in einer Wolke von Staub und welkenden Blättern zu weichen, und die mit einem Male blutgefüllte Sonne schlich sich in die Stadt hinein und wieder heraus, durch die kahler werdenden Äste der Platanen hindurch, und bald würde das Gras auf dem Common spärlich und braun daliegen, ohne Hoffnung auf weiteres Wachstum.

Ich hielt meinen zweiten Termin bei Dr. Berger ein. Ich, die ich die Großstadt London mit ihren Jahreszeiten in mich aufgenommen hatte, sprach, als sei ich selbst die Stadt, verriet, daß ich müde war und auf den Winter vorausblickte. Ich redete von Selbstmord. Solche Reden fielen mir leicht, als Abkürzungen, die das Handeln garantierten, wenn die Pfade zu echter Kommunikation überwuchert waren. Ich wußte, daß das Reden über Selbstmord immer ernst genommen werden muß, daß es nur die Uneingeweihten sind, die das nicht tun oder, zu ihrem späteren Bedauern, mit gelassener Hinnahme dieser Tatsache und der Möglichkeit einer solchen Tat reagieren. Eine solche Hinnahme, allein die Versicherung, daß alles zum Besten stehe, kann einen Menschen zum überstürzten Handeln bringen, denn er hat dann keine andere Möglichkeit, um auf seine Verzweiflung hinzuweisen.

Dr. Berger war der Ansicht, ich solle mich zum Zweck der Beobachtung und verschiedener Tests ins Maudsley-Krankenhaus einweisen lassen. Mein Plan war geglückt. Nun würde ich Antwort auf meine Fragen finden. Obwohl ich viele Ängste hatte, nahm ich an, daß dieses berühmte Institut für Psychiatrie nur wenige der Unzulänglichkeiten der neuseeländischen Krankenhäuser aufweisen und über viele Ärzte verfügen würde, die darin geschult waren, eine genaue Diagnose zu treffen, nachdem sie alle Fakten eines Falles in Erfahrung gebracht hatten; auch daß der »Fall«, anders als in Neuseeland, eine Chance haben würde, sich zu Wort zu melden, von Anfang an erkannt zu werden. Ich erwartete mir viel.

Dr. Berger erlaubte mir, in mein Zimmer in Clapham South zurückzukehren, wo ich ein paar persönliche Habseligkeiten holte und Patrick alles erklärte, der mir anbot, in den sechs Wochen, in denen ich im Krankenhaus sein würde, meine Koffer in seinem

Zimmer zu verstauen. Trotz meiner wachsenden Besorgnis hatte ich das Gefühl, daß mein Handeln nötig sei: Endlich würde ich »die Wahrheit« herausfinden.

15
Die Untersuchung und das Urteil

Ich hatte nicht gewußt, was ich vom Maudsley zu erwarten hatte. Was ich vorfand, beeindruckte mich und gab mir Grund zur Dankbarkeit, die ich noch immer empfinde. Damals gab es dort eine große Anzahl von Ärzten, Schwestern und Pflegern, wobei viele der Schwestern vom Festland, aus Afrika, Irland, von den Westindischen Inseln und eine oder zwei aus Neuseeland kamen. In der Aufnahme- und Beobachtungsstation kam eine Schwester auf fünf Patienten, und der Reinigungs- und Essensdienst lag bei den Stationsgehilfinnen, Küchenmädchen und Köchen, so daß die Schwestern sich ganz ihrer professionellen Tätigkeit widmen konnten. Wenn ich mich an die Zeit im Seacliff-Krankenhaus in Neuseeland erinnerte, auf der »Station der Aufgegebenen«, wo es den Schwestern verboten war, mit mir zu sprechen (wie mir später zwei Schwestern, inzwischen im Ruhestand, verrieten), war ich erstaunt festzustellen, daß es hier im Maudsley zu den Pflichten der Schwestern gehörte, mit den Patienten zu sprechen, sie kennenzulernen – wie sonst ließ sich eine exakte Diagnose stellen? Ich war auch beeindruckt, als ich merkte, daß der Arzt sich mehrmals pro Woche mit den Patienten unterhielt, anfangs sogar täglich, und nicht, wie es in Neuseeland der Fall war, einmal bei der Aufnahme und einmal bei der Entlassung, mit gelegentlichen albernen »Hallos« dazwischen, egal wie viele Jahre der Zeitraum »dazwischen« auch betragen mochte. Im Maudsley würde ich keinen Grund zu der Klage haben, daß Entscheidungen über mich getroffen wurden, ohne daß irgend jemand sich die Zeit genommen und die Mühe gemacht hätte, mit mir zu sprechen und zu versuchen, mich kennenzulernen. Als Unterstützung bei der Diagnose legte das Maudsley auch zahlreiche

»Standardtests« vor (eine weitere Methode, von der man während meiner Jahre in neuseeländischen Krankenhäusern nichts gehört hatte oder die jedenfalls nicht üblich war).

Es lag etwas Luxuriöses, ja sogar Verschwenderisches darin, einen eigenen Arzt und eine eigene Krankenschwester zu haben. Ich wurde einem Dr. Alan Miller zugeteilt, einem jungen amerikanischen Mediziner, dem ich im Laufe zahlreicher Unterredungen meine Lebensgeschichte erzählte (wobei ich alles nicht Erzählbare ausließ). Das Maudsley hatte sich bereits aus Neuseeland Einzelheiten über meine Zeit in dortigen Krankenhäusern kommen lassen, über die Diagnosen, die Behandlungen, die Prognosen.

Dr. Miller war ein großer, beleibter Mann, der die Kälte des herannahenden englischen Winters spürte und deshalb viele Schichten von Kleidung zu tragen schien, was seinen Umfang nur noch vergrößerte. Er machte sich Sorgen wegen seines Gewichts. Während unserer Unterredungen aß er oft Schokoladenriegel. In seiner Freizeit spielte er die Viola und war stolz darauf, einmal im Jahr mit Pablo Casals zu korrespondieren. Für sein Jahr am Maudsley hatte er seine Frau, seine Kinder und seinen amerikanischen Ford Kombi mitgebracht, und er klagte darüber, daß das Jahr bald um sein würde. Obgleich es nicht üblich war, solche Einzelheiten von einem Psychiater zu erfahren, sprach Dr. Miller offen über sich selbst und über seine Gefühle und Ansichten, anders als die ernsten, nüchternen Engländer, die einen anstarrten, die Stirn runzelten, den Mund zur Andeutung eines Lächelns verzogen und nur ein »Mhm, verstehe« von sich gaben. Ich war dankbar, daß mein Arzt jemand war, der keine Angst davor hatte, den schrecklichen Gedanken zuzugeben und auszusprechen, daß er letztlich auch der menschlichen Spezies angehörte, daß sich dagegen nichts machen ließ und daß sich als Gott zu gebärden nichts daran ändern würde. Und wieviel Enthusiasmus Dr. Miller besaß! »Sie haben nie an Schizophrenie gelitten«, sagte er. »Schizophrenie ist eine schreckliche Krankheit.« Das Urteil mußte jedoch objektiv sein, Resultat von Tests und Beobachtungen und Befragungen vor dem ganzen Ärzteteam, dem Dr. Berger vorstand, und die Ergebnisse sollten anläßlich einer Sitzung unter dem Vorsitz von Sir Aubrey Lewis, dem damaligen Leiter des Krankenhauses, verlautbart werden. Angesteckt von Dr. Millers Begeisterung, unterwarf ich mich vielerlei Tests, geistigen, manuellen. Ich unterzog mich meinem ersten Enzephalogramm (ein Test, der schon vor Jahren routinemäßig mit mir hätte gemacht werden müssen), und ich war ganz bestürzt, als Dr. Miller, stets begierig, die Ergebnisse mitzuteilen, verkündete, meine Hirnwellen seien »normaler als normal«, und so meine seit langem bestehende Vertrautheit und Verwandtschaft mit van Gogh und Hugo Wolf zerstörte, die durch die unvergeßlichen Worte des gutaussehenden, charmanten Dozenten vor vielen Jahren Blüten getrieben hatten: »Wenn ich an Sie denke, denke ich an van Gogh, Hugo Wolf... Janet, Sie leiden an einer Einsamkeit Ihrer tiefsten Seele...«

Schließlich wurde ich ins Besprechungszimmer geholt, wo das Ärzteteam unter Vorsitz von Sir Aubrey Lewis um einen langen Tisch saß. Das Team hatte seine Sitzung bereits beendet und war zur Entscheidung gelangt, und nachdem es sich ein paar Minuten mit mir unterhalten hatte, sprach Sir Aubrey das Urteil. Ich hätte nie an Schizophrenie gelitten, sagte er. Man hätte mich niemals in eine psychiatrische Klinik stecken dürfen. Alle Probleme, die ich jetzt hätte, seien großteils eine direkte Folge meiner Krankenhausaufenthalte.

Ich lächelte. »Danke«, sagte ich schüchtern, steif, als hätte ich einen Preis gewonnen.

Später wiederholte Dr. Miller triumphierend das Urteil. Ich erinnere mich an seinen Ausdruck der Freude und an die Art, wie er sich schwerfällig in seinem Sessel drehte, weil die Kleiderschichten seine Bewegungen zu behindern schienen.

»England ist kalt«, sagte er. »Ich trage diese dicke Wollunterwäsche.« Die neueste Mode, kurze Mäntel, enge Hosenbeine, verstärkte sein Unbehagen noch. Vielleicht erinnere ich mich deshalb so lebhaft an die Kleiderschichten, mit denen Dr. Miller sich gegen den Winter wappnete, weil ich selbst plötzlich eines Kleidungsstükkes ledig war, das ich zwölf oder dreizehn Jahre getragen hatte – meine Schizophrenie. Ich erinnerte mich daran, wie ich dieses Wort voller Staunen und Angst auszusprechen versucht hatte, nachdem ich die Diagnose erfahren hatte, wie ich in Psychologielehrbüchern und medizinischen Wörterbüchern danach gesucht und wie ich sie, zunächst ungläubig, doch mich schließlich der Meinung der »Experten« fügend, akzeptiert hatte, wie ich inmitten der Qual und des Entsetzens dieses Akzeptierens unerwartete Wärme, Trost und

Schutz gefunden hatte: Wie ich mich danach gesehnt hatte, mich von diesem Wort freizumachen, doch nicht willens war, mich davon zu trennen, und wie ich es, selbst wenn ich es nicht offen zeigte, immer für den Ernstfall bereithielt, um es rasch überzuwerfen, als Schutz vor einer grausamen Welt. Und jetzt war es fort, und nicht ich hatte es zerstört mit meiner ständigen Berufung auf die »Wahrheit«, eng verbunden mit dem Unwillen, einen so nützlichen Schutz zu verlieren; es war offiziell von Fachleuten verbannt: Nie wieder konnte ich mich an dieses Wort um Hilfe wenden.

Der Verlust war groß. Zunächst schien die Wahrheit erschreckender als die Lüge. Als Psychose war die Schizophrenie eine Leistung gewesen, da sie den Leidenden der normalen Verantwortung enthob. Ich war hilflos. Ich schämte mich. Wie konnte ich direkt um Hilfe bitten, wenn mir »nichts fehlte«? Wie konnte ich mich verständlich machen, wenn ich nicht länger geschickt vom Status einer Schriftstellerin zu dem einer Schizophrenen überwechseln konnte, hin und her, wie es gerade paßte? Die offizielle Plünderung meines Selbstwertgefühls wurde durch die Haltung des Krankenhauspersonals gelindert. Wie Professor Lewis gesagt hatte, brauchte ich tatsächlich professionelle Hilfe, um mich von den Folgen meiner langen Krankenhausaufenthalte zu befreien; einstweilen würde ich im Maudsley bleiben, und meine Unterredungen mit Dr. Miller würden weitergehen. Sobald er über meine Lebensgeschichte Bescheid wußte, sprachen wir meist über gegenwärtige Alltagsfragen, in einer formlosen Art von Therapie, die eine Einbeziehung der Ängste der Gegenwart und der Vergangenheit gestattete. Gelassen suchten wir sozusagen den See mit einem Schleppnetz ab, beobachteten die Leuchtkäfer und das Sonnenlicht auf dem Wasser und ließen die alten Toten zumeist ruhen und die neu entdeckten Toten in ihre Tiefe zurückkehren, während das Wasser, kurzzeitig getrübt, sich klärte und ruhig wurde. Die einzige anhaltende Schwierigkeit bei unseren Gesprächen bildete meine Panik, kaum begriffen oder zugegeben, über den Verlust meiner Schizophrenie: mein Widerwille, sie loszulassen, mein hartnäckiges Bestehen darauf – aus Gewohnheit und einem Bedürfnis nach Wärme –, daß sie vielleicht doch noch existierte, für immer ein Teil meiner Welt.

Ich verbrachte den Winter eingesponnen in die Wärme des Maudsley. Ich freundete mich mit den Schwestern und Patienten und mit dem Küchenmädchen aus Deutschland an, *Gerda*, die jeden in ihre Freundlichkeit einschloß – »Ach, Janet, meine Güte, Kinder«, sagte sie lächelnd.

Ich habe erfahren, daß die personalreichen Zeiten des Krankenhauses vorbei sind; damals, Ende der fünfziger Jahre, war das gesamte Personal hochqualifiziert, und die ausländischen Schwestern und Psychiater brachten eine zusätzliche kulturelle Dimension in ihre Arbeit ein. Ein besonderes Beispiel der Stärke und Klugheit der Leitung des Maudsley war die Einbeziehung von Ärzten, die selbst durch Leiden belastet waren, und es waren oft diese Ärzte, die leichter mit ihren Patienten kommunizieren konnten.

Ich bereitete mich nun auf die Entlassung aus dem Krankenhaus vor, um mein »eigenes Leben« weiterzuführen. Es war Frühlingsbeginn, mit gelegentlichen Schneestürmen. Etwas zu schnell für meinen Geschmack erklärte Dr. Berger, als Auftakt zu einer »sicheren Stelle« für mich habe er Miss Baer, die Bibliothekarin, gebeten, mir Arbeit in der medizinischen Bibliothek zu geben. Obgleich bekannt war, daß ich in Neuseeland zwei Bücher veröffentlicht und den Ehrgeiz hatte, als freie Schriftstellerin zu arbeiten, gab es in der harten Verlagswelt Londons kaum Anzeichen dafür, daß ich eine Karriere als Schriftstellerin schaffen würde. Von Patience Ross vom A. M. Heath Verlag hatte ich gehört, daß etwa fünfzig Verlage in den Vereinigten Staaten und in Großbritannien mein Buch *Wenn Eulen schrein* bewundert, eine Veröffentlichung jedoch abgelehnt hatten, und deshalb ging ich etwas niedergeschlagen, aber unter Wahrung meiner »dichterischen« Haltung zur Arbeit in die medizinische Bibliothek, nur um ein paar Tage später herausfinden zu müssen, daß ich für »ungeeignet« erklärt worden war. Darauf betreute mich Dr. Berger mit der Aufgabe, im Gehirnmuseum medizinische Zeitschriften zu katalogisieren. Das Gehirnmuseum! In wonnevoller Abgeschiedenheit verbrachte ich dort in der Gesellschaft von konservierten, beschrifteten Tumoren und Gehirnen viele Tage mit dem Sortieren medizinischer Fachzeitschriften. Beim Studieren der Zeitschriften erfuhr ich, daß die Elektroschocktherapie als ein Mittel empfohlen wurde, im Patienten *Angst* zu erwecken, als wäre die Angst heilsam und ein *Bonus* – zweifellos für den Psychiater und nicht für den Patienten! Als ich so zwischen den beschrifteten, in Flaschen aufbewahrten Gehirnen saß, wagte ich auf die Eigenschaften der Stärke und Wachsamkeit bei Psychiatern zu hoffen, auf ihr ununterbrochenes Erforschen und Überprüfen ihrer Menschlichkeit, ohne die sie zu politischen Handlangern werden würden, infiziert mit dem endemischen Virus der Psychiatrie, der Politik und einiger anderer Berufe – dem Glauben an ihr Ich als Gott.

Im Gehirnmuseum schrieb ich ein Gedicht:

Dobsons Tumor, neunzehnhundertfünfundfünfzig.
Man konnte ihn nicht sehen durch sein schütteres Haar,
im düsteren Gesicht, noch hören, wie er sprach
aus seinen wilden Schreien, obwohl er Äußerungen ausstieß
in schlangensprießender Torheit. Die letzten Jahre lebte er
versteckt
unter einem Gespinst von runden Käfern und tobender Sonne.
Eines Tages
begrub ihn ein Erdrutsch schwereloser Felsen, und Dobson
starb.

Die Verbrennung war in Golders Green, ein Gottesdienst fand
statt
in der Privatkapelle, man lobte feierlich seine Tugenden
(das Treibgut der Laster, noch verborgen durch die Flut des
Kummers).
Die Witwe mietete der Asche eine Nische in der Kirchenmauer
und spendete das Kranzgeld der Tumorforschung.
Doch kaum einer bei der Feier hätte gedacht, daß sie
weniger von Dobson verbrannten und begruben, als es schien.

Und noch ein Diapositiv und noch ein Witz. Einbruch der
Nacht.
Der Raum leert sich. Schichten von Kälte klammern sich an die
lackierten Möbel.
Und wieder wird das beschriftete Ding in der Flasche
beiseitegestellt
auf dem mit Akten und Krankengeschichten übersäten
Schreibtisch.

Seit drei Jahren schon erzählt es, wie Dobson starb: mit meiner
gespaltenen Zunge
spuckte ich Gott an. In Formalin
wird mein Ansehen dick und fett. Ich überlebe
als Dobsons Tumor, neunzehnhundertfünfundfünfzig.

Nachdem ich zwei oder drei Wochen im Gehirnmuseum gearbeitet hatte, wurde beschlossen, daß ich täglich Ausgangserlaubnis erhalten sollte, um eine Unterkunft zu finden, da ich nicht im selben Haus wie Patrick Reilly bleiben wollte, der – zweifellos auf meine unbewußte Aufforderung hin – mein Leben mit seinem Verhalten als anmaßender Vater in die Hand zu nehmen drohte. Bei seinen regelmäßigen Besuchen im Krankenhaus verbrachte er die Zeit damit, mich vor den Gefahren der Welt zu warnen, insbesondere vor den Gefahren der Sexualität, denn er hatte meine *Encyclopaedia of Sex* unter meinen Habseligkeiten entdeckt. Ich sei eine gefallene Frau, sagte er und schwenkte dabei das Buch. »Niemand sollte so viel über seinen eigenen Körper wissen. All die Zeichnungen und Fotos!«

Er öffnete das Buch bei einer Zeichnung der weiblichen Sexualorgane.

»Sieht eine Frau *wirklich* so aus?« fragte er und gab sich gleich selbst die Antwort: »Ich glaube es nicht.«

Mit Nachdruck sagte er: »Dieses Buch wandert noch heute abend in die Mülltonne.«

An jenem Tag erklärte ich Patrick Reilly mit Hilfe von Dr. Miller, daß es besser wäre, wenn er mich nicht mehr besuchte. Ich wolle bald nach Amerika fahren, sagte ich, wo ich Freunde hätte.

Obwohl ich enttäuscht darüber war, daß niemand vorschlug, ich solle meine Schriftstellerkarriere fortsetzen, hoffte ich, Zeit zum Schreiben zu finden, da der Sozialarbeiter für den Anfang eine Arbeitslosenunterstützung für mich organisiert hatte, bis ich soweit sein würde, eine »sichere Stelle« anzunehmen, wie Dr. Berger es ausdrückte. Und so begab ich mich an einem winterlichen Nachmittag, nicht ohne eine Aufwallung von Selbstmitleid und ein Gefühl der Isolation, auf Zimmersuche. Dieses schmerzliche Empfinden wurde noch verstärkt durch den Gedanken, daß Dr. Miller bald in die Vereinigten Staaten zurückkehren und ich für die externe Betreuung einem anderen Arzt zugewiesen würde. In der Camberwell Road bestieg ich einen Bus nach Chalk Farm. Dort würde ich ein Zimmer finden, dachte ich; auf der Karte war es nicht weit vom Primrose Hill entfernt. Sicher ein angenehmer Wohnort! Chalk Farm war vielleicht in der Nähe eines aufgelassenen Steinbruchs, Ackerboden und Felder und *Primeln* im Frühling.

Der Bus fuhr an Elephant and Castle vorüber, vorbei an Westminster, um den Trafalgar Square herum, durch die Charing Cross Road und die Tottenham Court Road, vorbei an der Goodge Street Station, an der Mornington Station, durch Camden, wobei die Gegend immer trostloser und schmutziger wurde, bis wir zur Chalk Farm Station kamen, die, soweit ich sehen konnte, aus einer hohen Ziegelmauer bestand, die die Bahnlinie aus Richtung Euston oder King's Cross oder Paddington verbarg, mit einer Reihe baufälliger Ziegelhäuser, die eine Straßenseite säumten. In Chalk Farm stieg ich aus und ging zu Fuß zurück Richtung Kentish Town und in die Fortess Road, die ich irrtümlicherweise als *Fortress Road* – Festungsstraße – entzifferte, und da stand ein Schild vor mir: *Zimmer zu vermieten.*

Ein Platz zum Wohnen.

Ich mietete das Zimmer. Die Miete war niedrig. Ein Zimmer im Tiefparterre in einem alten Haus, wo jedes Zimmer als Wohnschlafzimmer vermietet war; es war schmutzig, mit kaputten Möbeln und eingeschlagenen Fensterscheiben, die durch ein Drahtgitter ersetzt waren, das den Londoner Schneewind einließ. Der kleine Vorraum des Zimmers hatte ein Loch im Dach (wobei das Dach der Gehsteig auf Straßenebene war), um Kohlenlieferungen aufzunehmen und andere Gegenstände, die hineingeworfen werden mochten. Wenn ich durch das Fenster zur Straße blickte, konnte ich die Räder des Verkehrs und die gehenden Füße der Menschen und Hunde sehen und hören. Ich blieb nur eine Woche in dem Zimmer. Das Gebäude war kalt, ohne Heizung, und als eines Tages der Strom abgeschaltet wurde, weil der Vermieter die Rechnung nicht bezahlt hatte, erkundete ich das Haus und entdeckte, daß es überfüllt war, daß die anderen Untermieter arm waren, deprimiert durch die Feuchtigkeit, die Kälte und die Dunkelheit und die Wanzen. Ich sprach mit einer Frau, die über mir wohnte, auf Straßenniveau; ihr Baby lag schlafend im Bett, und sie saß daneben, mit einer Unmenge von Puppenköpfen neben sich aufgehäuft, und malte unermüdlich die Augen in die leeren Gesichter. Und jetzt hatte sie kein Licht, um zu arbeiten.

Da es sinnlos war, wenn ich in einem dunklen Tiefparterre zu tippen versuchte, ging ich auf die Straße, um mich nach einer anderen Unterkunft umzusehen, und fand zu meiner großen Freude eine Anzeige für ein Zimmer direkt gegenüber, ein Zimmer in einer Wohnung, das in der Annonce verlockend geschildert wurde. Was für ein Glück, dachte ich und bat sogleich darum, es besichtigen zu dürfen. Ich wurde in den zweiten Stock des Hauses geführt, in ein kleines Zimmer, das auf einen Flur mit einer Küche und einem Badezimmer an seinem Ende hinausging, und obgleich die Aussicht mit dem Blick über eine weitere Ziegelmauer Nordlondons trostlos war, mietete ich es auf der Stelle, weil ich wußte, daß ich rasch meinen Keller gegenüber in der Fortess Road verlassen und hier einziehen konnte. Vielleicht deutete ich die Information falsch, so wie in Ibiza: Ich hatte geglaubt, ich wäre die einzige Bewohnerin der winzigen Wohnung, und ich war bereits umgezogen und hatte mich niedergelassen und frohlockte über mein Glück, als ich überrascht vernahm, wie eine, dann eine zweite, dann eine dritte Person hereinkam und in der Wohnung umherging. Warum hatte ich nicht bemerkt, daß von dem schmalen Flur noch drei weitere kleine Zimmer ausgingen und daß mein Zimmer das zweite nach der Küche war? Ich ging in die Küche, wo ich drei Frauen vorfand, die sich in jeweils verschiedenen Stadien mit der Zubereitung des Essens befanden: Jane, hübsch, blond, eine Lehrerin Anfang Zwanzig; Gloria, dunkelhaarig, eine Büroangestellte; Millicent, Bibliothekarin in einem Industriebetrieb. Es war Millicent, die das Kommando übernahm und sich und die anderen vorstellte. Ich sei Schriftstellerin, sagte ich. Vielleicht, sagte ich, als sie fragten, ob sie meine Werke lesen könnten, vielleicht würde ich ihnen mein Buch zeigen. Ich zögerte, den Titel zu nennen, denn so viel war geschehen, seit das Buch geschrieben und veröffentlicht worden war, daß ich allmählich glaubte, es zerfalle und würde sich bald in nichts auflösen. Obgleich ich wußte, daß Wörter und Ideen und ihre Ausdruckskraft verschwinden können, war ich mir der Zerbrechlichkeit eines veröffentlichten Buches nicht bewußt gewesen, ich hatte geglaubt, seine Form, seine Präsenz und Vervielfachung würden ihm vielleicht Kraft und Gewicht und Dauer verleihen. Und jetzt wollte sich nicht einmal mehr der Titel meines Buches in Worte fassen lassen.

In meinem Zimmer in der neuen Wohnung begann ich erneut mein Leben als Schriftstellerin, saß jeden Morgen da und versuchte zu tippen, während ich die bedrückenden Ziegelmauern von Kentish Town anstarrte. Und jede Woche hatte ich einen Termin bei Dr. Miller im Maudsley-Krankenhaus, wobei ich jedesmal mit wachsender Niedergeschlagenheit feststellte, daß es nur noch wenige Wochen bis zu seiner Abreise waren, und als er mich eines Tages seinem Nachfolger, einem Dr. Portion, vorstellte, sank mein Mut, als ich den merkwürdigen Gegensatz vernahm zwischen dem prägnanten englischen Tonfall und Dr. Millers volltönender, fröhlicher Stimme mit der Färbung, wie ich sie seit Jahren aus Hollywoodfilmen kannte. Ich fragte mich, wie ich mich überhaupt mit Dr. Portion unterhalten sollte.

Nach meiner Entlassung aus dem Krankenhaus erneuerte ich meine Bekanntschaft mit dem Dichter Ben, der mich einem Freund namens Lawrence vorstellte, der vor kurzem von einem zwölfjährigen Aufenthalt in den Vereinigten Staaten zurückgekehrt war, und da Ben und Lawrence ebenso wie ich keiner geregelten Arbeit nachgingen und beide nördlich von Kentish Town wohnten, machten sie es sich zur Gewohnheit, am frühen Morgen »vorbeizuschauen«, auf ihrem Weg in die Stadt, das heißt, zu ihren Lieblingskneipen in Soho. Dort trafen sie üblicherweise andere arbeitslose Dichter und Maler und saßen im *French Café*, wo die Gäste stets voller Stolz auf den berühmten Ironfoot Jack zeigten, der in dem Ruf stand, ein einstiges oder gegenwärtiges Mitglied der Unterwelt zu sein. Nachdem ich Ben und Lawrence mit einer Tasse Kaffee bewirtet hatte und keine Lust verspürte, der Ziegelmauer von Kentish Town ins Auge zu sehen, ging ich mit ihnen nach Soho, wo wir eine bunte Auswahl von Leuten trafen, deren Ehrgeiz es war, zu schreiben oder zu malen, und ich fühlte mich bei ihnen zu Hause, war jedoch betrübt über ihr ewiges Träumen, ihr Reden über das, was sie zu schaffen hofften, wo sie doch genau wußten (wie ich wußte), daß, während sie redeten und träumten, ihre Arbeit in der Abgeschiedenheit ihrer Untermietzimmer oder ihrer engen, nach Gas riechenden Wohnungen mit Gemeinschaftsbad, Gemeinschaftsküche – alles gemeinsam – unberührt blieb. Meine Kentish-Town-Mauer war nicht der einzige mächtige Gegner meiner Arbeit – Träumen war einfacher, obgleich ich meine Träume nicht äußerte. Ich kaufte regelmäßig die literarischen Wochenzeitschriften und das *London Magazine*, das eine Serie mit dem Titel »Ankunft in London« begonnen hatte, in der berühmte Schriftsteller die Erfahrungen ihrer Anfangszeit beschrieben. Ich las gespannt über ihre Erlebnisse mit Lektoren, Agenten, Verlegern, während ich im Geiste meine eigene »Ankunft in London« verfaßte, die ich eines Tages schreiben würde und die voll von Hinweisen auf Dichter und Romanschriftsteller sein würde, denen ich begegnet war, mit beiläufigen Hinweisen auf »meinen Verlag« (vorzugsweise Faber and Faber). »Als ich eines Tages mit meinem Verleger zu Mittag aß...«

In der Tat, ich träumte.

Als Lawrence begann, mich als sein »Mädchen« zu betrachten, war ich einverstanden, aber eher lauwarm; ich weigerte mich, das Risiko einer erneuten Schwangerschaft einzugehen, war jedoch willens, Trost zu empfangen und zu spenden, nackter Körper an nacktem Körper. Als Lawrence begann, allzuoft um halb neun Uhr morgens in der Wohnung aufzutauchen, drückte Millicent ihr Mißfallen aus, und auch Jane war dagegen, daß ich so früh am Morgen Männerbesuch empfing. Nur Gloria, im letzten Zimmer und abgesondert von den anderen, weil auch sie »Männerbesuch empfangen« hatte, zeigte Verständnis, und sie und ich führten viele vertrauliche Gespräche, wie zwei Schwestern. Tagsüber schlugen Lawrence und ich die übliche Route nach Soho ein, gefolgt von einem »Galeriebummel«, bei dem wir die neuen Bilder in jeder Galerie begutachteten. Das sei seine Pflicht, sagte er. Jemand müsse die Verantwortung übernehmen, die neuen Bilder anzusehen, sonst hingen sie nur da, und die Leute warfen vielleicht einen flüchtigen Blick darauf, aber nur wenige lernten sie genauer kennen, und die Erkenntnis, daß niemand sich die Mühe machte, seine Arbeit zu betrachten, sei eine bedrückende Erfahrung für einen Maler. Auch das Bild leide darunter, sagte Lawrence. Nur zehn oder fünfzehn Minuten genügten, um einem seinem Schicksal überlassenen Bild wieder Leben und Hoffnung einzuhauchen, und damit auch dem Maler neues Leben, der allein vor seiner Staffelei stand.

Durch Ben und Lawrence traf ich viele der »Außenseiter« von Soho. Als Folge der Publikation und allgemeinen Bekanntheit von

Colin Wilsons *Der Outsider* lag einiges Prestige darin, »draußen« zu sein, ganz anders als meine Erfahrung in Neuseeland, wo das Prestige darin lag, »drinnen« zu sein, obwohl man sich mit dem Prestige eines »Außenseiters« im »Inneren« des »Äußeren« befindet... Ich besuchte leicht anrüchige Klubs, wurde Mitglied, um für den Abend eingelassen zu werden. Ich traf Prostituierte, männliche und weibliche, hörte ihren Geschichten zu, mit unhöflich offenem Mund, während ich meine wachsende »Lebenserfahrung« hegte und pflegte und mir bei vielen Gelegenheiten vorsagte: »Ich sitze in einer der Spelunken in der Fifty-Second Street...«

Die Richtung, die ich mir vorgegeben hatte, war mir jedoch allzu klar, als daß man mich hätte auf Dauer davon abhalten können. War es nicht Zeit, mich meinem Schreiben zu widmen? Die Worte von Dylan Thomas fielen mir dabei ein:

> Ohne Arbeit am Wortwerk drei magere Monate schon in des fetten
> Jahres blutigem Bauch...
> Rechte ich bitter mit meinem Bettel von brotloser Kunst...

Nur drei Monate, und er war verzweifelt! Vielleicht war ich keine »richtige« Schriftstellerin? Meine Zweifel kehrten wieder. Vielleicht war mein Wunsch, zu jener Spiegelstadt und wieder zurück zu reisen, letztlich nichts als eine Anomalie? Ach, warum hatten sie mich meiner Schizophrenie beraubt, die die Antwort auf alle meine Befürchtungen gewesen war? Wie König Lear war ich auf die Suche nach »der Wahrheit« gegangen, und nun hatte ich nichts. »Aus nichts wird nichts.«

Nun, da ich Dr. Portion kennengelernt hatte, beschloß Dr. Miller, sollte ich ihn auch aufzusuchen beginnen, und so verabschiedeten wir uns kurz voneinander und wünschten einander viel Glück, und ich hatte das Gefühl, als sei aller Kummer, den ich je erfahren hatte, in mir aufgestiegen. Ich fühlte mich vollkommen allein auf der Welt, einer grauen Welt, wo die Gesichter der Menschen und das Gesicht der Erde seit Monaten jeglicher Farbe beraubt waren, und in dieser Stimmung fand ich den Gedanken absurd, ich könnte mich je mit einem Arzt unterhalten, der bei unserer ersten Unterredung mit gutgemeinter Heiterkeit und vielleicht mit dem Wunsch, seine weitgesteckten Interessen unter Beweis zu stellen, von der kommenden Weltmeisterschaft im Schwergewichtsboxen gesprochen und mich gefragt hatte, ob ich glaube, daß Floyd Patterson gewinnen würde. Andere Bemerkungen, die er machte, waren ebensoweit entfernt von dem, was ich als Kern der Sache ansah. Da ich die Gewohnheiten der Psychiater kannte, war ich geneigt anzunehmen, daß sein Zugang geplant, wissenschaftlich war... Aber meinem Gefühl nach stand alles, was er sagte, im Widerspruch zueinander, was mich veranlaßte, aus meinem Repertoire die eindrucksvolleren Verhaltensbeispiele auszuwählen, die garantiert Aufmerksamkeit erregen würden, mit dem Ergebnis, daß er vorschlug, ich solle mich in eine Nordlondoner Klinik begeben; und so verließ ich nach unserer ersten Unterredung das Krankenhaus mit einer Einweisung für ein weiteres.

Wie gut ich mich noch an die Fahrt mit dem Bus erinnere, den ich am folgenden Nachmittag nahm, um das neue Krankenhaus zu »inspizieren«! Es war ein Bus nach High Barnet, ein Name, der damals romantische Möglichkeiten in sich barg – High Barnet, Tooting Bec, Friern Barnet... Der Bus gelangte an die Peripherie von London, bis an einen Punkt, wo die grünen Busse plötzlich zahlreich werden und die roten nicht mehr aus dem Stadtzentrum kommen und dorthin zurückfahren, sondern von Outer East nach Outer West, von Outer South nach North, als leugneten sie die Existenz der Metropole London; hier, nahe High Barnet, waren weniger Leute auf den nun von Doppelhäusern und frei stehenden Häusern gesäumten Straßen. Und dann, nahe der Straßenecke, sah ich das Krankenhaus, an das man mich verwiesen hatte – hoch, aus grauem Stein, bedrohlich, wie ein altes Armenhaus oder Gefängnis. Ein Gefühl des Entsetzens überkam mich. Ich muß ruhig bleiben, dachte ich und versuchte die in mir aufsteigende Panik zu bezwingen. Ich muß nicht dorthin gehen. Ich muß an die Untersuchung und das Urteil denken und nicht auf das zurückfallen, was ich in der Vergangenheit geglaubt habe. Ich werde einfach nach Kentish Town zurückfahren, der Ziegelmauer ins Auge blicken und mit meinem Schreiben weitermachen. Doch die Verzweiflung, niemanden zu haben, dem ich »meine Geschichte erzählen« konnte, stieg in mir auf. Vielleicht hätte ich nie aus Neuseeland weggehen sollen. Ich trauerte keinem bestimmten Ort in Neuseeland nach. Ich sehnte mich inbrünstig nach dem Anblick einer zerzausten Kohlpalme in einem Vorgarten, irgend jemandes Vorgarten, und nach dem Anblick und der Berührung eines mit goldenem Bültgras bewachsenen Hügelabhangs.

Als ich so im Bus saß, hatte ich das Gefühl, wieder ein Kind zu sein, mit Erinnerungen, die ich nie näher bestimmt hatte und die nach meinem Dafürhalten nur ein Teil des Traumbildes vom »Licht, das nie auf Meer oder Land lag«, waren, der Art von Welt, von der im Buch der Offenbarungen die Rede ist und in Thomas Trahernes *Jahrhunderte der Meditation*, wo sich »die Ewigkeit im Licht des Tages zeigte« und »die Stadt in Eden zu stehen oder im Himmel erbaut zu sein schien«. Mein Gefühl der Isolation begann zu schwinden, als ich mir ins Gedächtnis rief, daß doch gerade London voller Dichter war, daß die Gedichte, die in den schmalen und dikken Bänden von Faber and Faber und in den Fachblättern und Zeitschriften erschienen, von Männern und Frauen verfaßt waren, die jetzt auf den Straßen Londons umhergingen, Buchhandlungen betraten, Bücher kauften oder einfach nur schliefen, redeten, sich liebten, aßen; ihr Alltagsleben in London lebten. Und ihre Gedichte schrieben.

Sie haben es vielleicht nicht gewußt, aber sie leisteten mir Gesellschaft, allein ihr Atem hielt mich warm und vertrieb meinen Kummer.

16
Dr. Cawley und der Luxus der Zeit

Ernüchtert und verängstigt kehrte ich von meiner Busfahrt nach High Barnet zurück. In der folgenden Woche wurde ich erneut ins Maudley-Krankenhaus aufgenommen. Nun, ohne meine Schizophrenie, blieb mir nur mein gewöhnliches Ich bei dem Versuch, meinen Kummer zu erklären. Was noch wichtiger war: Andere, die echten »Fachleute«, wußten, daß ich nur mein gewöhnliches oder außergewöhnliches Ich hatte, um mich verständlich zu machen, und das war für mich die erste Gelegenheit dieser Art, seit ich erwachsen war. Die Aussicht darauf war ein Luxus, genau wie die Realität es sein würde. So viele leben und sterben, ohne diesen Luxus genossen zu haben. Ich weiß nicht, was für ein Wunder an Erkenntnis – oder war es eine Geste der Ungeduld? – Dr. Cawley, den ärztlichen Berater, zu dem Versuch bewog, mir bei meiner eigenen Freilegung behilflich zu sein. Und wer war ich denn, daß ich annehmen durfte, das besondere Anrecht auf eine klare Wahrnehmung meiner selbst und der Welt zu haben? Irgendeine Hartnäckigkeit, irgendeine Beharrlichkeit in mir bestand auf diesem Recht, bis ich schließlich mit Hilfe einer Verknüpfung von Umständen, Zufällen, Fügungen und guten Freunden an den Punkt gelangte, die Qual zu erkennen, die in dem Luxus lag, meine Geschichte zu erzählen zu versuchen und den Luxus der »Wahrheit« zu verlangen und zu akzeptieren.

Dr. Berger wies mich einem jungen Psychiater zu, der erst kürzlich seine Ausbildung abgeschlossen hatte; er war Zoologe und Mathematiker gewesen und hatte deshalb das übliche Alter und die übliche Erfahrung eines Assistenzarztes überschritten. Ich entdeckte jedoch, daß solche Andersartigkeiten im Maudsley an der Tagesordnung waren und daß als Motto über allem hätte stehen können: »Vielfalt ist alles.« Ich glaube, ich konnte Dr. Cawley akzeptieren, weil mir bewußt war, daß sein Horizont weit war und eine ganze Palette von Studien und Fächern und persönlicher Erfahrung umfaßte, genau wie ich Dr. Miller bereitwillig akzeptiert hatte, weil ich wußte, daß er an Musik und bildender Kunst interessiert war. Die Qualifikationen für Medizin und Psychiatrie waren Erweiterungen dieser Männer, nicht Anfangs- und Endpunkte. Ich hatte das Gefühl gehabt, daß Dr. Portion, auch wenn er ein fähiger Psychiater war, vielleicht das Leben an die Psychiatrie und nicht die Psychiatrie an das Leben angefügt hatte.

Ich war auch erfreut über die Entdeckung, daß Dr. Cawley genau wie ich am Hier und Jetzt interessiert war und nicht an Theorien über die Vergangenheit, und unsere Gespräche dienten zunächst zum Großteil einer Art Rechenschaftsbericht, einer Überprüfung meines emotionalen, persönlichen, ja selbst finanziellen Budgets im Hinblick auf einen Ausgleich, damit ich trotz des Bankrotts, in den ich während meiner langen Krankenhausaufenthalte getrieben worden war, überleben konnte. Wir sprachen über meine unrealistischen Vorstellungen, die mir von mir selbst und von anderen eingegeben worden waren und auf denen seit damals meine Existenz ruhte, und über meine plötzliche, extreme Armut, ich selbst zu sein, als Folge der Untersuchung und des Urteils: Das Ende der Vorstellung, jemand anders als ich selbst zu sein, konnte zu dem Nichts führen, das ich früher schon erfahren hatte.

Ich weiß, daß Dr. Cawley mich für eine schwierige Patientin hielt, denn ich war »gegen die Psychiatrie«, und ich erkannte keinen ihrer Götter an, Jung vielleicht ausgenommen; aber meine Sitzungen sollten nicht irgendwelchen Psychiatern dazu dienen, ihre Theorien zu überprüfen. Ich geriet aus der Fassung, als Dr. Cawley während unserer ersten Sitzung mit Stift und Papier dasaß und alles, was ich sagte, aufschrieb oder aufzuschreiben schien, manchmal ohne aufzublicken. Anfangs sagte ich wenig. Dr. Miller, so dachte ich aufsässig, hatte wenigstens mit mir geredet. Dr. Cawley war jedoch »anders« als Dr. Miller, und wenn ich die Bedeutung der Andersartigkeit predigte, dann war es zuallererst nötig, daß ich sie auch akzeptierte, und so sagte ich mir, daß das eben Dr. Cawleys »Art« sei. Ich vermutete, daß er ein schüchterner Mensch war. Wie Dr. Portion und Dr. Berger sprach er mit einem »englischen« Akzent, der mich entmutigte, wenn ich ihn von weitem hörte, doch in seiner Gegenwart konnte er mich nicht erschrecken, denn er war nicht aggressiv, sein Benehmen war über alle Maßen höflich, sein Lächeln freundlich, als wäre das alles eher ein Schutz für ihn selbst denn ein Geschenk für mich. Ich hatte das Gefühl, daß er ein intelligenter, unsicherer Mann war, dem während unserer Gespräche als einziger Triumph die Genauigkeit seiner Aufzeichnungen blieb. Manchmal war er erkältet, dann schniefte er, holte ein großes weißes Taschentuch hervor wie die Assistentin eines Zauberers und schneuzte sich. Er trug eine schwarzgerahmte Brille, die, wie ich dachte, viel von dem vergrößerte, was er sah; und seine Schuhe waren schwarz und blankpoliert. Er war gekleidet wie für einen Tag im Büro.

Ich blieb viele Monate im Krankenhaus, und jedesmal, wenn Dr. Cawley den Eindruck haben konnte, daß alle meine Probleme gelöst waren, kam ich augenblicklich mit einer neuen Dringlichkeit, entweder aus Angst, alleingelassen zu werden, oder weil es ein anderes Problem gab, das ich nicht zu erwähnen wagte. Mit viel Zeit, dem wunderbaren Luxus der Zeit, und Geduld überzeugte mich Dr.

Cawley davon, daß ich ich selbst war, daß ich ein erwachsener Mensch war, daß ich mich vor anderen nicht zu rechtfertigen brauchte. Die »Du solltest«-Zeiten seien vorüber, sagte er. *Du solltest hierhin gehen, dorthin gehen, dies sein, jenes sein, dies tun, jenes tun – das* solltest *du, weißt du – es wäre gut für dich!* Mein Leben lang war ich, großteils aufgrund meiner eigenen Veranlagung, das Ziel der *Du-solltest*-Typen gewesen, nur unterbrochen von einer langen Phase des *Du mußt, sonst...* Es war Zeit, neu anzufangen.

Vielleicht hatte ich einen neuen Anfang gespürt oder voranzutreiben versucht, denn eines Tages im letzten Sommer hatte ich meinen Familiennamen geändert, während ich ihn auf das nötige Dokument schrieb. Man hatte mir einen neuen Paß ausgestellt.

Dr. Cawleys Ansicht, die sich auf die über Monate geführten Gespräche gründete, lautete, daß ich das Schreiben wirklich brauchte, daß es für mich eine Lebensform darstellte und daß die erste praktische Hilfe für mich darin bestünde, um Arbeitslosenunterstützung anzusuchen und eine Wohnmöglichkeit in der Nähe des Krankenhauses zu finden, damit wir unsere Gespräche fortsetzen konnten. Er war auch der Meinung, daß ich, da ich offensichtlich noch an den Wirkungen meiner langen Krankenhausaufenthalte in Neuseeland litt, meine Geschichte aus dieser Zeit niederschreiben sollte, um eine klarere Vorstellung von meiner Zukunft zu bekommen. Und er hatte eine eindeutige Meinung zu dem lebenslangen Drängen anderer, ich solle doch »hinausgehen und mich unter die Leute mischen«: Sein Vorschlag für mein ideales Leben war, daß ich allein leben und schreiben und dabei den Anforderungen anderer, »doch mitzumachen«, Widerstand leisten sollte, wenn ich es wünschte. Daß ich fähig war, in der »wirklichen Welt« zu existieren, hatte nie in Zweifel gestanden, außer wenn diese Existenz mich auch meiner »eigenen Welt« beraubte, der Reisen in die Spiegelstadt und wieder zurück, entweder durch den Boten, der stets gegenwärtig ist, oder durch mich selbst.

Meine Heilung und die Vorbereitung auf mein Leben als ich selbst in der »wirklichen« Welt machten solche Fortschritte, daß ich eines Tages wieder nach einer Unterkunft zu suchen begann – in der Nähe des Krankenhauses, in Camberwell. Mir wurde Arbeitslosenunterstützung zugesprochen. Und meine Entlassung aus dem Krankenhaus wurde bescheinigt. Diese Vorkehrungen traf das Ärzteteam unter Vorsitz des Konsiliarius Dr. Berger zusammen mit dem Sozialarbeiter und mit Dr. Cawley, der sich weiterhin jede Woche mit mir treffen würde. Ich hatte nun Vertrauen in Dr. Cawley, denn ich hatte nicht nur gesehen, wie ich mich unter seiner Obhut entwickelte und entfaltete, ich hatte auch seine eigene Entwicklung zum selbstbewußten Psychiater miterlebt, der meines Erachtens dem menschlichen Geist stets den Vorrang vor den Praktiken, den Moden und Anforderungen der Psychiatrie einräumen würde. Ich war auch beeindruckt von der Beharrlichkeit, mit der Dr. Cawley darauf bestand, »er selbst« zu sein und nicht irgendeine »Vorstellung« von einem Psychiater: Er war weder herablassend noch anmaßend, und wenn er über mein Schreiben sprach, gestand er bescheiden, mit dem altmodischen Gebaren einer Figur aus einer Erzählung von Somerset Maugham: »Ich verstehe nichts von Literatur, wissen Sie.«

Nicht länger abhängig von meiner Schizophrenie für Trost und Beachtung und Hilfe, so hoffte ich jedenfalls, doch mit mir selbst als ich selbst, begann ich meine schriftstellerische Laufbahn.

17
Grove Hill Road und das Leben einer Schriftstellerin

Für siebenundzwanzig Shilling die Woche mietete ich ein großes Vorderzimmer im ersten Stock des Hauses von Ted und Joan Morgan in der Grove Hill Road in Camberwell. Myra, die Tochter der Morgans, und Tilly, eine Untermieterin mittleren Alters, schliefen im zweiten Stock, während mein Zimmer neben dem Schlafzimmer der Morgans lag, mit einer kleinen Küche (die ich mit Tilly teilte) und dem Badezimmer und der Toilette (die ich mit allen teilte) im selben Stockwerk. In meinem Zimmer, das auf die Straße hinausging, standen ein großer Spiegelschrank, eine Kommode, ein großer Eßtisch mit einem grün-weiß karierten Wachstuch, der mir in lieber

Erinnerung ist, da ich den Großteil meiner Zeit damit zubrachte, an dem einen Ende zu schreiben und am anderen zu essen, zwei Stühle, einer davon ein behäbiger Lehnsessel mit extragroßen gepolsterten Lehnen und Blumenmuster, ein altes Feldbett, das in der Mitte durchhing, mit einer Matratze voll harten, ungleichmäßig verteilten Polstermaterials. Es gab auch einen unbenutzten offenen Kamin und einen kleinen Kerosinofen.

Zunächst zeigte sich Mrs. Morgan bestürzt über die Entdeckung, daß sie ihr Zimmer einem jener Untermieter gegeben hatte, die in der Vermieterwelt das Etikett »den ganzen Tag zu Hause« trugen und scheel angesehen wurden, da doch jeder Leser von Zeitungsannoncen wußte, daß die idealen Mieter damals »nur berufstätige Frau ... nur berufstätiges Ehepaar ... den ganzen Tag außer Haus« waren, oftmals auch »Wochenendheimfahrer«, sowie das übliche »keine Kinder, Haustiere, Farbige oder Iren«.

Ich erklärte, daß ich an einem Buch schrieb.

»Oh, eine Journalistin«, sagte Mr. Morgan mit einigem Respekt.

»Eher eine Schriftstellerin.«

»Nun, sagen wir, Sie sind Journalistin«, sagte er.

Er war etwa vierzig, schlank, mit zugeknöpftem Jackett, um seine immer noch bestehende Schlankheit zu zeigen, mit einem kleinen Schnurrbart und einem gewinnenden Wesen, das zu seiner Arbeit als Verkäufer von Fernsehgeräten paßte, doch meiner Vorstellung von einem Betrüger entsprach. Joan, Mitte Dreißig, war klein, dunkel und praktisch veranlagt und besaß gemeinsam mit ihrer Schwester einen Frisiersalon »unten in Goose Green«. Myra, die jeden Nachmittag im Zimmer unter mir Klavier übte und jeden Abend im Zimmer über mir Platten hörte, befand sich in jenem ernsten Stadium englischen Lebens, das als das »Aufstiegsjahr« bekannt ist, und die Prüfungen rückten in bedrohliche Nähe, worauf dann die Aufnahme in das Gymnasium, in die Gesamtschule oder in die Mittelschule folgte. Myras Eltern erzählten mir, daß Myra eines Tages eine ausgezeichnete Journalistin sein würde. »Sie sollten ihre Aufsätze sehen. Die Begabung ist da.«

Tilly, die Untermieterin, Ende Fünfzig, arbeitete als Fließbandarbeiterin bei General Electric, ging früh aus dem Haus und kam spät zurück und war eine weitere jener Londoner, deren Erinnerungen an den Krieg sich im Lauf der Zeit zu harmlosen Geschichten gewandelt hatten. Auch sie war eines Tages nach Hause gekommen und hatte ihre Straße, ihr Haus und ihre Familie von einer »fliegenden Bombe« getroffen vorgefunden. Sie sprach auch oft von ihrer Nachkriegsstaatsanleihe«, und daß deren Zahlung von der Regierung hinausgezögert worden sei. »Wenn ich meine Nachkriegsstaatsanleihe bekommen hätte«, sagte sie, wenn sie in der Küche stand und ihr Rührei oder ihren Kohl zubereitete, »dann wäre mein Leben anders verlaufen.« Die Regierung hatte sie im Stich gelassen; sie war verbittert und mißtrauisch nach diesem Betrug, und als ihr Arzt den Vorschlag machte, sie solle sich zur Linderung ihrer Arthritis eine Zehe amputieren lassen, betrachtete sie das als die Ausdehnung des Betrugs auf ihren Körper.

Tilly war eine geschickte Schneiderin. Auf ihrer surrenden Nähmaschine entstanden Myras Kleider, und für mich nähte sie einen Wollrock. »Du wirst ihn brauchen im englischen Winter.«

Natürlich waren die Morgans neugierig, was mein Einkommen betraf. Anfangs verriet ich ihnen nicht, daß ich von einem Scheckbuch wöchentlich meine Arbeitslosenunterstützung von drei Pfund siebzehn Shilling und sechs Pence abhob und daß diese nach sechs Monaten erneuert oder gestrichen werden konnte, was der Besuch eines Inspektors vom Arbeitsamt entschied, dem ein Sichtfensterkuvert vorausging, das mit der Post kam und die Weisung enthielt: *Ein Beamter der Abteilung wird Sie aufsuchen*, mit Datum und Uhrzeit. *Ihre Anwesenheit wird erbeten*. Da die Post für das Haus frühmorgens in den Briefkasten an der Eingangstür geworfen wurde, versuchte ich an Tagen, wenn ich einen Brief vom Arbeitsamt erwartete, als erste die Post durchzusehen, um mein Geheimnis zu wahren. Eines Morgens kam ich zu spät. Mrs. Morgan hatte die Post an sich genommen. Ich sah, wie sie auf das Sichtfensterkuvert blickte, dessen Herkunft kaum zu mißdeuten war, da ein Teil seines Inhalts im großen Sichtfenster zu sehen war. »Es ist für mich«, sagte ich und brach in Tränen aus. »Ich bekomme Arbeitslosenunterstützung.«

Mein Geheimnis war enthüllt.

Zu meiner Überraschung lächelte Mrs. Morgan traurig. »Ich nehme an, Sie kennen mein Geheimnis auch schon.«

»Nein«, sagte ich wahrheitsgemäß.

»Es ist Ted – Mr. Morgan. Er ist Alkoholiker. Fast jede Nacht liegt er auf der Türschwelle, weil er getrunken hat.«

Auch sie brach in Tränen aus, und wir gingen gemeinsam in ihr kleines Wohnzimmer, wo sie uns Tee machte, und wir saßen und redeten, mit der Vertrautheit, die auf ein gerade erst geteiltes Geheimnis folgt. Sie erklärte, daß Ted seine Jobs nicht lange behielt, daß er sich aber in letzter Zeit recht gut bewährt habe und schon seit zwei Monaten als Verkäufer und Mechaniker im Laden für Fernsehgeräte in Peckham Rye arbeite. (Peckham Rye. Goose Green. Dulwich. Camberwell Green.)

Später zeigte mir Mrs. Morgan (»Ich heiße Joan. Sagen Sie doch Joan zu mir.« »Und ich bin Janet.«) den kleinen Garten hinter dem Haus, wo ich meine Wäsche aufhängen könne. (»Das würde ich sonst niemandem erlauben.«) Sie machte mich auch mit dem grauen Kater bekannt, und als ich wieder nach oben ging, gestattete sie mir einen Blick in das an der Vorderseite gelegene Wohnzimmer mit seinem glänzenden Klavier. »Myra hat eine Zukunft als Pianistin vor sich. Und ich habe Ihnen von ihren Aufsätzen erzählt, nicht wahr?«

»Ja.«

Wir sprachen nicht mehr über unsere aufgedeckten Geheimnisse. Statt dessen besiegelten wir sie mit einer neuen Förmlichkeit, bis es vielleicht abermals nötig sein würde, sie aufzudecken und den Inhalt zu untersuchen und noch mehr Tränen zu vergießen, in einem Prozeß ähnlich dem regelmäßigen Auslüften und Wechseln von Bettwäsche, die zu lange an unserer Haut gelegen hat.

Und als eines Abends spät die Türglocke läutete und ich die Tür öffnete und Ted Morgan mir durch die Tür entgegenfiel, erschien Joan, und ohne meine Anwesenheit zur Kenntnis zu nehmen, half sie Ted auf die Beine und führte ihn ins hintere Wohnzimmer, während ich wieder nach oben ging.

Ich hatte meinen Roman *Uncle Pylades* zur Seite gelegt – obwohl mir das Thema auch heute, nach vielen Jahren, noch wichtig ist – und begann, die Geschichte meiner Erfahrungen in neuseeländischen Krankenhäusern niederzuschreiben, wobei ich getreulich jedes Ereignis und die Patienten und das Personal beschrieb und nur die Erzählerin, Istina Mavet, mit an verschiedenen Patienten beobachteten Details ausstattete, um sie als »verrückte« Hauptfigur glaubwürdiger zu machen. Da ich auch einen eher zurückhaltenden als sensationellen Bericht beabsichtigte, ließ ich vieles weg und konzentrierte mich mehr auf Glaubwürdigkeit als auf Einwände von seiten jener, die meinem Bericht vielleicht mißtrauen würden.

Das Buch war schnell geschrieben. Ich hielt mich an den Tagesablauf, den ich mir angewöhnt hatte, als ich in Frank Sargesons Hütte in Takapuna wohnte. Ich behielt auch die Gewohnheit bei, mir ein neues Schulheft zu kaufen, sorgfältig meinen Namen und das Wort »Roman« in unreifer, schwerfälliger Schrift neben dem *Thema* an die dafür vorgesehene Stelle auf den Umschlag zu schreiben und dann die Striche für mehrere Spalten zu ziehen, um Zeitplan und Fortschritt zu verzeichnen, mit Platz für *Entschuldigungsgründe*, die ich nun *Verschwendete Tage* nannte, da ich mir die bekannten Entschuldigungsgründe nicht näher darlegen mußte. Ich hatte bereits ein vollständiges Buch im Kopf, aus dem ich Kapitelüberschriften auswählte, um nicht das Ganze aus den Augen zu verlieren. Ich arbeitete mit mehr Begeisterung als sonst: In Dr. Cawley hatte ich einen neutralen Beobachter, mit dem ich jede Woche sprechen und bei dem ich mich beklagen und dem ich von meinen Fortschritten erzählen konnte. Von der Literaturagentin Patience Ross hatte ich Nachricht bekommen, daß George Braziller, ein Amerikaner, *Wenn Eulen schrein* in das Programm seines neugegründeten Kleinverlages aufnehmen wollte, während in England W. H. Allen Interesse gezeigt hatte und das Buch höchstwahrscheinlich publizieren würde. Da ich den Großteil der Rechte an Pegasus Press in Neuseeland »weggegeben« hatte, würden auch die Verträge deren und nicht meine Angelegenheit sein.

Nun, da ich wieder schrieb, war ich empfindlich gegen Störungen, und jeden Mittwochmorgen, wenn eine Frau kam, um das Haus der Morgans zu putzen, beschwerte ich mich stillschweigend, nahm mein Heft und meinen Kugelschreiber und ging oder fuhr mit dem Bus zur Bibliothek von Dulwich, wo ich schrieb, behütet von der Büste Robert Brownings. Meine morgendliche Arbeit in Dulwich bedeutete, daß ich eine Vormittagsration Kerosin für meinen Ofen sparte – Kerosin hieß hierzulande »Paraffin« und wurde entweder als »rosa« Paraffin oder, von einer Konkurrenzfirma, als »blaues« Paraffin verkauft. Eine meiner kindischen Vergnügungen bestand darin, jede zweite Woche nach dem »rosa Paraffinmann« Ausschau zu halten und bei Diskussionen mit Käufern in Goose

Green oder Peckham Rye dem »rosa« Paraffin treu zu bleiben, während ich mir die Argumente für das »blaue« anhörte.

Ich beendete *Gesichter im Wasser*. Zuerst zeigte ich es Dr. Cawley, der folgenden Kommentar abgab: »Es ist kein Meisterwerk, aber es wird seinen Zweck erfüllen«; als er meine Enttäuschung sah, erinnerte er mich: »Sie wissen ja, ich verstehe nichts von Literatur.«

Ich hegte den Verdacht, daß er bescheiden war.

Er überredete mich dazu, das Manuskript Patience Ross zu zeigen, der es gefiel, und nachdem Pegasus es gelesen hatte, schlug A. M. Heath vor, ich solle den Vertrag mit Pegasus nicht unterzeichnen, der mir erneut den Großteil der Rechte an dem Buch nehmen würde. Mein Vorschuß auf *Wenn Eulen schrein* betrug fünfundsiebzig Pfund, eine Summe, die ich nach dem Abzug von zehn Prozent für den Agenten mit Pegasus teilte. Mein Vorschuß für *Gesichter im Wasser* betrug hundert Pfund, die in ähnlicher Weise geteilt wurden. Von George Braziller aus New York kamen vergleichbare Vorschüsse in Dollar.

Nachdem ich *Gesichter im Wasser* geschrieben und die unvermeidlichen paar Wochen der »Verschwendeten Tage« durchlebt hatte, begann ich mit der Arbeit an *The Edge of the Alphabet*. Mein Tagesablauf blieb der gleiche, mit regelmäßigen Besuchen bei Dr. Cawley, wo ich üblicherweise die Geschehnisse der Woche und den Fortschritt meiner Arbeit schilderte. Ich wartete nun auf die Veröffentlichung von *Wenn Eulen schrein*, und mir war bewußt, daß ich aufgeregt war. In Neuseeland hatte ich niemals einen Publikationstag erlebt, und ich war mir des Ablaufs in England nicht sicher, obwohl ich seit meiner Ankunft in London alles verschlungen hatte, was in den Zeitungen über Theaterpremieren, Privatvorführungen in Kunstgalerien und Vorstellungen neuer Bücher auf Partys des Autors oder Verlegers stand; wenn am nächsten Tag etwa ein Stück als »Renner, ein ganz klarer Renner« bezeichnet oder die neuesten Kunstwerke in Grund und Boden verdammt wurden. Auch Musikpremieren waren wichtig, und die Reaktion auf eine Aufführung in Wigmore Hall wurde von jungen Commonwealth-Musikern mit Spannung erwartet. Die Zeitungen schilderten eine aufregende Welt aus zweiter Hand, in der Schriftsteller, Maler, Bildhauer und Dramatiker, insbesondere wenn sie die Söhne und Töchter von Lords waren oder sonst irgendein außergewöhnliches Merkmal aufwiesen, das nicht direkt mit ihrer Arbeit in Beziehung stand, fürstlich bewirtet und romantisch verklärt wurden und in der man über sie klatschte. Was wäre, wenn ...?, träumte ich kurz, worauf ich solche Träume wieder verwarf. Wohl fragte ich mich aber, wie ich mich am Tag der Veröffentlichung fühlen würde, wenn ich die Zeitung aufschlagen und die Überschrift sehen würde. *Hervorragender Roman von junger Schriftstellerin.*

Mein Problem bestand darin, daß ich nicht wirklich glaubte, daß *Wenn Eulen schrein* »hervorragend« war!

Am Tag der Veröffentlichung fuhr ich mit dem Bus nach Westminster, kaufte im Bahnhof Zeitungen, begab mich mit ihnen zur Toilette der Untergrundbahn und machte mich daran, wie ich dachte, *meine Besprechungen* zu lesen. Ich ging die Feuilletons durch. Ich fand nichts. Ich glaube, da war eine Zeitung, die am Ende einer »umlaufenden Spalte« in einer kleinen Notiz einen Roman mit dem Thema Armut in Neuseeland erwähnte. *Wenn Eulen schrein.* Ich glaube nicht, daß sie eine kritische Meinung enthielt.

Ich lernte meine Lektion, befriedigend für jemanden wie mich, der ständig mehr in allem sieht, als was tatsächlich da ist. Nicht jedes Buch, das in London publiziert wird, wird auch rezensiert, wogegen das Buch eines neuseeländischen Autors in Neuseeland immer rezensiert wurde. *Neuseeländischer Autor schrieb Roman*, als hätte man den Melbourne Cup oder den ersten Preis im Lotto gewonnen, ein Ereignis, das nie mehr stattfinden würde.

Später gab es einige positive Kritiken über *Wenn Eulen schrein.*

Ich fuhr fort zu schreiben wie bisher. Wenn ich irgendwelche praktischen Probleme hatte, beeilte sich Dr. Cawley stets, mir bei ihrer Lösung zu helfen, selbst wenn diese nur darin bestand, daß er in der Camberwell-Bibliothek anrief und erklärte, ich habe meinen Wohnsitz in Camberwell und sei daher berechtigt, mir Schallplatten auszuborgen, oder daß er einen Zahnarzt empfahl, wenn ich Zahnweh hatte. Er wurde gleichfalls Teil meiner Arbeitsroutine, und wenn ein Manuskript beendet war, erlaubte er mir immer, mir einen Locher aus dem Büro des Krankenhauses auszuborgen, um Löcher durch die Seiten zu machen, damit ich das Band durchziehen konnte. Man könnte sich vielleicht fragen: »Es ist doch sicher eine Zeitverschwendung für einen Psychiater, der bereits Oberarzt ist, sich um unwichtige Details zu kümmern, beispielsweise seiner Patientin Büromaterial zu leihen oder es ihr zu ermöglichen, sich Schallplatten in einer Bibliothek auszuborgen?« Meine voreingenommene Antwort darauf wäre, daß nichts unwichtig ist, außer die um Hilfe bittende Person selbst bekennt und glaubt dies. Ich weiß, daß die meisten Frauen in dem Alter, in dem ich damals war, die Hilfe eines Partners, Ehemannes, Freundes haben. Ich weiß auch, daß es keine »meisten Frauen« gibt und daß es kein persönliches Versagen ist, wenn man aufgrund mangelnder Neigung oder Unfähigkeit keine ist: Das Versagen liegt bei den Erwartungen anderer.

Nachmittags ging ich sommers wie winters ins örtliche Kino, saß in der warmen Dunkelheit, plante meine Arbeit für den nächsten Tag und sah mir für einen Shilling und sechs Pence ein Double feature an, meist Billigproduktionen von ABC (Associated British Cinemas), Schwarzweißfilme voller Morde, in denen knarrend Türen geöffnet und geschlossen wurden und die Kamera sich vorsichtig in anscheinend leeren Räumen bewegte, bis sie auf den schockierenden Anblick hinter dem Sofa oder auf dem über seinem Schreibtisch »Zusammengesackten« fixiert blieb! Ein damals populärer Werbefilm war jener, der mit den Worten »Mit einer *Strand* bist du nie allein« endete, während der Mann im Regenmantel auf der nassen, menschenleeren Straße dahinging. Auch Cadbury füllte die Leinwand mit seinen bunten Schokoladepapieren. Um halb fünf endete die Vorstellung, und beim Angehen der Lichter bemerkte ich, daß viele andere aus dem Publikum das Kino als einen Ort entdeckt hatten, wo sie es warm haben und wo sie sich an einem trübseligen Nachmittag verstecken konnten – arme Londoner, Männer mittleren Alters, allein, junge Frauen mit Babys, die weinten und weinten, bis das Publikum zu murren begann und der Platzanweiser den Missetäter mit einer Taschenlampe anstrahlte; Einwanderer von den Westindischen Inseln, Männer und Frauen; die meisten waren allein und wirkten in der plötzlichen Helle wie Pflanzen, die, im nötigen Abstand voneinander, auf irgendeinem ungepflegten Grundstück neben der Eisenbahnlinie gepflanzt worden waren. Ich war eine so leidenschaftliche Kinogängerin, daß ich in alle weit draußen gelegenen Vororte fuhr und alle Filme sah, die gezeigt wurden; jeden Nachmittag verließ ich das Kino an einem unbekannten Ort – King's Cross, Holloway, Shepherd's Bush, Tooting (das Classic-Kino), Balham –, wo ich mich etwas umsah, bevor ich den Bus zurück in die Grove Hill Road nahm und mich wieder meinem Schreiben stellte. An vielen Nachmittagen ging ich auch in die Kunstgalerien, in die Porträtgalerie, das Museum für Musikinstrumente, das Viktoria-und-Albert-Museum, das Naturwissenschaftliche Museum, wo ich wie eine Figur aus einer meiner Erzählungen stundenlang unter den lebensgroßen Nachbildungen der ausgestorbenen Mammuts saß, zu ihnen aufblickte, über sie und ihre Welt staunte und mir ihr Leben vorstellte.

Neuerdings begann ich während meiner Arbeit immer wieder laute Musik zu vernehmen, da Ted Morgan Radio- und Fernsehgeräte reparierte, die er nach Hause mitgenommen hatte. Als er herausfand, daß ich nie viel ferngesehen hatte, bestand er darauf, ein Gerät in mein Zimmer zu stellen und mir zu zeigen, wie es funktionierte, und manchmal sah ich mir das Abendprogramm an. Obwohl es ein Schwarzweißgerät war und die Leute immer in die Länge gezogen, beschneit und kastanienbraun verfärbt schienen, sah ich dennoch weiter fern, im Glauben, das sei das normale Fernsehen, bis das Bild noch dunkler und schwächer wurde.

»Wie geht's mit Ihrem Fernseher?« fragte Ted eines Tages.

»Mit meinem Fernsehapparat?« Ich vermied den ungezwungenen Ausdruck »Fernseher«, als handelte es sich um eine Person, die ich eben erst kennengelernt hatte.

»Ja. Geht er gut?«

»Das Bild ist sehr dunkel.«

»Das ist die Röhre«, sagte Ted.

An jenem Abend tauschte Ted die Bildröhre aus, und als er mit dem Einstellen des Geräts fertig war, packte und küßte er mich.

»Nur ein Andenken«, sagte er. »Nur ein Andenken.«

Er hatte getrunken. Am nächsten Tag ging er nicht zur Arbeit und verbrachte die Zeit damit, die Lautstärke seiner Sammlung von Fernsehgeräten auszuprobieren, und ein paar Tage später sagte mir Joan Morgan, er hätte seinen Job verloren, sich jedoch um einen anderen, als Telefonist bei der Continental Exchange, beworben. Das bedeute Nachtarbeit, sagte sie. Und er würde tagsüber schlafen.

»Ich weiß, es macht Ihnen nichts aus«, sagte Joan, »wenn ich Sie bitte, tagsüber nicht zu tippen.«

Ich mußte sagen, es mache mir nichts aus: Es war ihr Haus.

Dann, zeitgleich mit Harold McMillans Wahlslogan »Sie haben es noch nie so gut gehabt«, wurde es laut in der Grove Hill Road, da ein Bewohner nach dem anderen es sich leisten konnte, ein Fernsehgerät und einen Plattenspieler zu kaufen. Mein Zimmer war nun den ganzen Tag von einem endlosen Strom von Radiostimmen und Musik erfüllt, alles auf volle Lautstärke aufgedreht, und am Abend vom Geräusch der Gewehrschüsse aus Kriegs- und Wildwestfilmen. Der Morgen bescherte mir Geräusche von Plattenspielern, die man von einem Ende der Grove Hill Road bis zum anderen hören konnte, das heißt, vom Blindenheim bis zur Kneipe an der Ecke.

Panik ergriff mich – was sollte ich machen? Wohin sollte ich gehen? Ich versuchte mir eine schalldichte Zelle zu bauen, wie eine Telefonzelle, mitten in meinem Zimmer, indem ich Wandschirme mit Decken behängte, und ich schob den Schrank zwischen mich an der Schreibmaschine und das Schlafzimmer der Morgans, wo Ted nun tagsüber schlief, aber es nützte nicht viel: Der Lärm von der Straße und aus den angrenzenden Zimmern verstärkte sich, und Ted wurde immer noch von meiner Schreibmaschine geweckt.

Deshalb kaufte ich kühn einen Plattenspieler mit Aufnahmen von Beethovens Neunter Symphonie und von Schubertliedern, darunter »An die Musik« und »Der Hirt auf dem Felsen«, und wenn Ted Morgan seinen täglichen Schlaf beendet hatte und die Fernsehapparate und Radios und Plattenspieler zu voller Lautstärke aufliefen, fügte ich dem Krach die von mir ausgewählte Musik hinzu und tippte dabei. Um das Ganze etwas abwechslungsreicher zu gestalten, lieh ich mir Platten in der Camberwell-Bibliothek. In meinem Kampf, mit meinem Schreiben zu Rande zu kommen, wurde mir die Tatsache klar, daß beim Schreiben und bei dem Versuch, ein Schriftsteller zu sein, nur eines als gesichert gelten kann: daß es getan werden muß. Nicht erträumt, oder geplant und nie geschrieben, oder nur diskutiert (letztlich fällt das Ego auseinander wie ein nasser Schwamm), sondern einfach geschrieben: Es ist eine trostlose, schreckliche Tatsache, daß das Schreiben wie jede andere Arbeit ist, mit der wunderbaren Ausnahme, daß es die Spiegelstadt gibt und die ständigen Reisen, die man selbst oder der Gesandte aus der Spiegelstadt unternimmt.

In dieser Zeit wurde *Gesichter im Wasser* publiziert, und ich schloß *Edge of the Alphabet* ab. Wieder kaufte ich Zeitungen, und ich war ganz erstaunt, als ich mein Foto im Feuilleton der Sonntagszeitungen sah, und erleichtert, daß ich meinen Familiennamen geändert hatte, da ich es vorzog, anonym in der Grove Hill Road zu leben. Der Kommentar des *Manchester Guardian* erheiterte mich: »Zweifellos war die Verwendung der ersten Person ein Fehler. Eine Frau, die war, was diese Frau gewesen ist, würde sich niemals auf diese Weise daran erinnern und darüber schreiben können.« Generell wurde jedoch angenommen, daß die Figur der Istina Mavet ein Porträt meiner selbst war.

Gesichter im Wasser war ein Erfolg bei den Kritikern und verkaufte sich besser als *Wenn Eulen schrein*. Es gab Übersetzungen in andere Sprachen, wobei die Vorschüsse abzüglich der Kommissionen zu gleichen Teilen an mich und Pegasus Press in Neuseeland gingen, aber im Falle von *The Edge of the Alphabet* überredeten mich die Agenten schließlich, mit jedem der beiden Verleger separate Verträge abzuschließen. Vor der Publikation war *The Edge of the Alphabet* unter jenen Büchern, aus denen das »Buch des Monats« ausgewählt wurde, und deshalb war es nach der Veröffentlichung berechtigt, eine grellgelbe Bauchbinde zu tragen. Durch die plötzliche Aufmerksamkeit, die meinem Werk zuteil wurde (nicht persönlicher Art, da die Agentin mich, die angebliche Hauptfigur aus *Gesichter im Wasser*, schützte), wurden mir neue Lehren erteilt. Als die Agentin und der Verleger das Typoskript von *The Edge of the Alphabet* erhielten, schlugen die Agenten vor, ich solle ein Kapitel weglassen, und die Verleger, ich solle dasselbe Kapitel erweitern: Es gab noch andere, zueinander im Widerspruch stehende Vorschläge, von denen ich einige zaghaft zu befolgen suchte. Als das Buch veröffentlicht wurde, bemerkten einige Rezensionen über das nun gekürzte Kapitel: »Es hätte länger sein können«, während andere Teile lobten, die wiederum von der Agentin und dem Verleger kritisiert worden waren, die ich jedoch nicht verändert hatte, und wieder andere Teile kritisierten, die gelobt worden waren. Diese verwirrende Erfahrung gemahnte mich an das, was ich bereits wußte, und bestärkte mich in meinem Entschluß, niemals zu vergessen, daß eine Schriftstellerin auf dem Felsen ihres Ichs und ihres Urteils stehen muß, damit sie nicht von der Flut weggerissen wird oder in einer sich öffnenden Erdspalte versinkt: Es muß einen unversehrten Ort geben, wo das Auswählen und Entscheiden, gleich wie unvollkommen, bei der Schriftstellerin liegt, wo die Entscheidung so individuell und einsam sein muß wie Geburt oder Tod. Was hatte es für einen Zweck, daß ich als Person überlebt hatte, wenn ich nicht auf meinem eigenen Urteil bestehen konnte? Nur dann konnte ich das Selbstvertrauen aufbringen, einen Roman oder eine Erzählung oder ein Gedicht so zu gestalten, wie ich es wollte und brauchte, so daß sowohl die Unvollkommenheit als auch die glücklichen Einfälle meinen Stempel trugen.

Eine weitere Lehre war ebenso persönlich: Als ich die lobenden Kommentare über mich und mein Schreiben las, spürte ich, wie mein Selbstwertgefühl sich aufblähte, ähnlich meinen Gefühlen als Kind, wenn ich Schulpreise gewonnen hatte oder wenn Gedichte in den Zeitungen veröffentlicht worden waren und wenn ich die Thames Street, Oamaru, North Otago, Neuseeland, Südpazifik, Erde, Welt, Universum entlangging und dachte: »Überall werden alle wissen, wie gescheit ich bin!«

Als ich nun so durch die Charing Cross Road ging, dachte ich mir: Ich frage mich, ob diese Leute wissen, daß ich es bin, deren Foto heute in der Zeitung war, daß es mein Schreiben ist, das sie lobten, mein Buch, das in den Überschriften genannt wurde? Ich warf einen Blick auf die literarisch interessiert wirkenden Menschen in der Charing Cross Road und dachte: »Wenn sie nur wüßten! Ich weiß, ich speise nicht in feinen Restaurants und werde auch nicht in der ›Jet Set‹-Kolumne der *Evening News* erwähnt, aber ich bin in London, ich bin hier, ganz geheim, und ich bin in den Feuilletons, und einige haben mich mit Virginia Woolf verglichen!«

Diese Selbstaufblähung dauerte so lange, bis ich die unvermeidlichen schlechten Kritiken las, die weh taten, die nicht zu »verstehen« schienen, was ich geschrieben hatte, die »unfair« schienen und die mich manchmal als eine Frau beschrieben, »die wahnsinnig gewesen war«, und erfuhr, wie quälend es ist, wenn man sich fragen muß, was man sich eigentlich dabei gedacht hat, sich für eine hoffnungsvolle Schriftstellerin zu halten: ich, mit wenig Begabung, wenigen Worten. Ich wußte, daß ich Gefühle hatte und in Leute hineinblicken konnte, ohne sie zu kennen, aber das waren zu wenige Qualifikationen: Ich hätte nie mit dem Schreiben anfangen sollen.

Nachdem *Wenn Eulen schrein*, *Gesichter im Wasser* und *The Edge of the Alphabet* erschienen waren, hatte ich genug Erfahrungen mit gegensätzlichen Reaktionen gesammelt, um eine bewußte

Anstrengung zu machen, meine Gefühle bezüglich all der Rezensionen zu beruhigen, weder an das Lob noch an gegenteilige Kritiken zu glauben, weder überglücklich noch niedergeschlagen zu reagieren und, wenn möglich, nur solche Kritiken zu lesen, bei denen klar war, daß die Verfasser das Buch kannten und nicht nur den Waschzettel und ein paar biographische Anmerkungen (die nicht von mir zur Verfügung gestellt worden waren), die auf »Wahnsinn« Bezug nahmen; Kritiker, die, ob sie nun das Buch verstanden oder nicht, intelligente Kommentare darüber abgaben.

Diese frühen Lehren blieben mir im Gedächtnis und halfen mir, den komplizierten Veröffentlichungsmechanismus zu vereinfachen, bei dem der Autor Gefahr läuft, in die Falle, ja zugrunde zu gehen.

In der Stille des schneereichen Londoner Winters schrieb ich zwei Bände mit Erzählungen, aus denen der *New Yorker* und andere Zeitschriften einige auswählten. Als mein Scheck vom *New Yorker* eintraf, war ich erstaunt und schuldbewußt, daß eine Tätigkeit, die mir soviel Spaß gemacht hatte, mit soviel Geld entlohnt worden war. Ich hatte nun über sechshundert Pfund auf meinem Bankkonto – die magische Zahl für diejenigen, die von der Arbeitslosenunterstützung lebten; da immer noch Reste von Vorschüssen bezahlt wurden, wußte ich, daß ich schon bald keinen Anspruch mehr darauf haben würde. Ich beabsichtigte, in ein ruhigeres Zimmer zu ziehen.

18
Freunde in London

Eines Tages erhielt ich einen Brief von John Forrest, den ich seit fast zwanzig Jahren nicht mehr gesehen hatte, obwohl wir einander von Zeit zu Zeit geschrieben hatten und er es gewesen war, der meinen ersten Besuch bei Dr. Berger im Maudsley arrangiert hatte. Er halte sich gerade kurz in London auf, schrieb er, und wolle wissen, ob wir uns sehen könnten.

Eines Nachmittags kam er in die Grove Hill Road und brachte als

Geschenk ein mexikanisches Armband mit, das in der Weise, wie manch andere Schmuckstücke fortgesetzten Krieg mit meinem Körper führten, zu schmal für mein breites Handgelenk war. Armbänder zerbrachen, Halsketten waren zu kurz, Broschen fielen auseinander, Ohrringe gingen auf oder saßen zu eng.

»Macht nichts«, sagte ich. »Das kriege ich schon hin.«

Unsere beiderseitige Nervosität verflog. Wir sprachen von alltäglichen Dingen, von seiner Arbeit und von meiner Arbeit. Und später aßen wir in dem Restaurant an der South Bank mit Blick auf die Themse. Es war wie an einem englischen Pier im Winter. Es waren nur wenige Gäste anwesend, ein eisiger Wind blies von der Themse her, die Tische und Sessel waren mit Rost bedeckt in einer Welt, wo die wirksamen Substanzen immer noch Blut und Salz und Wasser sind. Am nächsten Tag flog John Forrest zurück in die Vereinigten Staaten, im Wissen, daß wir nun den ausgeglichenen Zustand unkomplizierter Freundschaft erreicht hatten und daß es so bleiben würde. Vielleicht waren ihm viele Fakten meines Lebens immer noch nicht bewußt, auch der Einfluß, den seine Worte vor zwanzig Jahren gehabt hatten: »Wenn ich an Sie denke, dann denke ich an van Gogh...«

Noch ein Freund, ein neuerer, beeinflußte mein Leben: der Mann vom Arbeitsamt, der meinem Gefühl nach Herr über meine ganze Existenz war. Selbst beim Schreiben meiner Bücher plante ich für jedes einen Zeitraum von sechs Monaten ein, da mein Vorrat an Schecks sechs Monate reichte, bis der mit Schrecken erwartete Brief mit Sichtfenster kam: »Ein Beamter der Abteilung wird Sie aufsuchen...«

Ich wußte, ich würde an diesem Tag nicht arbeiten können. Ich fürchtete mich davor. Würde mir eine sechsmonatige Lebensfrist gewährt werden? Ich hatte den kleinen Vorschuß für meine Bücher und die Überweisungen von jeweils fünf Shilling von meinem Vater, und jetzt hatte ich fast sechshundert Pfund auf der Bank. Da ich mir nie sicher war, ob ich meine Schreibmaschine würde behalten dürfen, und anfänglich Angst hatte, der Mann vom Arbeitsamt könnte sie mitnehmen, versteckte ich sie immer zusammen mit meinem Papier im Schrank.

Als ich den Mann vom Arbeitsamt zum ersten Mal sah, erstaunte und betrübte mich seine äußere Erscheinung. Er war groß, dünn, mit einem blassen Gesicht, das ihn krank aussehen ließ. Seine Kleidung, seine Schuhe, seine Aktentasche waren abgenutzt, und er hätte selbst ein Bewerber um Arbeitslosenunterstützung sein können. Ich verwarf den Gedanken, die Abteilung habe ihm sein Äußeres so vorgeschrieben, damit seine Klienten sich in seiner Gegenwart wohlfühlten! Und doch – wäre er wie ein Börsenmakler gekleidet gewesen, dann hätten ihn jene wohl nicht so freundlich empfangen, die zu »inspizieren« er gekommen war. Es war nichts Diensteifriges an ihm; er war devot, traurig und effizient.

Den Tee und die Kekse, die ich ihm anbot, lehnte er ab und lächelte sanft: »Ich habe gerade erst im Nebenhaus meinen Morgentee getrunken – im obersten Stockwerk, wo die polnische Familie wohnt, und dann haben mich die Italiener im Parterre fürstlich bewirtet. Ich glaube, ich muß fast in jedem Haus in der Grove Hill Klienten haben.«

Er sagte es mit Vergnügen und einigem Stolz.

Als er mit der Überprüfung meines Scheckbuches fertig war, blickte er sich im Zimmer um, und ich wartete ängstlich, als er einen zweiten Blick auf den Fernsehapparat warf. Ich sagte hastig: »Mein Vermieter, Mr. Morgan, hat früher in einem Fernsehladen gearbeitet. Er gehört ihm.«

Der Mann vom Arbeitsamt lächelte. »Sehen Sie sich ›Coronation Street‹ und ›Dixon of Dock Green‹ an? Und ›Emergency Ward Ten‹?«

»Manchmal. Ich sehe mir gern die neuen Musiker an. Russ Conway.«

»Ach ja, Russ Conway. Meine Kinder sehen zuviel fern, finde ich. Ich habe zwei Jungen in der Mittelschule. Gesamtschule.«

Ich wußte, daß er damit in der englischen Welt sofort »eingeordnet« war; sowohl Schulen als auch der Akzent ordneten einen hier ein.

Er schob seine Papiere in seine Aktentasche, machte die Schnalle zu und ging zur Tür. »Also dann, bis in sechs Monaten«, sagte er.

Nachdem er gegangen war, stellte ich meine Schreibmaschine auf ihre Unterlage auf dem Schreibtisch und legte das Papier daneben, einsatzbereit. Dann machte ich einen Spaziergang, um an die Luft zu kommen und mich darüber zu freuen, daß ich weitere sechs Monate in Sicherheit war; und in zwei oder drei Tagen, wenn mein Scheckbuch mit der Post eintraf, würde ich mir ein süßes Brötchen mit Kokosglasur kaufen, es auseinanderbrechen, mit Butter bestreichen und essen. Ich hatte sechs Monate für meine Arbeit bis zum nächsten Sichtfensterkuvert – »Ein Beamter der Abteilung wird Sie aufsuchen…«

Als *Gesichter im Wasser* erschien, schenkte ich dem Mann vom Arbeitsamt ein Exemplar mit der einfachen Widmung: »Für den Mann vom Arbeitsamt mit herzlichem Dank…«

John Forrest, der Mann vom Arbeitsamt… und Patrick Reilly. Eines Tages, als ich in einen Bus einstieg, traf ich Patrick Reilly, der über unsere Begegnung ebenso überrascht war wie ich.

»Ich dachte, du seist in Amerika«, sagte er.

»Ach ja?« Ich hatte die Lüge vergessen, die ich ihm aufgetischt hatte, um ihn loszuwerden.

»Ich war auch in Amerika«, sagte er.

Dann schilderte er, wie er kurz nach meiner mutmaßlichen Ankunft in Amerika ein Inserat gelesen hatte, in dem ein Handelsreisender mit Geschäftsbasis in Chicago gesucht wurde, daß er sich um die Stelle beworben hatte und angenommen wurde und den Winter mit dem Versuch zugebracht hatte, nicht unter Schneewehen begraben zu werden. Er hatte herausbekommen, daß die Firma regelmäßig verlockende Inserate in anderen Ländern plazierte, da Handelsreisende in den Vereinigten Staaten es vermieden, im Winter durch Illinois zu reisen. Er habe gedacht, es würde aufregend sein, und die Bezahlung sei hoch gewesen, sagte Patrick. Er habe auf der Karte nachgesehen, wo Illinois liege. Das Tor zum Westen. Geld, ein Auto, Unterkunft…

»Nun ja«, sagte ich, »ich bin nicht nach Amerika gefahren. Ich änderte meine Meinung.«

»Wo wohnst du?«

Ich sagte es ihm. Er blickte streng, als ich sagte, ich lebe von der Arbeitslosenunterstützung.

»Das geht doch nicht«, sagte er. Er arbeite in der Schreibwarenabteilung von Selfridges. Er könne mich am Wochenende besuchen, sagte er. Und so begannen wir uns wieder zu treffen.

Das nächste Wochenende sollte das erste von vielen sein, an denen ich, im Versuch, mit dem Arbeitslosengeld auszukommen, aus dem Fenster blickte und sah, wie Patrick, der treue Patrick, wie immer mit seinem flotten Gang und seiner anmaßenden Miene, die Straße entlangkam, vorbei am Blindenheim, am Nebenhaus, wo die italienische und die polnische Familie wohnten, bis zu den Morgans; und immer hatte er seine Woolworth-Papiertüte mit Basthenkel dabei, voll mit Lebensmitteln. Wenn er die Flaschen und Gläser und Pakete auf den Tisch stellte, kam ich mir vor wie Weihnachten.

»Ich habe mir gedacht, du magst das vielleicht«, sagte er dann. »Oder das.«

Immer gab es Peek-Frean-Kekse, irischen Speck und irische Butter, einen Laib braunes Brot, eine Dose Reispudding oder weiße Trauben: Patricks Kommunikationskanal war das Essen. Meist brachte er genug, um meinen üblichen Vorrat für eine Woche zu ergänzen. Er brachte mir auch Hefte, genau wie mein Vater, als ich ein Kind war, von seinem Arbeitsplatz. Seine Ähnlichkeit mit meinem Vater, insbesondere wenn er seine Lippen mißbilligend kräuselte, war gespenstisch und gab mir zu denken, was mich und mein Leben betraf. Dr. Miller hatte ganz offen gesagt, er halte meinen Vater für einen Tyrannen; eine ähnliche Meinung hatte er von Patrick Reilly. Durch gekonntes Tyrannisieren war mein Leben fast ausgelöscht worden, während ich die Opferrolle spielte, die sich – wie jede andere Rolle, die man wiederholt spielt – gegen Veränderung sträubt.

Patrick wurde zum Ernährer, zum Gefährten. Er gab durch nichts zu verstehen, daß er mich berühren oder küssen wollte; wenn er mich unabsichtlich berührte, sagte er: »Entschuldige, tut mir leid.« Ich war von ihm abhängig, doch ich fand ihn auch abstoßend; ich empfand kein sexuelles Verlangen nach ihm. Am liebsten mochte ich ihn, wenn er über die irischen Kobolde und die irische Sprache redete, und wir hatten die Liebe zum Wetter, zum Himmel und zum Meer und zur grünen Natur gemeinsam; wie in meiner ersten Zeit in London gingen wir im Ruskin Park und in Clapham Common spazieren, wo er nun in einem Gemeindewohnhaus im Parterre eine günstige Einzimmerwohnung hatte.

Und als Patrick erfuhr, daß ich noch nie in einem Zirkus gewesen war und daß ein Zirkus sein Zelt auf dem Clapham Common aufschlagen würde, kaufte er Eintrittskarten für uns, aber am Morgen der Vorstellung tauchte er mit der Nachricht auf, der Zirkus sei von einem jener lokalen Gewitter weggeschwemmt worden, wie sie die

Vororte von London unabhängig voneinander heimsuchen. Der Zirkus sei nach Norden gezogen, sagte Patrick.

Wir spazierten auf dem Common, wo die Zelte und Wohnwagen gestanden hatten. Der Erdboden war wie ein Kuhstall in Southland im Winter, voller Schlamm und Hufspuren. Und es war nicht Patrick, sondern ich, mit meinem Hang zur Didaktik, die meinte, daß mir vielleicht kein Zirkus »vergönnt« war.

Während jener Zeit in der Grove Hill Road erlebten Patrick und ich einen denkwürdigen Pfingstsonntag. Wie üblich kam er am Samstag. »Nächste Woche ist Pfingsten«, sagte er. »Was machst du Pfingsten?«

»Nichts«, sagte ich.

»Oh, du kannst Pfingsten nicht allein sein.«

Er wolle einen Truthahn zubereiten, sagte er, und ich solle zum Pfingstessen zu ihm kommen.

Am nächsten Sonntag traf ich vor einem der hohen Wohnhäuser ein, die an die Stelle der zerbombten Häuser getreten und nach verschiedenen Engländern benannt waren – Tennyson-Haus, Milton-Haus... Patricks Wohnung war winzig – wie die Ecke einer jener Kartonschachteln, aus denen meine Schwestern und ich Häuser für unsere Kewpie-Puppen gebaut hatten.

Ein großer gekochter Truthahn kauerte auf einem Teller in der Mitte des Tisches neben einer Schüssel mit Dosenpfirsichen, einem Topf mit Schlagsahne und Schokoladenkeksen, die aus der Packung genommen worden waren und aufgefächert in einem Halbkreis auf einem Teller lagen. Es gab auch ABC-Teekuchen, frisch mit irischer Butter bestrichen, und zwei kleine Lyons-Obsttörtchen, die man zusammen mit den Pfirsichen essen konnte.

Das Essen war das Wichtigste, so als wäre Patrick ein Meisterschütze, der es aufs Korn nahm. Ich folgte seinem Beispiel. Wir machten uns über den Truthahn her, und als das Essen vorbei war, war noch viel vom Truthahn und vom Nachtisch übrig, und als ich zurück nach Camberwell fuhr, begleitete Patrick mich zur Bushaltestelle und bat mich in die nahegelegene Kirche, wo wir, ganz gedämpft von Truthahn und Pfirsichen und Obstkuchen, vor dem Kreuz saßen. Ich bewunderte Patrick wegen seines heftigen Eintretens für *seine* Kirche und wegen der leidenschaftlichen Art und Weise, mit der er mich zum Beitritt zu bewegen suchte, zur Aufgabe alles Bösen. Wir könnten zum Priester zur Unterweisung gehen, sagte er.

»Aber ich bin für die Scheidung«, sagte ich.

Wir stritten über die Scheidung. Viele meiner Argumente waren Gemeinplätze, als wäre ich von neuem eine unwissende Studentin, die über »freie Liebe« zu diskutieren versucht und dabei entschlossen alle Überzeugungen der »älteren« Generation bekämpft, denn in meinen Augen war Patrick eine ältere Generation, da er aus einer älteren Kultur kam, in der es nicht so einfach war, sich von tief verankerten Überzeugungen freizumachen.

Als er am nächsten Wochenende seine Tragetasche mit Essen auspackte und ich ihn fragte, wie er den Rest des Pfingstsonntags verbracht hatte, blickte er beschämt.

»Ich habe den Truthahn aufgegessen. Den ganzen Truthahn. Sobald ich zu Hause war, fing ich damit an und aß und aß.«

Er wirkte unangenehm überrascht von seiner eigenen Handlung. Gefräßigkeit war eine Sünde, und Sünden waren etwas Ernstes.

»Um dir die Wahrheit zu sagen«, sagte er, »es gab nichts anderes zu tun.«

Seine Worte waren ein Eingeständnis von so schrecklicher Leere, daß mich die Vorstellung, wie er die Zeit mit einem gekochten Truthahn totschlug, hilflos machte. Die Trostlosigkeit deprimierte mich. Ich wußte, daß London voll von Menschen wie Patrick war. Verbrachte nicht auch ich ganze Nachmittage im Kino – sicher, auch, um es warm zu haben, aber auch, um Zeit vergehen zu lassen, um Zeit zu bemänteln, sie zu *maskieren*, wenn ich vor meiner Arbeit fliehen mußte, weil sie mir angst machte; auch ich bezahlte meine Eintrittskarte im Tageslicht und kam bei Dunkelheit wieder heraus, fühlte mich der Stunden dazwischen beraubt, war jedoch dankbar für ihr Verstreichen, als wären die Zeit und ich Partner. Und später, zu Hause in der Grove Hill Road, reuten mich die entschwundenen Stunden, und ich dachte: »Ich kann es nicht glauben, daß ich mit voller Absicht so viel Zeit vergeudet habe.«

Armer Patrick! Er war vielleicht nicht sehr glücklich darüber, daß er fast einen ganzen Truthahn verzehrt hatte, aber ich meinerseits fühlte mich unglücklich und schuldig, weil ich ihn als Ernährer mißbrauchte und weiterhin seine Geschenke entgegennahm, obgleich ich Verärgerung und Abneigung gegen ihn empfand. Er dachte immer daran, was er mir schenken könnte, wobei sein Schenken in Form von *Gütern* geschah. Wir gingen zum Beispiel auf der Straße, und er sagte plötzlich, während er in ein Schaufenster blickte: »Schau, genau das brauchst du. Das ist das richtige Geschenk für dich.«

Oder er blieb stehen und holte tief Luft, weil ihm ein Gedanke gekommen war: »Ich weiß, was ich dir schenken kann. Ich weiß, was dir gefallen würde.«

Bücher, eine Füllfeder, Unterwäsche...

Ich nahm alles mit dem Ausdruck der Dankbarkeit, doch auch mit einem Gefühl der Abneigung gegen ihn und auch gegen mich selbst entgegen, weil wir offensichtlich so ungeschickt oder unzulänglich waren, daß wir bei unserem menschlichen Austausch auf die Währung einer Welt des Handels zurückgreifen mußten. Vielleicht genügte das. Männer und Frauen haben immer die Materialien um sich herum benützt, um das Material in ihrem Inneren zu ergänzen, zu intensivieren oder zu ersetzen. Meine beschwerlichen Reisen in die Spiegelstadt und zurück waren ein weiteres Beispiel der Politik der Zweckdienlichkeit.

Es war Patricks erneuter Versuch, meine Freunde auszuwählen, der uns trennte. Ich war mit den Dichtern und Malern aus Nordlondon in Kontakt geblieben. Auch sie waren auf der Stelle getreten mit ihren verzweifelten Signaturen. Ben, der mich regelmäßig im Krankenhaus besucht und mir durch Bücher, Ideen und Neuigkeiten über die Welt von Soho und der Charing Cross Road Trost gebracht hatte, hatte sich nun eine »neue« Psychologie zugelegt, die für mich alt war, da ich mich beinahe zwanzig Jahre früher mit ihr beschäftigt hatte. Uneingeschränkter Ausdruck, das sei es, sagte er, obwohl er wußte und ich wußte, daß dies bloß eine weitere Art und Weise war, der Verantwortung, Ordnung zu schaffen, auszuweichen, und als ich ihn darüber befragte, versicherte er mir, daß die Ordnung ganz natürlich aus dem Chaos entstehe. Da war ich skeptischer. Was, wenn es Chaos blieb und man vom Chaos erfaßt wurde und die *Zeit* verging?

Ben lächelte wehmütig. »Ach, die Zeit«, sagte er und setzte nachdenklich hinzu, »aye, aye«, so als ob er, der in Schottland gewesen und Hugh McDiarmid begegnet war, darauf hoffte, der Dichter, der die Zeit offensichtlich unter Kontrolle hatte, könnte sie auch für ihn regeln. »Es geht darum, frei zu sein, das zu tun, was man will, wann man es will.«

Ich bewunderte Bens Beharrlichkeit. In Cafés stand er plötzlich auf und begann mit den Armen wie eine Windmühle zu kreisen und Wörter zu rufen, die ihm gerade einfielen, dann miaute er wie eine Katze oder sang vielleicht eine Zeile aus einem Lied oder begann herumzuhüpfen. Dann setzte er sich und bemerkte ganz nebenbei: »Freier Ausdruck.«

Als Patrick eines Samstagnachmittags in der Grove Hill Road eintraf und Ben vorfand und ich die beiden einander vorstellte und Patrick später sagte: »Dichter und Maler sind zu nichts nütze. Verkehr nicht mit ihnen«, fühlte ich mich wie ein Insekt, das sich an die falsche Pflanze im falschen Garten in der falschen Welt geklammert hatte. Falsch für das Insekt, die Pflanze, den Garten und die Welt.

Ich befreite mich von Patrick.

Ich zog mich wieder in meinen eigenen Lebensraum zurück und blickte hinaus auf alle Welten. Ich arbeitete tagaus, tagein, noch immer in der Hoffnung, ein ruhigeres Zimmer zu finden, und beendete *Scented Gardens for the Blind*. Dr. Cawley wurde eine verantwortungsvollere Stelle in Birmingham angeboten; er ging mir jedoch nicht verloren, denn es wurde vereinbart, er solle weiterhin einen Posten im Maudsley bekleiden, wo er mich während seiner häufigen Besuche in London empfangen würde.

Und während ich gerade mit diesen Veränderungen beschäftigt war, antwortete ich auf eine Anzeige, in der ein kleines Landhaus in Suffolk zu herabgesetzter Miete angeboten wurde, wofür man als Gegenleistung verlangte, daß der Mieter sich um das Grundstück und um einen Hund kümmerte. Ich erhielt einen Brief von meinem Londoner Verleger (»mein Londoner Verleger«!), in dem ein Besuch vereinbart wurde, und einen Brief von Patrick Reilly, in dem er feststellte, London sei zu gottlos, deshalb kehre er nach Irland zurück. Ich sah ihn nie wieder.

19
Das Treffen mit dem Verleger

Als meine Vermieterin erfuhr, daß mein erstes Treffen mit meinem Verleger bevorstand, arrangierte sie für mich einen Termin in ihrem Frisiersalon »unten in Goose Green«.

»Ich habe darüber nie etwas zu Ihnen gesagt, aber Sie müssen etwas mit Ihrem Haar machen. Wir könnten es naßmachen und glattziehen.«

Das alte Lied. Innerlich lächelte ich. Na gut, sagte ich, es sei Zeit für einen Haarschnitt, und der Verleger habe ein Foto erbeten.

Gehorsam machte ich mich an die Vorbereitungen für das Ereignis. Ich fuhr sogar mit dem Bus zum West End, wo ich bei Marks and Spencer's herumstöberte und ein grün, schwarz und weiß gemustertes, kurzärmeliges Kleid aus Jerseyseide mit einem Bindegürtel kaufte, und sobald ich zu Hause war und mit meinen frisch gewaschenen, geschnittenen und flachgedrückten Haaren, die mich aussehen ließen, als habe man mir die Schädeldecke weggeschnitten, vor dem Spiegel auf und ab stolzierte, wußte ich, daß ich das häßlichste Kleid ausgesucht hatte, das ich je getragen hatte. Jetzt bei Tageslicht waren die Farben langweilig, das Muster zu unruhig und verworren. Ich starrte die Fremde im Garderobenspiegel an und sah mich, wie ich vor Jahren gewesen war – gefangen, erbärmlich unterwürfig –, und ich war froh, daß Schriftstellern keine entsprechenden Besuche in »Schreibsalons« auferlegt werden, wo ihre Wörter von einem dafür ausgebildeten Fachmann gesäubert und beschnitten wurden. Ich versuchte mein Haar wieder zu seiner alten Fülle und dem Heiligenschein von Löckchen zu toupieren, aber es war vergebens.

Ich machte mich auf den Weg zum *Strand* und zum W. H. Allen Verlag in der Essex Street. Im Bus freute ich mich an der vertrauten Route – um die Ecke, vorbei am Hauptquartier der Heilsarmee mit seiner Statue von Gore Booth gegenüber dem Denmark-Hill-Bahnhof; ich erinnerte mich an das Eisenbahnunglück im Smog des ersten November nach meiner Rückkehr nach London – das erste lokale Drama meines Lebens –, das im Brennpunkt aller Londoner Zeitungen, der Radio- und Fernsehnachrichten stand, mit Listen von Toten und Verletzten, den Namen der Stationen – Forest Hill,

Dulwich –, den Fotos des Konvois von Rettungswagen, die zwischen dem Unglücksort und Südlondon hin und her fuhren, dem Vergleich mit den deutschen Luftangriffen auf London, alles im ersten, erstickenden, wirbelnden Smog des Winters, dem gültigen Anzeichen für die Ankunft dieser Jahreszeit und für den zunehmenden täglichen Tribut der gebrechlichen Alten und der frierenden Armen an den Tod.

Nun ging es am Institut für Psychiatrie vorüber, am Maudsley-Krankenhaus, am King's-College-Krankenhaus, bis nach Goose Green mit seinem in häßlichem Hundekotbraun gestrichenen Odeon, vorüber an den neuen Sozialwohnungen, den baufälligen Geschäften, der Menschenmenge auf dem Markt in der East Street und den vollen Gehsteigen, vorüber am Elephant, an der Augenklinik, dem Old Vic, der Waterloo Station, der Waterloo Bridge bis zum *Strand.* Ein Bus Nummer 68, dessen Endstation noch immer wie zum Spott mit *Chalk Farm* angegeben war.

Ich ließ mich in einem PolyFoto-Studio in Charing Cross fotografieren. Dann ging ich zurück zur Essex Street, und da ich zu früh dran war, machte ich noch einen kleinen Schaufensterbummel. Und schon war ich um die Ecke beim *Strand* in die Essex Street eingebogen und stand vor W. H. Allen. Da ich in meiner ersten Londoner Zeit die verschiedenen Londoner Verlage observiert hatte, als Ben und Lawrence und ich vor den Verlagen in der Great Russell Street auf und ab gegangen waren und uns die Geschäftigkeit im Inneren vorzustellen versucht und uns gefragt hatten: Würden auch wir jemals?, wußte ich, daß Verlagshäuser nicht so aussahen, wie ich es vermutet hatte – Paläste, deren Erhabenheit die Bedeutung ihres Gesamtprogramms widerspiegelte –, sondern eher wie jedes andere Geschäftsunternehmen, vielleicht schäbiger, unordentlicher. Meine Enttäuschung über diese Entdeckung wurde durch das Wissen gemildert, daß in den Gebäuden die Bücher die Menschen an der Zahl übertrafen, Macht und Einfluß ausübten und von ihren von der Decke bis zum Fußboden reichenden Regalen aus herrschten, während die Stapel ungelesener Manuskripte zuversichtlich dalagen und darauf warteten, daß die Reihe an sie kam.

Mark Gouldens Büro war von Bücherwänden umrahmt, wie es sich gehörte, und die Fenster gingen hinaus auf die Straße; es gab einen dicken Teppich und einen großen Schreibtisch, hinter dem

Mark Goulden thronte, während ich im tiefen Lehnsessel saß und dachte: Das ist also mein englischer Verleger. Ich fand, daß er aussah wie ein Buchmacher oder ein Schieber, ein kleiner grauhaariger, drahtiger Mann mit einem »verwitterten« Gesicht. Ein Spieler-Verleger. Seine Stimme war volltönend, musikalisch, sein Blick flink, lebhaft. Er sagte, meine Bücher bekämen zwar ausgezeichnete Rezensionen, verkauften sich aber nicht; er hoffe, ich würde eines Tages einen »Bestseller« schreiben.

Dann begann er in Erinnerungen zu schwelgen, und ich hörte fasziniert zu, als er auf die gegenwärtige Kontroverse, wer Dylan Thomas »entdeckt« habe, einging und auf die vor kurzem öffentlich verlautbarte Erklärung Edith Sitwells, die Mark Gouldens Behauptung unterstützte, *er* habe Dylan Thomas entdeckt, nachdem er als Herausgeber einer kleinen Lyrikzeitschrift eine Reihe von Gedichten erhalten hatte, die in ihm den Wunsch weckten, den Autor kennenzulernen, der daraufhin nach London eingeladen wurde.

Mr. Goulden deutete mit dem Arm in Richtung *Strand*. »Wir haben ihn im *Strand Palace* untergebracht«, sagte er.

Ja, wiederholte er, er habe Dylan Thomas entdeckt.

Dann beschrieb er andere Autoren, und ich hörte zu, bezaubert von seinem Charme und seiner Erzählkunst. Er war offensichtlich ein fröhlicher Mensch, der Vergnügen fand an sich und an anderen.

»Wo wohnen Sie?« fragte er und fügte hinzu, es behage ihm nicht sehr, daß seine Autoren in einer Ödnis wie Camberwell wohnten.

»Ich glaube, ich werde in ein Cottage in Suffolk ziehen«, sagte ich.

»Sie wollen sich doch auch nicht auf dem Land vergraben... Wir könnten Ihnen eine Wohnung in London verschaffen für die Zeit, in der Sie Ihr neues Buch schreiben.« Schüchternheit überwältigte mich. Auch hütete ich mich vor Wohnungen, die ich mir nicht leisten konnte, und er hatte nicht gesagt, daß er sie bezahlen würde.

»Mal sehen«, sagte ich.

»Denken Sie daran, wenn Sie das Landleben satt haben und nach London kommen wollen, können wir Ihnen eine Wohnung geben.«

»Ja.«

Was hieß »geben«? War es in einem generellen Sinn gemeint?

Mark Goulden ging zum Fenster und blickte auf die Essex Street hinunter. »Wenn Wanda Lyons hierherkommt, kommt sie in einem Rolls Royce. Sie sind eine bessere Schriftstellerin als Wanda Lyons.

Sie sollten Diamanten und Pelze besitzen, und wenn Sie mich wieder besuchen, möchte ich, daß Sie in einem Rolls Royce kommen.«

Als ich ging, gab er mir zwei Romane zu lesen.

»Das waren Bestseller«, sagte er.

Er hatte mir ein Bild von solch unvorstellbarer Herrlichkeit gezeichnet, daß ich Angst bekam. Ich ging über den *Strand* bis zur Charing Cross Station, wo ich die Damentoilette aufsuchte und weinte.

Als ich Patience Ross später von meinem Besuch bei Mark Goulden erzählte, überraschte es mich, aus ihrer Stimme einen Anflug von Ehrfurcht herauszuhören.

»Sie haben Mark Goulden kennengelernt?«

»Sie denn nicht?«

»O nein. Agenten lernen die Verleger normalerweise nicht kennen.«

Mir war nicht klar gewesen, daß Literaturagenten in Großbritannien von den Verlegern eher als Eindringlinge denn als Verbündete betrachtet wurden.

»Was halten Sie von ihm?« fragte Patience Ross.

»Oh, er ist ein wunderbarer Mann«, sagte ich. »Ein wunderbarer Geschichtenerzähler.«

»Ja, das habe ich gehört.«

Irrte ich mich, wenn ich in ihrem Tonfall Neid zu erkennen glaubte? Ich wußte, daß Patience Ross, nunmehr knapp vor ihrer Pensionierung, für ihre Integrität, ihr Urteil, ihre Bildung und ihre Kenntnis der Literatur bekannt war, und ich war traurig darüber, daß ein weiteres Beispiel des Klassensystems in London dem Verleger das Privileg ihrer Bekanntschaft verwehrt hatte.

Als ich in die Grove Hill Road zurückkam, erfuhr ich, daß Joan Morgan, mit Blick auf meinen wahrscheinlichen Umzug aufs Land, bereits einen neuen Mieter für mein Zimmer gefunden hatte. Sie würde auch die Miete erhöhen, sagte sie. Und würde ich den Morgans einen Gefallen tun, bevor ich sie verließ? Myra, die ihre Aufnahmeprüfung bestanden hatte und sich um einen Platz an dem auf Musik spezialisierten Mary-Datchelor-Gymnasium bewarb, benötigte ein Empfehlungsschreiben von jemandem außerhalb ihrer Familie. Würde ich freundlicherweise eine Referenz unterschreiben?

»Natürlich.«

Ich hatte Myra heranwachsen sehen. Ich hatte Gedichte über sie und ihre Familie geschrieben. Während der Musikwettbewerbe war ich mit Myra in verschiedene Teile Londons gefahren und hatte mir ihr »Stück« angehört, gefolgt vom unvermeidlichen Wunderkind, dem kleinen Jungen (gekleidet wie der junge Mozart), der auf ein Kissen gehoben werden mußte und dessen winzige Finger eine Mozartsonate spielten...

Ted Morgan brachte mir den Empfehlungsbrief zum Unterschreiben.

Ich schrieb meinen Namen, und in die für *Beruf* vorgesehene Spalte schrieb ich *Autorin*. Ted Morgan holte ein zweites Formular.

»Macht es Ihnen etwas aus, es nochmals auszufüllen?« sagte er. »Schreiben Sie diesmal, daß Sie Journalistin sind.«

Gehorsam schrieb ich »Journalistin«.

Ted Morgan strahlte. »Autoren gelten als unzuverlässig«, sagte er. »Aber wenn sie wissen, daß wir eine *Journalistin* im Haus wohnen haben...«

An jenem Abend bekam ich einen Anruf von den Besitzerinnen des Cottage in Suffolk. Ob ich zu ihnen nach *World's End* fahren wolle, um mich vorzustellen?

20
Ein Cottage auf dem Lande

World's End – Ende der Welt? Ich nahm den Bus nach Chelsea, durch die King's Road, vorbei am Gaswerk bis zu dem Haus, wo die Besitzerinnen des Cottage wohnten, und während sie mich in das gemütliche Wohnzimmer im Parterre führten und Tee kochten, erzählten sie mir – wobei eine als Echo der anderen fungierte –, wie sie das Cottage in Suffolk gekauft und renoviert hatten und daß sie jetzt ihr Haus hier in der King's Road renovierten. Sie hießen Miss Wilson und Miss Collins, und sie baten darum, *Will* und *Coll* genannt zu werden; sie arbeiteten als Sprechstundenhilfen in der Moorfield-Augenklinik. Coll, die Engländerin war, vielleicht Ende Dreißig oder Anfang Vierzig, war zierlich gebaut, dunkelhaarig und offensichtlich anspruchsvoll, was häusliche Angelegenheiten betraf: Sie interessiere sich für Antiquitäten, sagte sie. Will, aus Australien, aber seit vielen Jahren englische Staatsbürgerin, war weniger zurückhaltend, mit einem extrovertierteren Wesen: so wie zwei Tannenzapfen, der eine dunkel, glänzend und geschlossen, der andere schnell gereift, mit offenen Schuppen. Sie waren begeistert vom Cottage in Suffolk, das nun ein neues Reetdach hatte und stilgerecht eingerichtet war, und sie waren ganz begierig darauf, mir mitzuteilen, daß sowohl das Cottage als auch das Haus mit den Ersparnissen aus ihren Monatsgehältern bezahlt worden waren und daß sie selbst die Renovierungen vorgenommen und an den Wochenenden stundenlang gearbeitet hatten. Ihr Problem war, daß sie von dem Cottage erst nach ihrer Pensionierung Gebrauch machen konnten, und es brauchte einen Mieter, den richtigen Mieter, der sich das ganze Jahr darum kümmern konnte. Es gab auch einen Hund, der ausgeführt und gefüttert werden mußte. Sie hatten viele Antworten auf ihr Inserat erhalten, unter anderem ein Telegramm von einem pensionierten Oberst: *Nehme Cottage. Ankomme Wochenende mit fünf Jagdhunden.*

Die Vorstellung, eine Schriftstellerin in ihrem Cottage zu haben, schien ihnen zu gefallen. Sie hatten sogar schon geplant, wo ich arbeiten würde – an einer alten Nähmaschine, die direkt vor dem großen Aussichtsfenster mit Blick auf den Rosengarten, den Rasen und die Dreißig-Meter-Fliederhecke stand.

»Es gibt einen Rosengarten, um den Sie sich kümmern müssen. Auch die Dreißig-Meter-Fliederhecke. Und wir hätten gern einen Gemüsegarten. Und dann der Hund, genauer gesagt, eine Hündin, Minnie, eine Promenadenmischung, die einer alten Frau in einem Cottage in unserer Straße gehört, aber wir haben Minnie für sie übernommen.«

Also war ich plötzlich für ein Drittel der normalen Miete zur Hausbesorgerin eines reetgedeckten Cottage in Braiseworth nahe Eye in East Suffolk ernannt. (Da ich erst kürzlich das Buch *Scented Gardens for the Blind* fertiggestellt hatte, machten mich die Arbeit der Frauen in der Augenklinik und diese Postadresse des Cottage – *Near Eye*: nahe dem Auge – nachdenklich.)

Sie erklärten mir, wie ich zu dem Cottage gelangte. In ihrer Begeisterung sprachen sie die Ortsnamen in East Suffolk wie Beschwörungsformeln aus.

»Stowmarket heißt es«, sagte Coll.

»Stowmarket?« Auch ich war von dem Namen fasziniert.

»Stowmarket. Wenn Sie Ihre Sachen am Bahnhof aufgeben, dann denken Sie daran, daß sie nur bis *Stowmarket* transportiert werden, dort müssen Sie eine Spedition beauftragen, sie zum Cottage zu bringen.«

»Und vergessen Sie nicht, Sie fahren nicht ins *normale* Suffolk.«

»Nicht ins *normale* Suffolk?«

»Nein, es ist *East* Suffolk. Es liegt abseits und ist anders, ganz *unberührt*.«

Die Befriedigung, die ihnen das Lob East Suffolks bereitete, verlieh ihren Stimmen einen vollen Klang.

Am kommenden Wochenende würden sie nach East Suffolk fahren, um alles für meine Ankunft in drei Wochen vorzubereiten, sagten sie, und an dem Wochenende meiner Ankunft würden sie auf mich warten, um mich zu begrüßen.

»Und wenn Sie mit dem Bus kommen, dann fragen Sie nach der Abzweigung nach Braiseworth und biegen rechts in die Oak Lane ein.«

»Rechts in die Oak Lane«, sprach ich nach, während ich mit dem Bus zurück nach Camberwell fuhr. Die Wörter besaßen die Magie von Anweisungen, wie sie in Märchen, Mythen und Legenden gegeben und befolgt wurden.

Drei Wochen später nahm ich den Zug von der Liverpool Street Station bis nach Ipswich, wo ich in einen Eastern-Counties-Bus umstieg, bis zur »Abzweigung bei Braiseworth« fuhr, »nach rechts abbog, in die Oak Lane«, und die Oak Lane entlangging bis zum Cottage, wo Will und Coll schon warteten, um mich zu empfangen und mich in meine Pflichten als Hausbesorgerin einzuweihen.

Sie hatten ein Schlafzimmer im ersten Stock unter der Dachschräge eingerichtet, mit einem Dachbodenfenster und dunklen, freiliegenden Balken und einem Blick über die das Cottage umgebenden Felder und die Dreißig-Meter-Fliederhecke, die eben zu blühen begann. Im Parterre hatten sie aufmerksamerweise die Platte freigemacht, auf der die alte Nähmaschine stand, und einen zum Schreiben geeigneten Platz geschaffen, von wo ich, wie sie sagten,

»zur Inspiration« aus dem Fenster auf die Dreißig-Meter-Fliederhecke blicken konnte. Immer wieder erwähnten sie deren Länge und schilderten, wie sie in voller Blüte aussehen würde, und erinnerten sich daran, daß sie sich beide in das Cottage verliebt, doch beim Anblick der Fliederhecke gewußt hatten, daß das Cottage ihr Heim werden würde. Sie hatten einen Raeburn-Ofen für heißes Wasser und ein WC und ein Bad eingebaut. Coll, mit ihrem besonderen Gefühl für Rosen, hatte den Rosengarten angelegt, während Will die Gartenwege gerodet und die Gartentür repariert und so lange gesucht hatte, bis sie die schwere Eichentür fand und die allzu moderne Glastür mit dem eingeätzten Bild eines Hirsches neben einem Berg damit ersetzte. East Suffolk war die wunderbarste Entdeckung ihres Lebens gewesen.

»Ist es zu glauben?« fragten sie ekstatisch, während sie einen Rundgang durch den Garten machten.

Am späten Nachmittag des folgenden Tages fuhren Will und Coll nach London zurück und ließen mich allein mit Minnie, der Promenadenmischung, meiner Schreibmaschine, der ländlichen Stille und meinen Plänen für mein nächstes Buch.

Ich fand nun, daß ich das Leben einer Schriftstellerin führte, denn meine beiden Bände mit Erzählungen waren erschienen, und *Scented Gardens for the Blind* stand kurz vor der Veröffentlichung, und während meiner Zeit in der Grove Hill Road war ich mir einer fast unmerklichen Verlagerung meines Lebens in eine Welt der Fiktion bewußt geworden, wo ich alles vor mir ausbreitete, was ich sah und hörte, Menschen, die mir in Bussen, auf Straßen und Bahnhöfen und dort, wo ich wohnte, begegneten; dann wählte ich aus den ausgebreiteten Schätzen Fragmente und Momente aus und setzte sie in Form eines Romans oder eines Gedichts oder einer Erzählung zusammen. Nichts war nutzlos. Ich hatte gelernt, eine Bürgerin der Spiegelstadt zu sein. Meine einzige Rechtfertigung für die Fortsetzung dieser Autobiographie ist, daß ich, obwohl ich alle Erfahrungen verwertet, erfunden, vermischt, neu geformt und verändert, Dinge hinzugefügt und weggelassen habe, nie direkt über mein eigenes Leben und meine eigenen Gefühle geschrieben habe. Zweifellos habe ich mich mit anderen Personen vermischt, die selber ein Produkt des Bekannten und Unbekannten, des Wirklichen und Eingebildeten sind; ich habe »Ichs« geschaffen, aber ich habe nie von »mir« geschrieben.

Warum? Weil es keinen Sinn ergäbe, jene gefährlichen Reisen in die Spiegelstadt zu unternehmen, wo alles, was ich kennengelernt oder gesehen oder geträumt habe, ins Licht einer anderen Welt getaucht ist, um dann nur mit einem Spiegel voll von mir zurückzukehren. Oder auch von anderen, die, bei normalem Tageslicht besehen, sehr wohl existieren. Das Ich muß das Behältnis für die Schätze der Spiegelstadt sein, der Gesandte sozusagen, und wenn die Zeit kommt, wo jene Schätze geordnet und aufgereiht werden, damit sie zu Worten geformt werden können, muß das Ich der Arbeitende sein, der Träger der Bürde, der Auswählende, der Plazierende und Polierende. Und wenn die Arbeit beendet ist und das Nichts ertragen werden muß, darf das Ich Ferien machen, wenn auch nur, um das gebrauchte Behältnis von neuem zu weben, das auf den nächsten Besuch in der Spiegelstadt wartet. Dies sind die Prozesse der Dichtung. »Alles im Erleben niederschreiben«, das ist nicht Dichtung; es muß die Reise geben, die man allein unternimmt, die Veränderung des Lichts, das auf das Material gerichtet ist, die Bereitwilligkeit der Autorin selbst, in diesem Licht zu leben, in dieser Stadt der Reflexionen, die von anderen Gesetzen, Materialien, Währungen bestimmt wird. Das Schreiben eines Romans ist mehr als nur eine Einkaufsfahrt über eine Grenze in ein unwirkliches Land: Es sind Stunden und Jahre, die in den Fabriken, den Straßen, den Kathedralen der Phantasie verbracht werden, es ist das Begreifen des einzigartigen Funktionierens der Spiegelstadt, ihrer Himmel und Räume, ihres besonderen Planetensystems, ohne daß man auch nur einen Augenblick daran dächte, man könnte heimatlos werden auf der Welt und bankrott, verlassen vom Gesandten.

Mit solchen Gedanken verband ich die prosaischeren Pflichten einer Hausbesorgerin für das Cottage am Eichenweg, Braiseworth bei Eye, wobei mein Tag nicht wie geplant damit begann, daß ich mir die von Will und Coll verheißene Inspiration zunutze machte, sondern Minnie spazierenführte und andere Aufgaben erledigte – das Cottage aufräumen, den Gemüsegarten anlegen, die fünf Kilometer mit dem alten Fahrrad nach Eye fahren, um Lebensmittel und Hundefutter einzukaufen, und London regelmäßig einen ganztägigen Besuch abstatten, um mich mit Dr. Cawley zu unterhalten. Meine Zeit schwand dahin. Freie Augenblicke verbrachte ich damit, meinen frisch umgegrabenen und bepflanzten Garten voll Bewunderung und die Nesseln voll Entsetzen zu betrachten, die doppelt so hoch wurden, nachdem ich sie mit der Sense gemäht hatte. Und abends war auch keine Zeit, denn ich war mit der Gasbeleuchtung nicht vertraut und machte selten davon Gebrauch, nachdem ich versucht hatte, die Lampen anzuzünden und die Glühstrümpfe mir in der Hand zusammenfielen, wenn ich sie berührte. Und so nahm ich abends eine Kerze mit nach oben und versuchte zu lesen, während Minnie auf einem Teppich nahe der Tür lag, stets wachsam zwischen mir und der Tür hin und her blickend. Sie hatte sich bald an mich gewöhnt, obwohl man mich gewarnt hatte, sie sei bissig bei Fremden, ja sie unterliege einer gerichtlichen Verfügung, nach der sie eingeschläfert werden müßte, falls sie erneut jemanden anfallen sollte.

Ziemlich müde von meinen täglichen Aufgaben als Hausbesorgerin, war ich nicht auf die Anstrengungen des Wochenendes vorbereitet, wenn Will und Coll kamen, entschlossen, jede Minute und jede Wonne ihres Häuschens zu genießen, das sie schlicht das *Cottage* nannten. Ihr erstes Wochenende stellte ein beunruhigendes, erschöpfendes Eindringen dar. Zweifellos gehörte es zu meinen Mieterobliegenheiten, mich um das Haus, den Hund und den Garten zu kümmern, doch ich hatte nicht damit gerechnet, daß Will und Coll an Samstagnachmittagen ihre Liegestühle in der Sonne aufstellen und vorschlagen würden (befehlen wäre ein treffenderes Wort: sie hatten sich in der Armee kennengelernt), ich solle auf die Leiter steigen und alle welken Fliederblüten von der Dreißig-Meter-Fliederhecke entfernen, und zwar auf beiden Seiten. Sonst, so sagten sie, würde der Flieder bald verblühen, er würde in ein paar Wochen verschwunden sein, und was sollten sie dann tun, in dem Wissen, daß sie den kostbaren Flieder verschwendet hatten? Meine nächste Aufgabe bestand darin, die Rosenbüsche zu beschneiden und die Gartenrabatten zu jäten (»Sie müssen den Garten unkrautfrei halten«), und während ich mich den Großteil des Nachmittags abplagte, stutzte, zog und riß, mit rotem Gesicht, außer Atem und erhitzt, sah ich, wie sie sich faul in ihren Liegestühlen räkelten, als wären sie Passagiere auf einem Vergnügungsschiff und beobachteten die faszinierende Arbeit der Besatzung. Ab und zu gaben sie weitere Anweisungen oder deuteten auf Unkraut, das ich übersehen hatte, oder auf ein paar verwelkte Fliederdolden: »Sehen Sie, ganz oben auf der Hecke, an dem Ende dort.« Manchmal schlossen sie die

Augen und sonnten sich; oder sie vertieften sich in die Neuigkeiten und Anzeigen in Wills Lieblingszeitschrift, *The Lady*.

Ihre Fülle von Plänen faszinierte mich. Aber wie sollten sie Zeit dazu finden, fragten sie. »Wir haben uns mit dem Cottage zuviel aufgeladen«, gestanden sie. Sie waren froh, eine Hausbesorgerin zu haben; im Winter würden sie nicht bis nach Braiseworth gelangen können.

Meine Erfahrungen und Eindrücke von East Suffolk, den Bewohnern, der Landschaft wurden aufgenommen und später wieder hervorgeholt, als ich nach Neuseeland zurückgekehrt war und *The Adaptable Man* schrieb. Und weil sich mein Leben, wie ich geschildert habe, in die Spiegelstadt verlagert hatte, sehe ich jetzt, wie sich die Geschichte meines Ichs selbst in die Spiegelstadt zurückzieht; im Licht der gewöhnlichen Sonne und des gewöhnlichen Tages sind die »wirklichen« Erfahrungen von immer geringerem Interesse für mich, denn sie sind nur die Reste des endgültigen Festmahls. Je mehr ich als Schriftstellerin lebte, desto uninteressanter für Außenstehende wurde mein Leben, geregelt von Routine, und selbst in Braiseworth bei Eye, wo mein Schreiben von den häuslichen Pflichten *Garten, Aufräumen, Hundausführen, Einkaufen* in den Hintergrund gedrängt wurde, blieb die Spiegelstadt in meinem Kopf als der wahre, wünschenswerte Aufenthaltsort.

An den Tagen, wenn ich einen Termin in London hatte, stand ich früh auf, fuhr mit dem Fahrrad drei Kilometer bis zum nächsten Bahnhof, Mellis, ließ mein Fahrrad beim Fahrdienstleiter zurück und fuhr mit dem Zug von Norwich nach Ipswich. Wenn wir uns London näherten, empfand ich das erregende Gefühl, nach Hause zu kommen; der Zug fuhr schneller, das Land hörte auf, und die Ziegelmeere, die schmutzige Großstadt, die verwahrlosten Lagerhäuser und Fabriken von East London begannen – ach, welche Wonne! –, und da war die Liverpool Street Station, gerade rechtzeitig, um zum Klang der Marschmelodien auszusteigen, die über den Lautsprecher ertönten und die Leute, die um zehn Uhr mit ihrer Arbeit begannen, zu einem flotten Gang ermunterten.

Dann fuhr ich nach Camberwell, um Dr. Cawley aufzusuchen, der auch eine Reise gemacht hatte, von Birmingham; und wir waren wie zwei, die aus fernen Ländern zu einer Gipfelkonferenz angereist kommen, um wichtige Pläne für die Zukunft zu erörtern. Und nach unserem Gespräch hatte ich vielleicht gerade noch Zeit, um in den Geschäften in der Charing Cross Road oder am *Strand* herumzustöbern, bevor ich mit dem Zug um ein Uhr vierzig nach Ipswich und anschließend mit dem Bus nach Braiseworth fuhr. Ich kam nach Hause und wurde von Minnie begrüßt, und ich war müde und fragte mich, warum ich auf dem Lande lebte, wo es doch die Großstadt war, die mich anzog, fragte mich, wo mein Schreiben geblieben war; dann ging ich in der Dämmerung zu Bett und sah dem Aufblühen der ländlichen Nacht zu und horchte auf die Tiere draußen und hoffte auf den Klang der Nachtigall. Und, allein im Cottage, bemerkte ich überrascht, daß ich Angst hatte. Zum ersten Mal in meinem Leben wohnte ich allein in einem Haus und hatte Angst. Wenn ich irgendwann in einem Zimmer war, wer war dann in den anderen? Ich öffnete die Türen und schaute hinein. Nichts. Ebensogut hätte ich auf einer Eisscholle dahintreiben können. Manchmal hörte ich das Flattern eines Vogels, der unter dem Netz, das das Reet bedeckte, gefangen war. Wie sehr unterschied sich die Nacht von der Nacht meiner Kindheit in Wyndham, als die Dunkelheit ebenso dunkel war und ich ängstlich auf die nächtlichen Geräusche horchte und dachte:

Hört doch, wie die Hunde bellen,
die Bettler sind nicht weit,
manche in Fetzen und manche in Lumpen
und manche im samtenen Kleid.

Aber damals war ich umgeben von der Wärme der Menschen und ich wußte, daß in der Küche das Feuer brannte, daß das Zimmer von der Lampe und den Kerzen und dem Feuerschein erhellt war, daß gelacht und gesungen wurde und das Baby schlief.

In Suffolk waren mir der Morgen und das Tageslicht immer willkommen. Ich war genauso begierig wie Minnie, auf den taunassen Wegen zu spazieren, die Hasen im Mais zu beobachten, die wildwachsenden Blumen zu sehen, Primeln, Himmelschlüssel, Glokkenblumen, Schlehdorn; aber mein Herz war in London, ich wollte dorthin zurückkehren, wo ich glücklich allein sein konnte in der Menge, umgeben und gestärkt von der ungeheuren Zahl der Menschen, der menschlichen Spezies, die, wenn sie – wir – auch einen

Großteil der Natur zerstört oder geschwächt hatte, einschließlich meines Himmels der nördlichen Hemisphäre, immer noch Vertreter aussenden konnte, um die Spiegelstadt zu erforschen, und wenn sich auch manche dort verirrten und nie mehr zurückkehrten, gab es immer die, die sich nach Hause durchschlugen, um ihre Kunstwerke zu schaffen.

Und als mein Verleger schrieb und mich an sein Angebot einer »Stadtwohnung« erinnerte, nahm ich es dankbar an, vorausgesetzt, ich konnte meine übliche Miete bezahlen. Ich wußte, daß vom Wesen der Geschenke her, vom Vertrag zwischen Schenkendem und Beschenktem, kein Geschenk »gratis« ist, und so hielt ich es für besser, die Wohnung vom komplexen Status eines »Geschenks« abzugrenzen.

Ich erklärte den Besitzerinnen des Cottage wahrheitsgemäß den Grund für meinen plötzlichen Auszug und hoffte, sie würden Verständnis haben. Ich wollte noch ein paar Wochen im Cottage bleiben, bis sie einen Ersatz gefunden hatten. Der Gedanke, einen schneereichen Winter allein mit einem Hund in einem finsteren Haus voll zusammengefallener Glühstrümpfe zu verbringen, hatte mich zusehends beunruhigt, denn selbst unter Aufsicht von Will und Coll lernte ich nie, wie man die Glühstrümpfe berührt, ohne daß sie beschädigt werden, da sie sich jedesmal in meiner Hand in eine pulvrige Substanz auflösten, und das erinnerte mich an meinen Versuch, Gedichte zu schreiben, die sich auf ebensolche Weise verhielten, wenn ich sie betastete oder zu entflammen suchte.

Will und Coll versuchten für meinen Verrat an ihnen Verständnis zu zeigen, und ich konnte sehen, wie sich meine Angst vor einem Winter in Suffolk – East Suffolk – auf sie übertrug, als sie sich fragten, wie sie einen Mieter anlocken könnten, ohne zuallererst den Luxusköder eines Sommers in der Oak Lane und in den Feldern von Braiseworth bei Eye auszulegen; und als sie mir zu bedenken gaben, daß ich in den Lärm von London zurückkehren würde, zählte ich nicht die entsprechenden Geräusche von Suffolk auf – tagein, tagaus die Schüsse, mit denen die Bauern die Krähen vom Getreide zu verscheuchen suchten, das Dröhnen der Traktoren und Erntemaschinen, der Lautsprecher, der klang, als käme er von einem ständig geöffneten Rummelplatz, den ich suchte und nicht finden konnte. Ich schilderte ihnen nicht die Erschöpfung, die es mit sich bringt, wenn man jeden Tag zu Fuß geht, Pflanzen setzt, Unkraut jätet und in die Pedale tritt, anstatt – wie sie und ich es uns vorgestellt hatten – am alten Nähmaschinentisch zu sitzen und durch das Aussichtsfenster auf die Quelle der Inspiration, die Dreißig-Meter-Fliederhecke, zu blicken.

Ihre Enttäuschung wurde gemildert durch den Anblick des reiche Früchte tragenden Gartens mit seinen vielen verschiedenen Gemüsearten und Kräutern. Sie waren auch beeindruckt, weil ich ein größeres, tieferes Stück Erde umgegraben hatte, vermutlich für weitere Pflanzarbeiten vor dem Winter. Ich verriet ihnen nicht, daß ich entdeckt hatte, daß die gerade Straße am Ende der Oak Lane ursprünglich eine Römerstraße gewesen war, die von Ipswich nach Norwich führte, und daß ich bereits eine ganze Sammlung von Steinen ausgegraben hatte, die nach dem Waschen hübsche Farben und Muster und – mit ein wenig Phantasie – Bilder erkennen ließen. Das Fieber der Suche nach antiken Überresten hatte mich ergriffen, und so hatte ich jeden Tag den ursprünglichen Garten vergrößert, bis er immer breiter und tiefer und länger wurde, während ich meine Feuersteine, meine mutmaßlichen Haushaltsgegenstände und meinen angelsächsischen Schmuck ausgrub...

In meiner ersten Nacht in London, bevor ich die Wohnung in South Kensington bezog, die mein Verleger für mich gemietet hatte, schlief ich in World's End, bei Will und Coll. Ich aß ihr perfekt gekochtes Mahl. Wieder hörte ich ihnen dabei zu, wie sie darüber staunten, was sie aus einem kleinen Haus in World's End und einem dreihundert Jahre alten Cottage in East Suffolk gemacht hatten, und ich entschuldigte mich nochmals, daß ich mein Mietverhältnis so plötzlich beendet hatte.

»Vielleicht kommen wir in Ihrem Buch vor?« sagten sie.

»Ich helfe Ihnen mit Ihrem Koffer«, sagte Coll, als ich am nächsten Morgen zur Bushaltestelle Richtung Kensington ging. »Es ist, als wäre er voller Steine.«

Halb voll mit englischen, römischen, sächsischen, dänischen Steinen, Überresten aus einer anderen Stadt.

21
Eine Wohnung in der Stadt

Es war eine Parterrewohnung mit Fenstern, die auf zwei Straßen hinausgingen; das große Wohnzimmer und die Küche boten Ausblick auf die belebteren Straßen, das große Schlafzimmer lag neben dem ruhigeren »Lokus«, und das Badezimmer war vom Korridor aus zu betreten. Der Steingarten an der Rückseite des Hauses war mit dornigen Sträuchern bepflanzt, von der Art, wie sie am Meer wachsen und die Salzgischt und die Winde ertragen, indem sie den Rücken und den Kopf nach vorn beugen, weg vom Sturm, und die, wenn sie in der Großstadt wachsen, die gleiche Haltung annehmen, um den Abgasen, Schallwellen und abscheulichen Gerüchen auszuweichen, und in beiden Fällen überleben sie und setzen als Blüten Dornenkronen und kleine blaue und rosa Blümchen auf. Wenn die Lastautos hinter dem Haus vorbeifuhren, erbebte die Wohnung, es knirschte, knallte, Bremsen quietschten, während vor den Schlafzimmerfenstern der Verkehr zwar ruhiger, doch ununterbrochen floß.

Die Wohnung war für mich ein Luxus. Zum ersten Mal, seit ich in London war, hatte ich fließend heißes Wasser und eine Badewanne und ein Badezimmer und eine Küche für mich allein. Die Ausstattung war gleichfalls luxuriös, mit gestreiften Regency-Sofas und Stühlen mit runden, brötchenartigen Sitzen und dunklen, glänzenden Kommoden. Für das Doppelbett gab es Leintücher und Decken, die lang und breit genug waren, daß man sie feststecken konnte, und die Matratze war so flach wie ein Holzbrett und ebenso unnachgiebig, und einige der Handtücher im Wäscheschrank trugen die Aufschrift *Badetuch*.

Zunächst richtete ich mir einen Arbeitsplatz im Schlafzimmer ein, merkte jedoch, daß der Raum zu dunkel war; auch hatte ich das Gefühl, die Ereignisse im Wohnzimmer zu versäumen, und so versuchte ich dort zu tippen, an der innen gelegenen Wand, doch der Verkehrslärm störte. Auch die eleganten Möbel schüchterten mich ein. Etwas halbherzig blätterte ich in den Gedichten, die ich während der Zeit in East Suffolk geschrieben hatte, und in dem Buch, das ich angefangen hatte, aber im Geiste war ich bei der Veröffentlichung von *Scented Gardens for the Blind* und bei einem Satz aus einer Rezension, den ich nicht zu ignorieren vermochte: »Dieses Buch ist im schlimmsten Sinne unlesbar.« Ich kämpfte um mein geringes Maß an Selbstvertrauen. In einer anderen Zeitschrift hatte jemand das Buch als »vermutlich geniales Werk« bezeichnet. Die beiden Ansichten, extrem, doch einander die Waage haltend, flossen von mir ab wie wechselweise niederdrückende und erhebende Wellen und ließen mich als nasse Überlebende zurück, Strandgut für eine weitere Flut von Kritiken.

In South Kensington erfuhr ich mehr über das Leben in London, über die Leichtigkeit des Lebens in SW7 im Vergleich zu SE5, denn in Bibliotheken, Museen, Geschäften schien ein Wunder zu geschehen, sobald ich meine Adresse bekanntgab: Ich wurde freundlich behandelt, mir wurde Kredit angeboten; und ob sie mir ein Taxi rufen sollten? Der Hang der Ladenbesitzer von Camberwell zu argwöhnischen Fragen war verschwunden. Und als ich durch die Straßen von Kensington und Knightsbridge ging, angerempelt von den Schönen und den Reichen, fiel mir der Traum meiner Tante Polly aus Petone in Neuseeland ein, »jemand« zu sein. »Ich wäre gern jemand«, sagte sie immer und rief sich ins Gedächtnis, daß sie Umgang pflegte mit Stadtsyndikussen oder Bürgermeistern, Rechtsanwälten oder Ärzten, die »jemand« waren. In Kensington war auch ich »jemand«, aber nicht aufgrund meiner Handlungen oder meiner Arbeit oder irgendeines bemerkenswerten Charakterzuges: Ich war »jemand«, weil meine Adresse South Kensington SW7 war. Ich hatte ein Luxusappartement mit einem Badezimmer, einer weißen Gegensprechanlage sowie einem normalen Telefon, einem Lieferanteneingang und einem Privateingang... Ich lebte jedoch nicht im Einklang mit den Bewohnern von South Kensington. In der Grove Hill Road in SE5, wo ich sehr früh aufgestanden war und zu arbeiten begonnen hatte, hatte ich mich zu Hause gefühlt, wenn ich die Lichter in den Häusern sah und mir das hastige Frühstück vorstellte und beobachtete, wie die Arbeiter durch das Halbdunkel zu ihrem Bus eilten, und später, wie die Kinder auf dem Weg zur Schule ihre Stöcke schwangen und mit ihnen auf den Boden schlugen und klopften, in einer unbewußten Erprobung des Alters. Hier in Kensington schienen nur wenige vor zehn Uhr auf zu sein. Die Post wurde spät zugestellt. Wenn es Kinder gab, dann wurden sie lautlos in großen dunklen Autos zur Schule gefahren. Ich hätte mich vielleicht gestrandet gefühlt, wenn ich nicht gewußt hätte, daß noch andere Schriftsteller in Kensington wohnten. Ich stellte mir gern vor, daß sie in der Nähe arbeiteten, unbemerkt, und nie die Spiegelstadt vergaßen oder preisgaben.

Ich stellte die Schale mit Topfpflanzen, die die Gouldens mir geschickt hatten, um mich an meinem ersten Tag in der Wohnung willkommen zu heißen, in die Mitte meines Eßtisches. Sie hatten mir auch eine Einladung zu sich nach Hause geschickt, damit ich den Autor Alan Sillitoe und seine Frau Ruth beim Nachmittagstee kennenlernen könnte, und an diesem Tag entschied ich mich trotz des strömenden Regens dafür, zu Fuß zu ihrer Wohnung in Mayfair zu gehen, in der Absicht, einen Weg einzuschlagen, auf dem ich einigermaßen trocken ankommen würde. Der Regen hörte nicht auf. Ich fand die Vordächer nicht, die zu finden ich gehofft hatte. Meine Schuhe füllten sich mit Wasser, meine Strümpfe, der untere Teil meines Kleides, die Rückseite meiner Weste waren vollkommen durchnäßt, als ich schließlich vor der Wohnung der Gouldens stand und sah, wie die Sillitoes bequem und trocken mit dem Taxi vorfuhren. Mir war heiß, mein Gesicht war gerötet vor Aufregung; meine Blase war voll, und mein Besuch begann erst. Ich wartete sozusagen »im Schatten«, bis die Sillitoes ins Haus gegangen waren, dann fuhr ich mit dem Aufzug ins oberste Stockwerk, drückte auf die Türklingel und wurde von Mrs. Goulden eingelassen, die groß, dunkel und wie eine Königin war (und meiner Ansicht nach eine bemerkenswerte Ähnlichkeit mit der Pik-Dame aus dem Film *Der Kandidat aus der Mandschurei* aufwies, den ich vor kurzem gesehen hatte. Sie war schwarz gekleidet und machte den Eindruck, in ihrer Haut zu wohnen, als wäre diese ein Haus, ein gepflegtes, jeden Tag neu aufgeräumtes Haus mit ihr als Hausherrin, die alles unter Kontrolle hatte. Sie war kein spontaner Mensch; es gab in ihr eine Veranda, einen Flur, wo man wartete, bis man empfangen wurde. Sie machte mich mit Alan und Ruth Sillitoe bekannt. (»Ich habe Ihre Bücher gelesen ...« etc.)

Nachdem die Vorstellung vorbei war, herrschte Bestürzung darüber, daß meine Kleidung und meine Schuhe völlig durchnäßt waren. Mrs. Goulden führte mich in ein Schlafzimmer, wo sie trockene Kleider und Schuhe für mich fand, die ich anziehen konnte, während meine trockneten, und so begann ich meinen Besuch in einem engen schwarzen Kleid und zehenfreien schwarzen Abendschuhen mit Goldborten und fünf Zentimeter hohen Absätzen.

Gleich darauf läutete Mrs. Goulden eine silberne Glocke, und eine Hausangestellte, eine dralle dunkelhaarige Frau namens *Columba*, kam mit dem Nachmittagstee, und nachdem sie wieder aus dem Zimmer gegangen war, erklärte Mrs. Goulden, daß Columba aus Portugal käme und nur wenig Englisch spreche. Dies versetzte die Sillitoes in Aufregung (Alan, der neue Star der Schriftsteller aus dem Norden, vertieft in Realismus, Armut, in den Kampf ums tägliche Brot, um Arbeit und Sex in den Slums des Nordens); sie hatten in Marokko gelebt und ein Hausmädchen mitgebracht, sagten sie, doch bei ihrer Ankunft in England entdeckten sie, daß sie sie gekauft und für sie bezahlt hatten, als wäre sie eine Sklavin.

Ach, das Dienstbotenproblem!

Ich hörte zu, insgeheim erstaunt, während Mrs. Goulden und die Sillitoes vom Dienstbotenproblem zum Au-pair-Problem übergingen und wieder auf das Dienstbotenproblem zurückkamen; dort, in der Wohnung in Mayfair mit ihren persischen Teppichen, türkischen Katzen, vorzüglichen Gemälden und dunklen, schweren Möbeln.

Ich hatte nicht viel zu sagen. Ich lächelte viel und sagte: »Ja, ja.« Meine Abendschuhe drückten. Und als es Zeit war zu gehen und ich meine trockenen Kleider und Schuhe anzog, packte Mrs. Goulden das schwarze Kleid und die Abendschuhe ein.

»Behalten Sie sie doch«, sagte sie.

Der Regen hatte aufgehört. Nein, sagte ich, ich wolle zu Fuß nach Hause gehen und kein Taxi nehmen. Als ich ging, mit meinem neuen schwarzen Kleid und den Abendschuhen, dachte ich voll Erregung und Genugtuung: Ich habe Alan und Ruth Sillitoe kennengelernt. Meinen zweiten *richtigen* Schriftsteller. (Der erste war John Silkin gewesen, der mir ein Gedicht gewidmet hatte, aber das ist eine andere Geschichte.)

So wie ich in South Kensington lebte, konnte ich mich des Eindrucks nicht erwehren, daß ich »Haus« spielte, spielte, daß ich jemand war, der in einer Wohnung mit einer weißen Gegensprechanlage wohnte und einem weißen Telefon im Schlafzimmer, neben dem Bett, damit ich mitten in der Nacht Anrufe entgegennehmen konnte: »Ach, du bist es, Liebling. Stör mich jetzt nicht.« Spielte, daß ich ein richtiges Badezimmer hatte und eine richtige Badewanne mit heißem Wasser und Schränke voller Wäsche und riesige Handtücher mit der Aufschrift *Badetuch*, in die ich mich hüllen konnte, wenn Nigel oder Gerald kamen (sie öffneten die Tür mit ihrem eigenen Schlüssel) und ich rief: »Einen Augenblick, *hunny*, ich bin in der Badewanne«; und der Dialog, den ich mir dabei vorstellte, war der gleiche wie damals, als ich und meine Schwestern mit unseren Kewpie-Puppen Hollywood gespielt hatten. Die Wohnung war ein Spiel, von meiner Rolle als Mieterin bis zu der phantastischen Miete, die ich mir selbst nie hätte leisen können.

Und jeden Tag saß ich an meinem Tisch und versuchte an meinem neuen Roman, *Letter to a Sculptor*, zu schreiben. Dann stand ich auf und ging in der Wohnung umher und weidete mich daran, so wie ich mich am Garten in Suffolk geweidet hatte, als ob ich allein für seine Gestaltung verantwortlich gewesen wäre. Und statt zu meiner Schreibmaschine zurückzukehren und eine Reihe von Sätzen zu bilden, experimentierte ich mit dem neuen Herd in der Küche und kochte ein ungewöhnliches Gericht nach *Aunt Daisy's Recipe Book*, das mir mein Vater zu meinem letzten Geburtstag gesandt hatte. Er hatte mir auch einen Karton mit neuseeländischer Butter geschickt, von dem ich einen Teil verschenkte und den Rest im schneebedeckten Kühlschrank verstaute.

Eines Tages dann schrieb mir eine Freundin von Frank Sargeson, Paula Lincoln, die Neuseeland nach dreißig Jahren verlassen und ein Cottage in einem Dorf in Norfolk gekauft hatte, daß sie und ihre Schwester Rachel, beide begeisterte Cricketfans, nach London kommen wollten, um sich das Cricketturnier im Lord's anzusehen, und daß sie gern mein Angebot annehmen würde, »jederzeit hier zu wohnen«.

Ich holte sie in der Liverpool Street Station ab. Sie sollten im Schlafzimmer unterkommen, während ich auf einem Klappbett schlafen wollte, das sich aus dem Schrank im Flur klappen ließ und gerade soviel Platz ließ, daß man daran vorbei in die Küche gehen konnte. Ich fand sowohl Paula als auch Rachel überwältigend, lebhaft, begeistert. Sie bewegten sich auf abrupte Weise, als attackierten sie den Raum um sie herum, und da sie Schwestern waren, die einander nicht oft sahen, waren ihre Stimmen ganz hoch vor Aufregung, und ihr messerscharfer Oxfordakzent durchschnitt die Wohnung, die Möbel, die ganze Ausstattung, die Luft und meine Ohren. Im Lord's saß ich und sah mir ein langweiliges Spiel an, von dem ich nichts verstand, und als ein Neuankömmling mir in dringlichem Ton zuflüsterte: »Sagen Sie, wer ist First Man?« und ich nur demütig wiederholte, »First Man?«, blickte die Frau mich voll Abscheu an.

Mitten am Vormittag verließ ich Paula und Rachel und kehrte nach Kensington zurück, wo ich einen Brief von meiner Schwester in Neuseeland vorfand, in dem stand, daß mein Vater, als er mit dem Rad zu seiner Arbeit als Heizkesselwärter »draußen in der North Road« fuhr, in der Nähe von Willowglen, unserem Heim, zusammengebrochen und ins Krankenhaus gebracht worden war, wo nicht sofort eine Diagnose getroffen wurde; am nächsten Tag wurde er geröntgt, immer noch in kollabiertem Zustand, und verstarb dabei. Er hatte infolge eines Magengeschwürs innere Blutungen erlitten.

Armer, schwieriger, tyrannischer, liebevoller Dad, dachte ich und seufzte unter Tränen. Als Paula und Rachel später vom Lord's zurückkamen, erzählte ich ihnen davon. Was sollten sie sagen? Sie begannen in Erinnerungen an ihren Vater zu schwelgen, einen zurückhaltenden Mann, der manchmal zu ihnen ins Kinderzimmer gekommen war, als sie klein waren. Sie entsannen sich seiner »verschmitzten, freundlichen Augen« und seiner Schüchternheit. Sie hatten ihn »Vater« genannt. Er war Geistlicher an einer Privatschule für Mädchen, und weil er dort angestellt war, erhielt die Familie Lincoln dort ihre Bildung, und später gingen sie in der Schweiz zur Schule. Sie hatten ihre Mutter »Mutter« genannt. Ihre Eltern seien selten ins Kinderzimmer gekommen, sagten sie, und es war ihre ältere Schwester, bei der sie Anleitung und Hilfe suchten.

»Arme Mutter«, sagten sie. »Armer Vater.«

Und sie sagten zueinander: »Kannst du dich noch erinnern?... wobei sie Wörter und Wendungen aus den zwanziger Jahren und noch früher benützten, von denen ich nur in Büchern gelesen hatte. Manche der Mädchen aus der Schule hätten Väter gehabt, die »Lumpen« waren, riefen sie. *»Rotters.* Aber Vater war prima, *tophole*, nicht?«

Als ich an jenem Abend in meinem Klappbett lag, dachte ich an

Dad, der allein in Willowglen gewesen war, und ich erinnerte mich daran, daß Tante Polly mich kritisiert hatte, weil ich »nach Übersee« gegangen war – »Du bist unverheiratet, und es ist deine Aufgabe, zu Hause zu bleiben und dich um deinen Vater zu kümmern.« Der arme Dad mit seinen Fünf-Shilling-Überweisungen und seiner stinkenden Fischertasche, die an der Hintertür hing und innen mit alten Fischschuppen bedeckt war, und seinen Hosenklammern für das Fahrrad, die auf ihrem Haken hinter der Tür hingen, und seinem Gesicht, den Tränen nahe, als er sich am Wellington-Pier von mir verabschiedet hatte.

Ein paar Tage später erhielt ich einen Brief vom Notar im Oamaru, in dem stand, daß mein Bruder und ich nun gemeinsam die Besitzer von Willowglen seien und daß ich das ganze Inventar des Hauses geerbt hätte, und ob ich nach Neuseeland zurückkommen wolle, da ich die alleinige Verwalterin des väterlichen Erbes sei? Väterliches Erbe! Es gab das Haus und sein Mobiliar, genug Geld für das Begräbnis, eine kleine Geldsumme für meine Schwester und ein Kontobuch, auf dem sechs Shilling und vier Pence eingetragen waren. Das Bargeld für das Begräbnis und die kleine Hinterlassenschaft stammten von einer Summe, die er eine Woche zuvor beim Pferdewetten gwonnen hatte; sonst wäre gar nichts dagewesen.

Ich zog Dr. Cawley zu Rate, den ich immer noch regelmäßig aufsuchte. Sollte ich nach Neuseeland zurückkehren? In einem bestürzten, wütenden Brief meines Bruders stand, daß Willowglen verschlossen gewesen sei und niemand ihn hineingelassen habe, und obwohl er nicht in Willowglen wohne, kränke ihn die Vorstellung, daß er sein altes Heim nicht betreten dürfe.

Sollte ich zurückkehren? Vielleicht hatte ich meine Entscheidung schon getroffen. Man war allgemein der Ansicht, daß es nach meinen vergangenen Erfahrungen vielleicht unklug wäre, in Neuseeland zu leben, ja daß ich aufgrund der falschen Diagnose vielleicht sogar in Gefahr wäre, denn nur wenige hatten sie angezweifelt, und jetzt, da meine Bücher veröffentlicht wurden, bezeichnete man mich ständig als »geistesgestört, wahnsinnig«, mit der Tendenz, dies mit meinem Schreiben in Verbindung zu bringen, ja es sogar als Grund und Erklärung meines Schreibens hinzustellen. Vielleicht hatte ich meine Entscheidung schon getroffen, denn mir war klar geworden, daß ich zurückkehren wollte, um in Neuseeland zu leben und zu arbeiten. Obwohl man mich nun als »Exilautorin« bezeichnete, waren die Gründe, weshalb ich Neuseeland verlassen hatte, abgesehen von dem Wunsch, »Erfahrungen zu sammeln«, nicht literarischer oder künstlerischer Natur gewesen. Mein Grund für die Rückkehr war literarischer Natur. Europa nimmt einen so großen Raum ein auf der Landkarte der Phantasie (die ja tatsächlich eine Landkarte ohne Grenzen ist), wo jeder, der einen Platz sucht, ihn auch findet; die Schichten der seit langem und seit kurzem Toten sind fruchtbarer Boden für neue Triebe und Knospen. Doch die Aussicht auf die Erforschung eines neuen Landes mit weniger Schichten von Kartographen, noch dazu des Landes, wo man erstmals das Licht des Tages und der Sonne und die Dunkelheit erblickte, war allzu verlockend, als daß man ihr hätte widerstehen können. Auch gestattet die erste Schicht der Phantasie, die von früheren Bewohnern auf dem Plan eingetragen worden ist, denen, die nachfolgen, freien Zugang oder Durchgang bis zum Knochen. In Neuseeland zu leben, würde für mich so sein, wie in einem Zeitalter der Entstehung der Mythen zu leben; mit Künstlern, deren Phantasie keine Begrenzungen kennt, weil es möglich ist, ganz von vorne anzufangen und die noch nicht ausgeformten Stellen kennenzulernen und bei ihrer Ausformung zu helfen, ein Kartograph für jene zu sein, die nachfolgen, die sich nähren werden von den Schichten der Toten dieser Generation. Ich wurde in meinem Entschluß stark von der Erinnerung an Frank Sargesons Worte beeinflußt: »Denk daran, nie wirst du ein anderes Land so gut kennen wie das, wo du deine ersten Jahre verbracht hast. Nie wirst du mit so tiefem Einblick über ein anderes Land schreiben können.«

Mein Argument war immer folgendes gewesen: »Und was ist mit den Schriftstellern, die gezwungen werden, ins politische Exil zu gehen, und die nie die Chance zurückzukehren haben oder hatten, die leben und arbeiten und der Sprache ihrer zweiten Heimat zu neuen Einsichten verhelfen? Und was ist mit denen, die noch tiefer ins Unbekannte vorstießen, weil sie ihre Sprache wechseln mußten? Conrad, Nabokov... und was ist mit James Joyce ... und Samuel Beckett ...? Natürlich sind alle Schriftsteller – alle Lebewesen – Verbannte. Das einzig Sichere am Leben ist, daß es eine Abfolge von Vertreibungen dessen ist, was immer die Lebensenergie trägt... Alle

Schriftsteller sind Verbannte, wo immer sie leben, und ihre Arbeit ist eine lebenslange Reise hin zum verlorenen Land...«

Tatsache ist, daß ich für meine Rückkehr nach Neuseeland keine Begründungen brauchte; aber die anderen wollten wissen warum, wollten Erklärungen. Ich hätte sagen können, daß ich, als ich an meinem Nähmaschinentisch saß und auf die Felder von East Suffolk hinausblickte, ein Gefühl der Falschheit, eines oberflächlichen Abschöpfens empfunden hatte... ein Gefühl vielleicht, als ob man, nachdem man einen Brief geschrieben und zugeklebt und mit der Adresse auf dem Umschlag versehen hat, feststellen müßte, daß die Briefmarke nicht hält, daß nichts da ist, mit dem man sie auf den Umschlag kleben könnte, und daß sie sich, egal wie sehr man es versucht, immer wieder löst – was für einen Zweck hatte also ein Brief, der beim Verfasser blieb, außer als Übung in Selbstbestätigung?

Was immer auch die Gründe für meine Rückkehr nach Neuseeland waren, ich wußte, ich würde versuchen, sie so edel wie möglich zu formulieren; aber ich empfand tatsächlich dieses Unbehagen in Suffolk, als mir klar wurde, daß Tausende von Kilometern entfernt eine Kohlpalme oder ein Büschel Schneegras oder ein Stück Himmel existierte, das ich nicht so sorgfältig untersucht hatte wie die Dreißig-Meter-Fliederhecke; und eine Nation von Menschen, die ich nie so gut kennengelernt hatte, wie ich während meines kurzen Aufenthalts in Suffolk – oder in Ibiza oder Andorra – die Bewohner, ihre Landschaft und ihre Geschichte kennengelernt zu haben glaubte und ihre Sprache kennenzulernen begann.

Nun, da das Schreiben meine einzige Beschäftigung war, ohne Rücksicht auf die Folgen im Hinblick auf Kritik oder Finanzen, hatte ich das Gefühl, meinen »Platz« auf einem tieferen Niveau gefunden zu haben, als es irgendeine Landschaft oder irgendein Land bieten konnte. In Neuseeland hatte Frank Sargeson mir das Leben gerettet, indem er mich darin bestärkte, daß ich mein Leben mit Schreiben verbringen könnte, obwohl ich für ihn, wie ich glaube, stets die »verrückte, vernünftige« Person war; hier in London hatte man mich im Schreiben als einer Lebensform ohne psychiatrische Vorbedingungen bestärkt. Indem ich mich nun an meinem »Platz« befand, hatte ich das Gefühl, daß ich Tag für Tag die Spiegelstadt besuchen und über Fragen nachsinnen konnte, für die nur jene Zeit haben, die in irgendeiner Form Kunst ausüben: Künstler, Mönche,

Müßiggänger, alle, die dastehen und schauen. Ich konnte wie eine erprobte Reisende in die Spiegelstadt fahren, beobachten (nicht immer bewußt), zuhören, mich erinnern und vergessen. Der einzige Friedhof in der Spiegelstadt ist der Friedhof der Erinnerungen, die wieder erstehen, in neuem Gewand durch Reflexion und Veränderung, doch unberührt in ihrer Substanz. (Eine wahrheitsgetreue Autobiographie versucht die Substanz aufzuzeichnen. Erneuerung und Veränderung sind Teil des Materials der Dichtung.)

Dr. Cawley, der mir von einer Rückkehr nach Neuseeland abgeraten, jedoch meine Entscheidung akzeptiert hatte, schärfte mir ein, daß ich leben solle, wie ich es wünschte und nicht, wie andere es wünschten, daß keine Verpflichtung bestehe, mich »unter die Leute zu mischen«, daß er mit mir darin übereinstimme, daß das Alleinleben meine ideale Lebensform sei, falls ich mich dafür entschied. Und das Schreiben.

Allerdings riet er mir, auch eine Rückfahrkarte zu kaufen.

Endlich wußte ich, daß es – was von dem jeweiligen Künstler abhängt – eine Stärke oder eine Schwäche oder beides bedeuten kann, sein Heimatland für immer zu verlassen, daß es dazu eingesetzt werden kann, den Vorrat an Material anzureichern, das in der Spiegelstadt verarbeitet wird, und daß es für einen Romanschriftsteller ein Hindernis sein kann, ein Verbannter zu sein, insbesondere wenn der Schriftsteller aus einem Land kommt, das am Anfang seiner literarischen Tradition steht. Der Schriftsteller (wenn es so etwas wie einen »Schriftsteller« überhaupt gibt) verbringt dann vielleicht ein ganzes Leben damit, in die Nebel einer fernen Kindheit zu spähen oder ein Reiseschriftsteller zu werden, der die Szene beschreibt und sie dann verläßt, wobei er die ausgerissene Vegetation in die Tasche steckt und das Meer und den Himmel ausradiert, ohne das Wehklagen einer Welt zu vernehmen, die sich selbst entrissen und in die Welt der Fiktion transponiert wurde, den Menschen entrissen, deren Haut noch in den jahrhundertealten Bäumen hängt; das deutliche Wehklagen eines Heimatlandes, das wahrheitsgetreu beschrieben und transformiert wurde.

Ich weiß, daß der Schriftsteller, wenn er nicht die Sprache des neuen Landes aufnimmt, ständig Verrat an der Sprache begeht. (Die Sprache darf den Schriftsteller verraten, aber der Schriftsteller darf nicht der Verräter sein.) Als ich nach Neuseeland zurückgekehrt war und *The Adaptable Man* schrieb, dessen Schauplatz Suffolk ist, erwähnte ein Kritiker mit Scharfblick meine ungenaue Bezugnahme auf den *Orwell River* anstatt des korrekten *River Orwell*, da ich mich der neuseeländischen Ausdrucksweise bedient hatte – der Rakaia River, der Waitaki River, der Clutha River – und nicht der englischen – River Thames, Humber, Orwell.

Wo man auch lebt, mit der zunehmenden Notwendigkeit einer »Weltsicht« kann es in gleichem Maße Vorteile und Einsichten bringen, in seinem Vaterland oder fern davon zu leben, und um welches Land es sich auch handelt, die Wahrheit zu ermitteln und auszudrücken ist immer schmerzhaft, ob es nun die Wahrheit der Fakten oder der Fiktion ist.

Ich hatte einige wenige Kapitel von *Letters to a Sculptor* geschrieben. Obgleich meine Rückreise nach Neuseeland durch einen »anonymen Spender« gesichert war, in dem ich (richtigerweise, wie ich glaube) Charles Brasch (den Dichter) vermute, war es mir lieber, von einer Institution als von einer Person Geld zu bekommen. Ich hatte genug, um meine Rückkehr und den Mietanteil der Wohnung in Kensington zu bezahlen, aber es bestand keine Aussicht, Geldmittel in Neuseeland zu erhalten. Daher suchte ich um ein Stipendium des Literaturfonds oder um das Literaturstipendium für 1964 an.

Ich buchte meine Überfahrt, eine Einzelkabine auf der *Corinthic*, die von London durch den Panamakanal nach Auckland fuhr. Ich wußte, man hatte mir geraten, nie wieder per Schiff zu reisen, aber ich hegte immer noch die Hoffnung, eine seefeste Reisende zu werden.

Wohin waren meine Londoner Jahre entschwunden? Warum war ich nie in Stratford-on-Avon gewesen? Im Land der Brontës? Im Land Hardys? Stonehenge, Tintagel Castle, Tintern Abbey? Ich hatte eine Woche im Lake District verbracht und dabei eine Nacht außerhalb von Sour Milk Force auf dem Weg nach Buttermere kampiert. Ich war den ganzen Tag in den Fells herumgestreift und hatte Orte besucht, die Wordsworth, Coleridge und Shelley bekannt gewesen waren.

Von meinem Leben in London hatte ich viel in mich aufgenommen. Ich hatte den Aufstieg und die Wirkung der Bewegung für atomare Abrüstung miterlebt, die Ostermärsche nach Aldermaston; die Suezkrise; die ungarische Revolution, die Parlamentsskandale. Ich hatte das Auftreten der die niedrigen sozialen Schichten beschreibenden Dramatiker und Maler miterlebt, der Romanschriftsteller von den Westindischen Inseln und aus dem Norden Englands, und ich hatte neue Lieblinge gefunden, die ihren Platz neben den alten einnahmen – ich hatte die Dichter der Beat-Generation von der City Lights Press gelesen, Ted Hughes, Sylvia Plath (vor kurzem gestorben); William Golding, Samuel Selvon; Iris Murdoch, Albert Camus, Sartre, Duras, Sarraute, Robbe-Grillet... Ich hatte *Letztes Jahr in Marienbad* und die neuen Filme aus Indien gesehen. Ich hatte eine Aufführung der *Drei Schwestern* in russischer Sprache besucht... In St. Pancras Hall hatte ich den Londoner Mozart Players, den Bach Players zugehört... und Kathleen Ferrier, die nun tot ist. Ich hatte einen interessanten Briefwechsel mit Bertrand Russells erster Liebe. Die Bibliothekarin aus der Wohnung in Kentish Town hatte mir gratis eine Karte für den Leseraum des British Museum besorgt. Ja, meine Zeit in London war reich an Erfahrungen – Museen, Galerien, Büchereien, Menschen; und allem zugrunde lag ein allmähliches Erstarken meiner selbst an meinem Platz durch meine Gespräche mit Dr. Cawley, als wäre er ein Maßschneider, der mir half, die Nähte meines Lebens zu verstärken, und nun legte ich mein eigenes Kleid an, um es auszuprobieren. Und in das Kleid eingewoben waren meine Erlebnisse in Ibiza und Andorra. (Ich hatte eine herzliche Ansichtskarte aus dem Pelzgeschäft in Südfrankreich erhalten, von El Vici Mario, aber die Adresse war unleserlich, und so hatte ich eine gute Ausrede, nicht zu antworten.)

Ich habe viele Leute gekannt, die ich hier nicht beschreibe; sie leben noch, und ich habe versucht, mich auf meine eigene Geschichte zu beschränken, ohne mir anzumaßen, die Geschichten anderer zu erzählen. Das Schreiben über die Toten ist eine andere Sache, denn die Toten haben uns ihre Geschichte überlassen. Es liegt jedoch eine Gefahr darin, in Distanz von der Quelle seiner Dichtung zu leben, denn man setzt Distanz so leicht mit Tod gleich, und während man über die Freiheit einer Geschichte frohlockt, ist man plötzlich mit den einschränkenden Wirkungen von Tatsachen konfrontiert, die niemals der notwendigen Transformation in der Spiegelstadt unterzogen wurden; der Schriftsteller hat angenommen, es habe die gleiche Transformation zur Folge, die sich an den rauhen, einsamen Orten der Spiegelstadt vollzieht, wenn man sicher auf dieser Welt bleibt und einen Trank aus Distanz und Tod auf ein ausgewähltes Ingrediens der Fiktion träufelt. Instant-Dichtung ist ebenso widersprüchlich wie Instant-Zukunft.

Ich verabschiedete mich von London, wo ich gelebt hatte wie in einer riesigen Familie, mit London als unserem Haus. Ich blickte voraus auf die schrecklichen Winter voller Frost, Eis und Frostbeulen. Ich sah, wie die Blätter sich färbten und fielen und gegen die schwarzen Eisengeländer in den Parks trieben. Ich sah, wie die Sonne blutrot wurde und auf dem vom Winter arg mitgenommenen Gras des Common aufsaß; ich sah die Menschen, ihr Gang von einer neuen Dringlichkeit, die nach Hause eilten – wenn sie ein Zuhause hatten, in das sie sich vor der Kälte und Dunkelheit flüchten konnten; und jene ohne Zuhause, die auf die Wärme und den Schutz der Türeingänge von menschenleeren Orten wie Banken und Versicherungsgebäuden angewiesen waren und (bevor die großen Bahnhöfe zerstört oder neugestaltet und ohne Sitze wiederaufgebaut wurden) auf die Sitze der Eisenbahn- und Busbahnhöfe und, südlich des *Strand*, am Fluß, auf den Platz unter den Bogen. Dann, nach Einbruch der Dunkelheit, das neue Leben von London, der Glanz, die Leute in Taxis und dunklen glänzenden Autos ... herumstreunende Außenseiter, die den Himmel anschrien ... die dunklen Januartage ... Frühlingsanfang ... der Juni, der staubige Juli, August, von neuem der Kreislauf. Die Jahreszeiten in der Millionenstadt wurden zu meinen Verwandten, so wie sie es in der ländlichen Gegend Neuseelands gewesen waren. Hier zeigte sich das Leben, wie es mit der menschlichen Macht zur Zerstörung und Erschaffung einhergeht; die nicht wiedergutzumachenden Irrtümer, die Teil der Struktur einer Stadt sind, egal wie sorgfältig sie geplant wurde, die Folge dieser Irrtümer, manche davon katastrophal, die Beleuchtung der Wege der Menschen, Lichtstrahlen, die nicht von der Sonne herrührten; während die Jahreszeiten, gemäßigt, beschädigt, doch wiederkehrend, weiterhin auf die Stadt blicken, auch sie in gewisser Weise zu Hause, an sich selbst gewöhnt. Die Wirkung Londons als einer riesigen Stadt ist nur eine Andeutung der Komplexität der Spiegelstadt, doch sie erfüllte mein Leben mit Gedanken und Bildern, die geblieben sind und bleiben werden, bis ich, als Jahreszeit, die unvermeidliche Veränderung akzeptiere, wenn Blätter meiner eigenen Erfahrung abwärts treiben, um Teil der fruchtbaren Erde der Spiegelstadt zu werden.

Meine Abreise aus London war traurig und seltsam. Szenen meiner Reise aus Neuseeland waren mir im Gedächtnis: mein Vater, Onkel Vere und Tante Polly, die mir aus dem Schutz der Kaischuppen in Wellington zum Abschied zuwinkten; Papierschlangen, das Zeremoniell der Wiedergabe von *Now is the Hour*, die ängstliche Besorgnis, die mich überkam, als ich sah, wie die Hügel in der Ferne verschwanden, das stärker werdende Gefühl des Abenteuers, sobald ich begriff, daß es kein Zurück gab. Ich versuchte mir vorzustellen, wie es jetzt sein würde, wenn ich London verließ. Der Kai, die Einschiffung, die Fahrt themseabwärts bis ins offene Meer ... aber wo waren die Menschen, die zum Abschied winken sollten, in einer Stadt, in der meine einzige Familie die Stadt selbst war?

Ich hatte sieben Jahre fern von Neuseeland verbracht, wobei mich die letzten paar Jahre ausschließlich das Schreiben beschäftigt und ich meine Zeit zwischen dem Schreiben, einsamen Spaziergängen und Träumen in Kinos aufgeteilt hatte. Ich hatte keine engen Freunde, die den Wunsch gehabt hätten, an einem Londoner Kai zu stehen und mir traurig zuzuwinken. Außerstande, einer einsamen Abreise ins Auge zu blicken, bat ich die Bibliothekarin, die mir eine Karte für den Leseraum besorgt hatte, mich zu »verabschieden«. Sie war einverstanden. Patience Ross, die Literaturagentin, sagte mir in der Victoria Street Lebewohl, und als der Zug bei den Docks in East London ankam, stand Millicent da, die Bibliothekarin, die ihre Mittagspause verlängert hatte, um Abschied zu nehmen. Wir tranken Tee an Bord des Schiffes. Ich bedankte mich bei ihr. Sie ging wieder zur Arbeit. Und als die Motoren angelassen und die letzten Adieus gesagt wurden und das Schiff die Themse hinunterzufahren begann, blickte ich in die ernsten, gedämpften Mienen der Passagiere um mich herum. Keine Kapelle hatte gespielt, keine Papierschlangen waren geworfen worden. Einige der Passagiere sahen aus, als segelten sie ihrem Untergang entgegen; viele waren zweifellos Auswanderer, die endgültig Abschied genommen hatten und nie mehr zurückkehren würden; aus den Gesichtern sprach eher Besorgnis als Vorfreude, die Gewißheit einer Reise, die eher von etwas weg als zu etwas hin führte.

Nachdem ich mich von meinem eigenen kurzen Selbstmitleid erholt hatte (all die Jahre in London, und dann muß ich jemanden bitten, sich von mir zu verabschieden!), betrachtete ich voll Interesse die Hafengebäude und die dunkle Feuchtigkeit der Docks, und ich dachte an meinen Vater und seine Sexton-Blake-Taschenbücher, kleinformatige Bücher auf gesprenkeltem Papier, und an die Schauplätze der Verbrechen in den Londoner Docks; und an die Figur Tinker: »Jawoll, Chef.« Ich dachte daran, wie sehr Dad eine Schilderung der Docks genossen hätte und wie dankbar er gewesen wäre – wie jemand, der die Bewegung eines Telefondrahtes spürt, obwohl keine Nachricht zu hören ist –, wenn ich ihm geschrieben hätte, wie gut ich mir vorstellen könnte, daß Tinker und Sexton Blake in den Docks irgendeine zwielichtige Figur träfen, einen Polizeispitzel, der ihnen einen »Tip« geben würde.

Und so waren es nicht die Gebäude von London, die Tate-Galerie, die neue Literatur, das aufregende Londoner Leben, an die ich dachte, als das Schiff aufs offene Meer zufuhr, es war die Mädchenzeit, in der ich mit meinem Vater gemeinsam die kitschigen, schlecht geschriebenen Detektivgeschichten mit all den für Schundromane typischen Rassenvorurteilen gelesen hatte, Tinker und Sexton Blake mit ihrem »Klar, Chef« und »Jawohl, mein Herr«, Romanfiguren trotz all ihrer literarischen Schwächen. So waren es nicht Dickens oder Lamb oder Samuel Pepys, es waren Sexton Blake und Tinker, sein treuer Diener, die mir Lebewohl sagten, während ich meinerseits zum letztenmal meinem Vater zuwinkte, der vielleicht ebenfalls im Roman Zuflucht suchte, zusammengekauert neben den Docks in Gesellschaft von Tinker und Sexton Blake aus der Baker Street.

22
Die Rückkehr

Die Seekrankheit, die anfing, sobald wir auf dem offenen Meer hin und her schwankten, erschien nicht ganz so hoffnungslos, solange ich in meiner Deckkabine blieb, in die eine frische Brise hineinwehte, oder in einem Liegestuhl im Freien. Ich saß friedlich in einem Liegestuhl und versuchte mir gerade zu überlegen, wie ich die Mahlzeiten einnehmen und so die schreckliche Schwäche vermeiden könnte, als ein junger Mann an Deck kam.

»Möchten Sie ein Stück von meiner Geburtstagstorte?« fragte er. »Meine Mutter hat sie für mich gebacken.«

»Oh, sehr gern«, sagte ich. Wir hatten London vor zwei Tagen verlassen, und ich hatte nichts gegessen außer den Keksen, die ich mitgebracht hatte.

Der junge Mann setzte sich neben mich. Er heiße Albert, sagte er, und er sei ein Kernphysiker, der nach Neuseeland reise, um dort an einer Universität eine Stelle anzunehmen, wo er sich auf Geophysik, Vulkane und Erdbeben, zu spezialisieren hoffe.

Er war ein sanfter, schüchterner, blasser junger Mann Ende Zwanzig, und immer wenn ich von jenem Tag an meinen Platz im Liegestuhl einnahm, tauchte er auf, setzte sich neben mich und unterhielt sich mit mir. Er brachte mir Essen aus dem Speisesaal, kleine Mahlzeiten auf einem Tablett, genug, daß ich überleben konnte, ohne die Krankheit dadurch zu verschlimmern, daß ich den langen Gang zum Speisesaal im Inneren des Schiffes auf mich nahm.

Ich erzählte ihm, ich sei eine Schriftstellerin, die nach sieben Jahren im Ausland wieder nach Hause zurückkehre, doch als er mich nach den Titeln meiner Bücher fragte, hinderte mich meine fast archaische Scheu vor dem Benennen daran, es ihm zu sagen. Wenn, wie oft gesagt wird, die Rolle eines Dichters das Benennen ist, dann verstehe ich meine Zurückhaltung beim Nennen von Titeln, meinen Widerwillen, die Energie im Genannten zu reduzieren oder in die Sprache abzuleiten.

Albert wurde zum Begleiter und Gefährten meiner Schiffsreise. Die Unterhaltung mit ihm war interessant. Er war voll Neugier, was das Wesen der Welt anging, und ich war eine aufmerksame Zuhörerin. Er hatte sein Leben damit verbracht, Fragen zu stellen und einige davon zu beantworten. Es ist schlimm genug, an Land allein und krank zu sein, aber das Elend verschlimmert sich an Bord eines Schiffes, wenn man weder in den Speisesaal gehen kann, um die Mahlzeiten einzunehmen, die so verlockend im Schiffsprospekt abgebildet sind, noch die Filme sehen oder an den Spielen oder Tanzveranstaltungen teilnehmen kann, sondern nur in einem Liegestuhl liegen und nicht einmal in ein Gedicht oder einen Traum reisen kann. Albert, gut informiert, brachte Neuigkeiten aus dem Leben an Bord des Schiffes und erzählte aus der Welt der Naturwissenschaften. Ich erinnerte mich daran, wie ich während meiner Zeit an der Universität beim Studium der Vorlesungsverzeichnisse die Lehrveranstaltungen der naturwissenschaftlichen Fakultät durchgesehen und das Thema »Hitze, Licht und Schall« als aufregend und geheimnisvoll empfunden hatte, und ich dachte: »Zweifellos ist dies ebenso das Terrain der Dichter, Maler und Komponisten wie der Naturwissenschaftler, und warum ist es ausschließlich einer Handvoll von Studenten vorbehalten?« Und ich erinnerte mich daran, wie ich mir, angelockt von diesem Geheimnis und diesem Zauber, Bücher über Physik auslieh und, nachdem ich sie geöffnet hatte, einer Wand von Zahlen und Symbolen gegenüberstand, die weit über die mir für meine Prüfungen abverlangte Mathematik und Chemie hinausgingen: Sätze, die ich nicht verstehen konnte, die das gleiche Gefühl der Frustration hervorriefen, das ich empfunden hatte, wenn ich versucht hatte, Vaters Dudelsackbuch zu lesen, als wäre es nichts als ein weiteres Buch – und es *war* ein Buch. Wie konnten Hitze, Licht und Schall, die doch allen gehörten, sich derart von uns entfernen? Und ich spürte, wie die Frustration angesichts der Grenzen meines Geistes meine Neugier und meine Ungeduld in dumpfe Wut verwandelte und mich kapitulieren ließ vor dem, was ich war, da ich nicht war, wie ich sein wollte, und da ich, die ich immer mit Hitze, Licht und Schall lebte, von ihren Geheimnissen ausgeschlossen war.

So war es für mich ein kostbares Geschenk, einunddreißig Tage lang die Gesellschaft eines »richtigen« Physikers zu genießen, dieses ruhigen, schüchternen Mannes, eines Mitglieds der Quäker, eines Großneffen eines berühmten Dichters, eines Pazifisten und Verfechters der atomaren Abrüstung, der in einem Atomkraftwerk gearbeitet hatte und dessen Leben im Studium von heftigen Erdbewegungen, von Ausbrüchen von Feuer und Asche bestand und der erst kürzlich einen *Sicherheitsdetonator* erfunden hatte: Wie sein Fachgebiet Hitze, Licht und Schall war er ein lebender Widerspruch.

Wenn das Schiff in einem Hafen anlegte und die Bewegung aufhörte, verschwand meine Seekrankheit, und Albert und ich gingen an Land, und ich hörte gespannt zu, während er die Formationen von Land, Wasser und Himmel beschrieb und fragte und erklärte Wie, Was, Wo. Und am Ende der Seereise hatte ich das Gefühl, daß Alberts Gegenwart an Bord des Schiffes, mochte hier Glück, Zufall oder Vorsehung gewirkt haben, mir ermöglicht hatte zu überleben.

Schließlich liefen wir in den Hauraki-Golf ein und fuhren langsam an den Buchten mit ihren unerwartet bunten Häusern vorüber, wie Reihen von Süßigkeiten (vor zehn Jahren hätte ich »Lutschbonbons« gesagt) in Rosa, Gelb, Blau, Grün, einige davon gestreift, die sich abhoben gegen das leuchtend grüne Gras (Blattgrün? Chromgrün?) und das dunklere Grün, wo es noch Buschbestand gab. Ich hatte die Zuckerwerkfarbe der Häuser vergessen und die blauen Himmelstreifen, in denen man ertrank, nicht fern, sondern ganz nah, gleich über dem Kopf, ein allen gemeinsamer Himmel.

»Ist Auckland nicht hübsch?« sagte jemand.

»Ja, nicht wahr?«

Und da war wieder das Licht von Auckland, nie vergessen, wie Berglicht in einer Stadt ohne Berge, doch weicher, voller Strömungen aus heiterem Blau und Purpur und Grau, und wenn man sich bewegte, wanderte man mühelos durch das Licht.

Als das Inspektionsschiff der Hafenbehörde eintraf, kamen auch Presseleute an Bord, und ich war überrascht, als sie mich sprechen wollten. Mir war nicht bewußt, daß während der sieben Jahre, in denen ich fort gewesen war, die Publikation mehrerer Bücher in Übersee und in Neuseeland mir eine Reputation gebracht hatte, die als *Übersee-Reputation* bekannt war und daher offensichtlich höher geschätzt wurde als die Reputation *innerhalb Neuseelands* – die Reputation ausgezeichneter Schriftsteller, die in Neuseeland lebten, wurde üblicherweise mit der Wendung *nur innerhalb Neuseelands bekannt* bedacht. (Die Zunahme von Düsenflugzeugen und die Errichtung von als *international* bekannten Flughäfen hatte zur Folge, daß die Verwendung von *Übersee* als Prestigeadjektiv abnahm und durch *international* ersetzt wurde – eine *internationale Reputation.* Auch hatte, bedingt durch meine Abwesenheit, keine sichtbare Person existiert, an die man diese Reputation hätte heften können, und mit meiner Rückkehr nach Hause ergoß sich ein Schwall von Ansichten und Spekulationen über mich. Das alles war mir nicht bewußt gewesen. Ich kam nach Hause und merkte, daß man mich wechselweise als berühmt, reich, eine Frau von Welt, geistig gesund oder geisteskrank ansah, jedenfalls unweigerlich anders als die schüchterne Unbekannte, die weggegangen war. Hatte ich denn nicht *in Übersee* gelebt und gearbeitet? Hatten meine Bücher nicht *in Übersee* Beachtung gefunden? Warum, fragte man mich, als gebe es keine möglichen Gründe, wollte ich nach Neuseeland zurückkehren?

Vielleicht waren wir ein faules Volk; auch die literarische Welt ist faul und übernimmt lieber eine gute Reputation aus Übersee, als ein eigenes Urteil in Neuseeland zu riskieren.

Das Schiff legte an. Alberts früherer Kollege im Atomkraftwerk, der versprochen hatte, ihn abzuholen, hatte seine Tochter geschickt. Ihr Vater habe Krebs und liege im Sterben, sagte sie. Ich machte mir meine Gedanken über das Atomkraftwerk und seine Sicherheit, denn auch andere Kollegen waren gestorben.

Meine Schwester, ihr Mann und ihre Kinder holten mich ab und fuhren mit mir über die neue Hafenbrücke (»Schau, da ist unsere Hafenbrücke«) nach Northcote, wo sie für mich einen kleinen Wohnwagen gemietet hatten, in dem ich wohnen konnte, bis ich nach Oamaru und Willowglen reiste. Wo die Gordons früher von Busch und hohen Kaurifichten umgeben gewohnt hatten, waren nun Häuserreihen und riesige Betonflächen, während die einst nassen, waldgesäumten Straßenseiten baumlos waren. Die Kinder der Gordons, mittlerweile Teenager – Pamela ging in die Mittelschule –, füllten das winzige Haus aus, als sie ihre Plätze einnahmen, um sich im Fernsehen *Bonanza* oder *Wagon Train* anzusehen.

Später, als ich mich auf den Weg zu Frank Sargesons Haus in der Esmonde Road machte, entdeckte ich, daß der ganze Busch bis auf einen Bestand beim Hafen in Northcote verschwunden war und daß die Landstraße nach Takapuna, wo einst Kühe, Pferde und Sumpfhühner den einsamen Spaziergänger angestarrt hatten, nun zu beiden Seiten von Northcote bis nach Takapuna von einem Häuserband gesäumt war; und das Ende von Franks Straße, einst abgeschirmt durch Mangrove, Sumpf, Meer, war verlängert, der Sumpf aufgefüllt und das Land »neugewonnen« worden, und man hatte dort eine Zufahrtsstraße zur Hafenbrücke gebaut. Plötzlich in eine Welt versetzt, in der viel von »neugewonnenem« Land, von »wünschenswertem« Landbesitz, von Grundstückspreisen und Grundstücken mit und ohne Aussicht geredet wurde, hatte ich das Gefühl, eine neue Art von Gier nach allem, was berührt, bemessen, gesehen und mit einem Preis bedacht werden kann, zu bemerken. Ich war in einer neuen Stadt, die nach außen blickte und auf einen *Ausblick* hoffte, darum betete und dafür bezahlte. Und keiner sprach davon, wem das Land vor der berühmten Neugewinnung gehört hatte.

Franks Strandhaus war fast völlig umringt von »Einheiten«, die auf mittlerweile teuren »Liegenschaften« gebaut worden waren. Ich war traurig, als ich mich vorbeugte, um die Hecke mit ihrem Geißblatt als süßem Parasiten auseinanderzubiegen, und ging den Pfad entlang, der nun mit Betonplatten ausgelegt war, wie Steine für den Übergang von einer Welt zur anderen, bis zur Hintertür mit dem leeren, umgedrehten Glas, das auf einer jener so vertrauten, auf einen grünen Zettel gekritzelten Nachricht stand. *Janet. Bin um halb vier zurück.* Mit einem Kreuz als Zeichen für einen Kuß.

Ich stieß die Tür auf. Ich kam mir ganz wie der zurückkehrende Reisende vor. Die Stapel von Manuskripten und Büchern waren noch höher geworden, und ein riesiges Bücherregal (in dem ich jenes erkannte, das einst den Tanten gehört hatte, die gestorben waren) trennte das Eckbett von der Eßtheke. Es gab einen neuen großen Holzstuhl, der wie ein Liegestuhl verwendet wurde, indem man die Lehne mit Hilfe einer Holzstange in verschiedene Schrägpositionen bringen konnte. Eine Schreibplatte, darauf ein Stapel mit Tinte geschriebener Manuskripte, stand neben einem zweiten Holzstuhl nahe der Theke. Die Reihen von Obst, Paprika, Samen lagen noch immer auf dem Fenstersims und auf der Theke. Der feuchte Kreis an der Decke aus Fichtenholzimitat war größer geworden, noch immer in der Form eines Kreises, mit aufgebogenen Rändern. Das Holz der Theke, des eingebauten Schreibtisches (dessen Oberfläche mit Büchern übersät war), der Stühle, der Kamineinfassung, der Tür, des Bettuntersatzes, der Fenstersimse und -rahmen sah älter und abgenutzter aus, als hätte sich jeder Tag quer über die Oberfläche bewegt, sich an das nun goldfarbene Holz gelehnt und es berührt, ja sogar darauf eingeschlagen.

Ich hörte das Rascheln der üppig wuchernden Vegetation, als Frank um die Ecke des Strandhauses bog. Ich spürte, daß er ebenso nervös war wie ich vor diesem Treffen nach sieben Jahren. Ich konnte ihm seine Nervosität ansehen, doch als wir einander erblickten, wußten wir beide, daß wir die waren, die wir gewesen waren, da wir füreinander nach sieben Jahren noch erkennbar waren. Die Spannung wich.

Frank kochte Tee hinter der Eßtheke und sagte hastig: »Weißt du, ich bin nicht neidisch. Ich bin nicht neidisch.«

Ich war überrascht, daß auch er auf die Wörter »Reputation in Übersee« hereingefallen war und daß er erwartet hatte, jemand anderen als die verschreckte J. F. zu sehen, die vor sieben Jahren in der Hütte gewohnt hatte.

Dann fragte er: »Hast du sie gesehen?«

»Wen gesehen?«

»Die Hütte. Ich mußte sie abreißen lassen. Sie war voller Ratten und ganz verfallen. Du brauchst sie dir nicht anzusehen, wenn du nicht willst. Ich weiß, es wird dich bedrücken.«

Ich war gerührt über Franks nie ermüdende Rücksichtnahme und schämte mich wegen meines Mangels an Gefühlen für die Hütte. Wir gingen hinunter zum verwilderten Garten (»das ist alles vorbei«, sagte er traurig) zu dem hohen, blühenden Papayabaum, dessen bereits knorriger Stamm und dessen gewundene Äste Zeugnis ablegten von Richtung, Zeit und Wetter, welche dem jungen Bäumchen, das ich zuletzt in Franks Garten gesehen hatte, ganz unbekannt gewesen waren. Wir kamen zu dem Schutthaufen, der einst die Hütte gewesen war, in der ich wohnte und schrieb, und nun war sie verborgen von Gras, Paspalum und wildem Mais. Ich konnte den verbrannten Kreis aus Erde sehen, wo ich immer meine Manuskripte vernichtet hatte, alles bis auf die jeweilig letzte Fassung. Ich empfand kein Bedauern, doch nahm ich Rücksicht auf Franks Gefühle und Erwartungen und seufzte. »Ja, es ist traurig«, sagte ich, und in diesem Augenblick empfand ich Trauer, doch ich wußte, obwohl ich die Hütte verloren hatte, als ich aus Takapuna wegging, hatte ich die Erinnerung an die dort verbrachte Zeit in mir aufbewahrt, auch wissend, daß es eine der schönsten Zeiten meines Lebens war: daß das Konkrete jetzt verschwand, bedeutete nichts.

Dann zeigte mir Frank das Zimmer, das er für Harry gebaut hatte und dessen separater Eingang ein Weinspalier bildete, an dem die weißen Trauben bereits in Mengen hingen.

»Koste sie«, sagte er und zog an einem vollen Stengel. »Ich gebe sie dem Zeitungsjungen.«

Sie waren klein, hart und bitter.

Dann kochte Frank ein Essen, während er mir von unseren Freunden, Bekannten und Besuchern berichtete.

»Und Karl und Kay Stead?«

Er berichtete von ihnen.

»Maurice und Barbara Duggan?«

»Jess und Ernest Whitworth? Jack? Harry? Reece Cole und Christine? Tony Stones? Kevin Ireland? Ian Hamilton? Werner und Greville? Odo Strewe? Diese kleine dunkle Frau, du weißt schon, sie ist nur einmal hier gewesen, und du hast gesagt, wenn du je hättest heiraten wollen, dann hättest du sie geheiratet?«

»Mrs. Ansell?«

Er berichtete Neuigkeiten über sie. Er wußte Neues über jeden zu erzählen. Bob Lowry, Glover, Curnow, Shadbolt, Nigel Cook, Jimmy, Clarrie, Ted Middleton, Dennis McEldowney ... sie alle. Frank Haig?... und so weiter und so fort. »Und Charles Brasch?«

Er berichtete alle Neuigkeiten, von auswärts und aus Auckland, wobei die Neuigkeiten von auswärts etwas vage geworden waren, besonders wenn sie von jenseits der Cook Street kamen. Er erzählte auch über die neuen Schriftsteller, über viele von ihnen. »Du magst vielleicht eine internationale Reputation haben«, sagte er, »aber weißt du was, Janet, du und ich, wir sind *passé*.«

Ich dachte, daß er damit vielleicht recht hatte.

In meiner Erinnerung halte ich dieses Bündel von Seiten mit der Aufschrift *Die Rückkehr* in der Hand; einige Seiten sind verblaßt, auf anderen ist der Druck noch deutlich sichtbar. Als Frank fragte, wo ich wohnen würde, und meinte, es gebe immer ein Bett für mich in der Esmonde Road vierzehn, erzählte ich ihm von meiner Bewerbung um das Literaturstipendium für 1964. Ich würde nach Willowglen zurückkehren, sagte ich, um die Angelegenheiten dort in

Ordnung zu bringen, dann würde ich mir ein Zimmer in Auckland oder North Shore suchen, um dort zu wohnen und zu schreiben. In der Zwischenzeit könnte ich den drei Meter langen Wohnwagen bei meiner Schwester in Northcote benützen.

Der Besuch in Willowglen drängte. Mein Bruder hatte geschrieben, es sei mehrmals ins Haus eingebrochen worden: Die beiden neuen Decken seien gestohlen worden, sagte er. Auch andere Sachen fehlten. Ich spürte die Heftigkeit des Gefühls hinter der Erwähnung der Haushaltsartikel und merkte mit dem Staunen des Wiedererkennens, daß ich immer noch meinen Passierschein für die Spiegelstadt besaß, daß sie mein wahres Zuhause war, egal wie klein mein Talent und wie unbeholfen meine Sätze auch sein mochten; Tag und Nacht war ich in Kontakt mit dem, was unveränderlich das Menschliche ausmachte, das die wahre Grundlage der Dichtung ist, nämlich die großen Ereignisse von jedermanns Leben und Tod – Rückkehr, Verlust, Gewinn und nun, da ich in mein altes Zuhause zurückkehren würde, die lange Verfolgung durch die Toten und die Flucht vor ihnen und ihrem Hab und Gut. Die Nachricht, daß die Kaiapoi-Decken, weiche weiße Wolldecken, nie gekannt, doch nun wertvoll, fort oder gestohlen waren, barg den Ruf in sich, die Toten zurückzuholen.

Am nächsten Tag reservierte ich meinen Platz im Nachtzug nach Wellington und im Expreß über die Canterbury-Ebene und den Lachsfluß nach Oamaru.

23
Willowglen

Nach meiner Ankunft in Oamaru fuhr ich sogleich zum Auto-Campingplatz, wo ich übernachten wollte. In der Molkerei kaufte ich Lebensmittel, und ich starrte den Besitzer der Molkerei, Mr. Grant, neugierig an, der als nächster Verwandter genannt worden war, als mein Vater vor dem Geschäft zusammenbrach. Ich blickte prüfend auf die Waren, die ich gekauft hatte, als wären sie und Mr. Grant nun im Besitz eines Todes, den mitzuerleben ich zu spät gekommen war.

Als ich zu meinem Häuschen zurückging, sah ich einen jungen Mann, der sich im Gebüsch versteckt hatte und mich von dort aus beobachtete. Er kam auf mich zu. Er sei ein Reporter, sagte er, von der Lokalzeitung, und er hoffe, ich würde ihm als erstem die Chance geben, mit mir zu sprechen, da auch die Regionalzeitung nach mir auf der Suche sei. Auch ihm war die Sache mit der »Übersee-Reputation« zu Ohren gekommen, weshalb er sich ein unrealistisches Bild von mir gemacht hatte. Er war ausgeschickt worden, um die neuseeländische Autorin zu finden, die nun mit »Übersee« wie mit Juwelen geschmückt war, um sie anzustarren und Anteil an ihren Juwelen zu nehmen; und ich, in meinem glitzernden Straßschmuck, geriet in Verlegenheit. Obwohl der Reporter bald entdeckte, daß ich nicht die erwarteten Reichtümer barg, freute er sich, mit seiner Geschichte *Autorin aus Oamaru kehrt zurück* der erste zu sein. Wir spazierten im Park umher, wo er mich im japanischen Garten sitzend fotografierte, und ich dachte daran, wie wir als Kinder mit unseren von Tante Polly genähten, puffärmeligen leichten Sommerkleidern in der Nähe derselben Brücke »geknipst« worden waren.

An jenem Tag holte ich auch den Schlüssel für Willowglen beim Notar, der fragte, was ich mit Willowglen zu tun beabsichtige. Mein Bruder werde demnächst heiraten und brauche ein Heim, sagte er. Das Haus sei nicht viel wert, er sei sicher, niemand würde es kaufen, und so bestehe wenig Aussicht auf eine Teilung des Geldes durch einen Verkauf. Er riet mir, meinen Anteil an meinen Bruder zu verkaufen und ihn nicht herzuschenken, wie ich vorgeschlagen hatte. Mein Vater habe gewollt, daß er mir gehöre, sagte er. Aber ich hatte mich bereits anders entschieden, denn ich wußte, mein Bruder hatte wenig Geld, und ich wußte auch, daß er in seinem Leben nicht so viel Glück gehabt hatte wie ich.

Zuerst jedoch mußte ich Willowglen in seinem Frühling besuchen. Oamaru, wie eh und je das Königreich am Meer, war mittlerweile zur Stadt erklärt worden, da seine Einwohnerzahl bei zehntausend lag, aber es war das Meer, das immer noch lautstark nach Gehör verlangte und die Stadt zu einer Muschel werden ließ, die in jedermanns Ohr rauschte. Die Einsamkeit meiner Rückkehr ins verlassene Willowglen wurde gemildert durch das Grün der belaubten

Bäume und den Anblick der einst schlanken Kiefern »unten im Wiesengrund«, der mich zunächst überraschte, da sie nun ein dunkler Wald waren, fast so furchterregend wie das »zweite Wäldchen« auf dem Hügel der Eden Street, und durch das ferne Tosen der Brandung, die an die Wellenbrecher am Ufer schlug. Der Fahrweg in Willowglen war überwuchert von Bandgras und übersät mit rostigen Teilen alter Autos, alter Öfen und Überresten eines Karrens. Der Schuppen, in dem nach dem Umzug aus der Eden Street die Bilder und die schwereren Möbelstücke gelagert hatten, war eingestürzt, das Dach verschwunden, schief ragten noch ein paar Bilderrahmen und Tischbeine aus den Trümmern. Der Kuhstall, der Hühnerstall, der von Schierling überwachsene Schweinestall, der Apfelschuppen, sie alle fielen schon auseinander, Bretter hingen lose herab, baumelten hin und her, als wären die Monate und Jahre mit zerstörerischer Gewalt vorübergegangen und hätten sie auseinandergerissen wie nutzlose Glieder. Eine wilde schwarze Katze, vielleicht eine aus Siggys Sippe, lauerte in der Weißdornhecke. Siggy war vor kurzem im Alter von achtzehn Jahren gestorben.

Ich ging den Weg hinauf, unter dem alten »Geisterbaum« hindurch, jener riesigen Kiefer mit den hängenden dunklen Ästen. Ich betrat die an den Hügel angebaute Veranda, ging zwischen den zermatschten Birnen des Vorjahres herum und sah sogar noch ein paar zwischen den Birnenblüten hängen, ausgedörrt und zusammengeschrumpft, sich noch immer an den Baum klammernd, da niemand mehr da war, um sie zu pflücken. Der alte eiserne Schuhleisten war noch da, gleich neben der Hintertür; Dads Fischertasche, so wie ich sie mir in Kensington in Erinnerung gerufen hatte, nach Fisch stinkend und von innen von getrockneten alten Fischschuppen verkrustet; und da waren seine hohen Gummistiefel, mit denen er in den Schotterbetten des Waitaki, des Rakaia und des Rangitata herumgewatet war. Ich öffnete die Hintertür und ging hinein. Ich hatte nicht erwartet, daß alles so sein würde, wie ich es vorfand, doch wie sonst hätte es sein sollen? Der Pyjama meines Vaters hing über einem Sessel. Seine lange beige Mosgiel-Unterhose mit einem bräunlichen Fleck am Zwickel lag auf dem Fußboden; sogar seine letzte Tasse Tee stand da auf ihrer Untertasse, mit einem kleinen Rest Tee auf dem Boden, der einen braunen Rand auf dem Porzellan hinterlassen hatte. Die neueste Zeitung – zweieinhalb Monate alt –, so gefaltet, daß das mit dem danebenliegenden Tintenbleistiftstummel halb gelöste Kreuzworträtsel sichtbar war, lag neben der Teetasse. Im Küchenherd war Asche, und die Aschenlade war halb herausgezogen zum Entleeren, während darüber, auf dem Messinggestell, ein ordentlich zusammengelegter Pyjama für die Nacht bereitlag.

Das alte Sofa, auf das die Katze Tittups gepißt hatte, worauf wir versuchten, den Geruch mit unserem Weihnachtsnelkenparfum zu vertreiben, und auf dem die Direktorin von Waitaki an dem Tag gesessen hatte, als sie kam, um ihr Beileid über das Ertrinken meiner Schwester Isabel auszudrücken, nahm immer noch die ganze Wand gegenüber dem seinen Schatten werfenden Hügel hinter der angebauten Hütte ein, dessen Abhang dicht mit Bandgras, Immergrün und kleinen Hutbaumpflanzen bewachsen war, die in ihrem Lehmbett unter dem Mutterbaum Schutz suchten.

Die Vorhänge in der Küche waren neu, mit einem grellen Muster aus Teetöpfen und Tassen und Untertassen, wie es Mutter nie ausgesucht hätte. Ich zog die Vorhänge neben »Dads Platz« zur Seite und blickte hinaus auf den Weg und auf die Zypresse und das alte Plumpsklo, dessen Kloröschen sich in einer Masse weißer Knospen über das Wellblechdach ergossen.

Ich ging ins mittlere Zimmer, wo ich schlafen wollte. Bücher, Wäsche lagen überall herum. Die beiden vorderen Zimmer waren ebenfalls mit Büchern, Zeitungen und alten Kleidern übersät, wobei das Zimmer, das früher unseren Eltern gehört hatte, etwas ordentlicher aussah. Auf dem Bett lagen Bettwäsche und die rosa Daunendecke, vor Jahren bei Calder Mackay auf Raten gekauft, und vor dem nicht benützten Kamin stand ein seltsamer, wie ein Kupferrohr aussehender elektrischer Heizkörper. Ich öffnete die Haustür und blickte hinaus auf den grasbewachsenen Abhang, hinüber zum alten Obstgarten, zum Bach und dem Teil des »Wiesengrundes«, wohin mein Bruder ein altes Haus transportiert hatte und wo, wie mir gesagt worden war, Onkel Charlie, Dads jüngster Bruder, gelegentlich wohnte. Ich stand auf der Türschwelle. Gras wuchs auf der Türstufe. Mir fiel ein, wie die Kuh zum Haustor gekommen war und hineingeschaut hatte. Eine Eule im hohen Makrokarpabaum neben der alten Waschküche flatterte, aufgestört durch die Anwesenheit eines Menschen, von ihrem Schlafplatz auf die dahinterliegende Weide.

Meine Heimkehr war so traurig und öde, wie ich es mir vorgestellt hatte; dennoch genoß ich ihre Bedeutung für den Gesandten aus der Spiegelstadt, jenes beobachtende Ich, das bereits wartete, um mich in mein fiktionales Heim zu geleiten. Oftmals in meinem Leben habe ich diese Geschenke der Dichtung erhalten und sie genossen. Von meinem jetzigen Heim in der Spiegelstadt aus kann ich nur weiterhin versuchen, diese Geschenke in eine Sprache zu verpacken, die das Ohr und das Herz zufriedenstellt und den Anforderungen der Wahrheit genügt. (Es sind die Ereignisse des Lebens, die nicht leicht als Legenden und Teil der Mythen erkennbar sind, welche der Prüfstein sind für den Wert lebenslangen Wohnens in der Spiegelstadt; und es ist die Entdeckung der neuen Legenden und Mythen, die die Stadt kontinuierlich aufbaut und erneuert.)

Während ich das Haus erkundete, wurde mir klar, daß ich praktische Angelegenheiten wie das Einschalten des elektrischen Stroms, das Aufdrehen des Wassers und das Wiederinstallieren eines Telefons ganz vergessen – oder nie darüber Bescheid gewußt – hatte, und die Herrlichkeit meiner »Übersee-Reputation« schrumpfte augenblicklich zusammen, als ich später dann eine Wasserrechnung erhielt und von der Elektrizitätsgesellschaft über meine Zahlungsfähigkeit befragt wurde. Inmitten des offensichtlichen Wohlwollens, das mir bei meiner Rückkehr nach Hause entgegengebracht wurde, hatte ich vergessen, daß die Welt immer noch ein unbarmherziger Ort ist, daß Oamaru darin keine Ausnahme bildete und daß bei allem Überfluß Oamarus im Geben und Nehmen von Wasser – das Reservoir, das Meer, die Bäder, die geliebten Bäche und Teiche, selbst die Stromschnelle neben dem Postamt, die wir das »herabstürzende Meer« nannten – alles und jeder bezahlt werden mußte.

Ich machte ein Feuer unten auf dem Wiesengrund, um den im Haus gesammelten Abfall zu verbrennen – alte Zeitungen, jahrealte Rechnungen. Ich las alles, bevor ich es verbrannte oder aufhob. Ich verbrannte Familienbriefe. Ich hob Dokumente auf, von denen ich glaubte, daß meine Geschwister oder ich selbst sie brauchen würden, und einige, die wir vielleicht als Andenken betrachten würden – Isabels Urkunden für sportliche und schulische Leistungen, die Rechnung für ihr Begräbnis, andere Rechnungen, an denen die Qual, mit der sie entgegengenommen worden waren, noch so lebendig haftete, daß ich mir sagte, ich weiß noch, wann diese Rechnung kam und daß Mum weinte und sich fragte, wie wir sie je bezahlen sollten, aber jetzt ist alles bezahlt und erledigt; wie konnte ein Blatt Papier soviel Qual verursachen? Ich fand das Büchlein der Star-Bowkett-Wohnbaugesellschaft, in dem sorgfältig die Rückzahlungen der Hypothek, mit der Willowglen gekauft wurde, eingetragen waren, und ich vernahm von neuem die Besorgnis in Mums oder Dads Stimme – »Wo ist das Star-Bowkett-Büchlein? Haben wir die Star-Bowkett-Rate in diesem Monat bezahlt? Wenn wir die Star-Bowkett-Rate einzahlen...« Da waren auch die Rechnungen von Calder Mackay, alles bezahlt. Und die Rechnungen der ansässigen Geschäfte – MacDiarmids, Bulleids, das Polytechnic, Hodges, Kerrs, Jeffrey and Smith, Adams ... all die Händler, die, ohne es zu wissen, in unserem Haus wohnten, unsere Gespräche beherrschten und die Stimmung der Familie bestimmten.

Ich fand ein Päckchen Briefe in einer unbekannten Handschrift und begann zu lesen. Die Briefe waren von Dads Freundin, die in einer anderen Stadt lebte. Erst vor kurzem hatte ich von ihr erfahren, durch meine Schwester, die erzählte, daß sie zu heiraten beabsichtigten. Die neuen Vorhänge und Kissenbezüge waren von ihr gekauft worden. Sie und Dad hatten einander angenehm die Zeit vertrieben, denn offensichtlich war sie oft in Willowglen gewesen und hatte verschiedene Hausarbeiten erledigt, und sie hatten sich bei ein paar Drinks amüsiert, wie die zahlreichen leeren Flaschen verrieten. Ihre Briefe ließen ihre Sorge um das Haus und seine Einrichtung erkennen. Sie schrieb auch über die Geschenke, die mein Vater ihr gegeben hatte und von denen sie einige in ihren Briefen erbat.

Während ich las, merkte ich, wie ich allmählich in die Rolle meiner Mutter verfiel und schockiert war über das Wissen, daß »Curly«, der »nie einen Tropfen anrührte«, *leere Schnapsflaschen* im Haus hinterlassen hatte, daß die Liebe, die ihn all die Jahre so fest gebunden hatte, für dieses »billige« Verhältnis mit jemandem, der offensichtlich einen »Goldesel« suchte, weggeworfen worden war. Ich wurde zur empörten Tochter – wie konnte unser Vater es wagen, uns wegen dieser Frau zu verlassen? Wie konnte sie es wagen, unsere Mutter zu verdrängen! Und warum hatte Dad es mir nie gesagt? Nicht ein Wort in all seinen Briefen mit ihren exakten Zeitangaben, Daten, mit ihren Details über Kosten, Reisen und die

Regierungslage. Plötzlich fühlte ich mich einsam, eine Außenseiterin in meiner Familie.

Dann, als der letzte Brief aufloderte und zu Asche wurde, sah ich meinen Vater, wie er gewesen war – verwitwet, allein lebend, noch immer geplagt von Anfällen einer nicht diagnostizierten Krankheit; noch immer schluckte er seine »Kreide«, um seine Magenschmerzen zu lindern, unterwarf sich der körperlichen Anstrengung, jeden Tag mit dem Fahrrad jene windige, dem Meer ausgesetzte Straße vorbei an der Knabenmittelschule hinauszufahren, um den Heizkessel im Heim der Presbyterianer zu bedienen, und kam müde in ein finsteres kaltes Haus zurück, das nur zweimal am Tag dem Schatten des Hügels entkam, am frühen Morgen, wenn die Sonne kurz auf die Türstufe trat und einen Blick durch das Fenster des seitlich gelegenen Schlafzimmers warf, und später, wenn sie eine Hand über das vordere Fenstersims gleiten ließ, sie dann zurückzog und hinter den Bäumen verschwand. Der Frost in diesem ganztägigen Schatten war erbarmungslos wie immer; und selbst die herrliche Meerschaumwelle der Birnenblüten neben der Hintertür konnte die schreckliche Kälte nicht aufwiegen, die den ganzen Winter im Inneren des zugigen, dünnwandigen Hauses und ringsherum herrschte.

Ich richtete das mittlere Schlafzimmer für mich her. Ich hob die Matratze vom Fußboden auf und entdeckte ein gähnendes Loch im Stoffbezug und, hineingekuschelt ins Polstermaterial, ein Nest mit kahlen rosa Babyratten. Ich weiß nicht mehr, wie ich sie los wurde.

Ich wusch das verfügbare Bettzeug und hängte es zum Trocknen auf die Drahtwäscheleine, die von der Kuppe des Hügels bis zum Apfelschuppen im Wiesengrund reichte. Mit dem alten Manuka-Stützpfahl schob ich die Leine höher und hörte das vertraute quietsch-quietsch, als die gespannte Leine am Baum zog, an dem sie befestigt war, der alten Eiche neben dem Apfelschuppen, dort, wo Mutter sich immer ausruhte, bevor sie den steilen Weg zum Haus »in Angriff nahm«. Wieder sah ich im Geiste die gekrümmte Gestalt meines Vaters, den Zuckersack mit Eisenbahnkohle auf dem Rükken, die Knie gebeugt, um die Anstrengung zu mildern, während auch er sich den Abhang hinaufmühte, der mit jedem Jahr steiler wurde.

Und nachdem das Haus aufgeräumt und die Bettwäsche getrocknet war, schlief ich in jener Nacht im mittleren Zimmer. Ich wurde vom Wind in den vielen Bäumen aufgeweckt, von der Stille, von der Scheinwerfergrelle des Mitternachtsexpresses, als er hinter den Parkanlagen um die Ecke bog und auf den Bahnübergang zufuhr. Die Bäume seufzten und schwankten im aufkommenden Wind; die Rufe der Schwalme und der kleinen »deutschen« Eule ertönten vom Makrokarpabaum her. Und am Morgen wurde ich vom glucksenden, gurgelnden Singen der Elstern geweckt.

Ich beschloß, nicht in Willowglen zu bleiben. Ich würde am Vormittag in die Stadt gehen und meine Rückfahrt nach Auckland buchen, und wenn ich jene Besitztümer ausgesucht hatte, die mir als »Andenken« für Familienmitglieder geeignet erschienen, würde ich Oamaru verlassen.

Obgleich der zurückverfolgte Weg faktisch wie fiktional ein Klischee ist, bin ich nicht darüber erhaben, mich meiner Erinnerung hinzugeben. Es war ein Vergnügen, die Chelmer Street entlang in die Stadt zu gehen und mich dabei an vergangene, keineswegs glücklichere Zeiten zu erinnern. Auch die Chelmer Street, deren ansteigende Straßenseite nach Norden wies, lebte im ständigen Schatten auf der Nordseite, und nur gelegentlich berührten die Strahlen der Nachmittagssonne die zur Straße hin gelegenen Vorgärten. Die Straße war so eindeutig geteilt, was ihren Anteil an Sonne und Schatten betraf, als ob sie einen Schlaganfall erlitten hätte und einseitig gelähmt blieb, wobei der Schatten und die Kälte die Urheber der Lähmung waren.

Am Ende der Straße ging ich am städtischen Schwimmbad vorüber und empfand wieder das Gefühl der alten Herrlichkeit, »im Schwimmbad zu sein«, das in dem Dunkelrot der Stuhlreihen und ihrer dünnen, unbequemen Latten eingeschlossen war, und dann erinnerte ich mich an die bewußte Loslösung, an die völlige Tilgung des Schwimmbades aus meinem Leben, nachdem meine Schwester Myrtle dort ertrunken war, und wie ich diese Stätte danach als fremden, verhaßten Ort betrachtet hatte, als wäre sie ein freundlicher Nachbar gewesen, der nun als Feind dasaß, nicht bestraft für sein Verbrechen. Als ich mich so an die Abfolge meiner Gefühle dem Schwimmbad gegenüber erinnerte, empfand ich nur die Traurigkeit der dunkelroten Farbe der Stühle, jenes Eisendach-, Eisenbahnschuppen-, Eisenbahnwaggon-, Bahnhofsrots, das mein ganzes Leben hindurch als Teil meines Kindheitsregenbogens fortleuchtete.

Ich ging durch den Takaro-Park, wo der Zirkus sein Zelt aufzuschlagen pflegte und der armselige, aus einer Reihe von Käfigen bestehende Zoo unter einer eigenen Zeltwand stand; und da war das alte Gebäude, das wir die Mittelschule nannten, in dem technische Fächer gelehrt wurden und das tagsüber immer leer zu sein schien. Ich erinnerte mich, wie ich daran vorbeigegangen war und einen Schauer der Neugier und Fremdheit ob seiner Leere und braunen Farbe und hohen Fenster empfunden hatte, deren Schnüre während des Tages unberührt herunterhingen; es war eine neutrale Art von Schule, sie besaß Fairneß, ein Niemandsland zwischen den heftigen Rivalitäten der Nord- und der Südschule. Ich ging am Oamaru-Fluß vorüber und an dem kleinen Steinhäuschen, das für mich noch immer das »Leichenschauhaus« war; und an der grünen Stromschnelle, die mich an ein *Wehr* erinnerte, an Maggie Tulliver und an *Die Mühle am Fluß*.

Und als ich im Postamt in der Schlange stand, sprachen Leute mich an und hießen mich zu Hause in Oamaru willkommen; manche kannte ich, andere waren Fremde, die mein Foto in der Zeitung gesehen hatten. Eine Frau sagte, sie sei zur selben Zeit wie ich in Waitaki zur Schule gegangen. Ich starrte sie an. »Ach ja«, und die ehemaligen strengen Klassifikationen fielen mir ein – gut in Mathematik; langweilig; nicht sehr gut im Turnen. Lebt auf dem Lande, auf einer Schaffarm mit einem ausgefallenen Namen. Die Lehrer sprechen mit Hochachtung von der Schaffarm. Wir alle drehen die Köpfe, neiderfüllt.

Wir unterhielten uns eine Weile. Sie erzählte mir Neuigkeiten von ehemaligen Mitschülerinnen. »Oh? Das ist aber interessant, das habe ich nicht gewußt. Ja. Oh.«

Ich ging am kleinen Telegrafenamt neben der Post vorüber, und da war das Sozialversicherungsamt, und ich erinnerte mich an meinen Widerwillen und meine Scham, wenn ich mich hineinschlich, um meine ärztliche Bestätigung mit ihrem verräterischen Wort *Schizophrenie* vorzulegen und bei meinen kurzen Aufenthalten in Oamaru mein Krankengeld zu bekommen. Ich erinnerte mich daran, wie ich dieses Amt immer mit dem Gefühl verließ, daß der Tag jegliche Freude eingebüßt hatte, weil ich wußte, daß ich eine komische, merkwürdige Person war, und ich wollte mich für immer verstecken. Ich fühlte mich schmutzig, meine Kleidung fühlte sich an wie die Kleidung einer Psychiatriepatientin, und meine Schuhe wirkten plump.

Ich gestattete mir den Luxus, diesen Gefühlen nachzuspüren und zu wissen, daß *diesmal* alles anders war. Ich brauchte nicht auf das Sozialversicherungsamt zu gehen, wo der Mann hinter dem Sprechgitter mich genau in Augenschein nahm, um festzustellen, ob man mir meine Schizophrenie ansah.

Durch den Stadtpark mit seinen Plakaten des *Oamaru-Verschönerungsvereins* ging ich nach Willowglen zurück. Ich ging am Farnhaus vorüber und sah die Farne mit ihrem Haar an die milchigen Fensterscheiben gelehnt stehen, und ich dachte daran, wie wir als Kinder ins Farnhaus gingen, nur um der Nässe und des Grüns und des Geruchs willen, als ob man in der Erde wäre und die Welt darüber und rundherum. Ich verließ den Park, ging am Liebesgäßchen vorüber, die versteckte Wegstrecke mit ihren von Bäumen eingehegten Pfaden, vorüber am Kinderspielplatz mit seinen Wippen und seinem Karussell, auf denen mir so übel wurde, daß ich mich von ihnen fernhalten mußte. Und da lagen der Paddelteich und der trübe Weiher, in dem die Enten und die Schwäne wohnten, der große weiße Schwan mit dem orangen Schnabel und den wilden, tiefliegenden Augen, und ich erinnerte mich daran, wie ich immer an die Sieben Brüder dachte, die in Schwäne verwandelt wurden, aber für den Jüngsten reichte der Zauber nicht, und so hatte er nur einen Flügel und konnte nicht fliegen. Und ich hatte immer gedacht, daß Zauber einfach Zauber war, ohne Einschränkung.

Später an jenem Tag suchte ich nach Andenken. Ich saß zwischen den verstreuten Büchern, Büchern der Familie, Geschichtsbüchern, die mein Bruder gekauft hatte, der immer an Geschichte interessiert war, Bücher unbekannter Herkunft, Buchpreise aus Waitaki. Ich entschied mich für die Schulpreise meiner Schwester Isabel, für Weihnachtsbücher, Bücher über London, meinen *David Copperfield* aus der Zeit an der Pädagogischen Hochschule, meine Schulpreise und Isabels Sammlung einheimischer Pflanzen. Für June und ihre Familie wählte ich Dads Buch mit Angelfliegen, die glänzende Angelrute mit ihrem Behälter, die er bei einem Wettangeln gewonnen und nie verwendet hatte, weil er lieber seine eigenen machte; verschiedene Bücher; Geschirr, Tischdecken und die alte Küchenuhr mit den Drachen um das Glas auf dem Zifferblatt. Ich selbst nahm mir zwei alte Decken, die Daunendecke, Dads Bilder (wobei ich meinem Bruder einige überließ), Tante Pollys und Tante Isys Bilder, die Melodiepfeife des Dudelsacks, die Bettdecke, die Dad aus der Sammlung von Blazermaterial aus ganz Neuseeland genäht hatte, das von Tante Isy in der Ross-and-Glendenning-Tuchfabrik verwendet worden war. Mehr hatte in meinem Gepäck nicht Platz. Ich hatte keine eigene Wohnung. Mein Bruder würde den Rest der »Familienschätze« gut gebrauchen können.

Als ich so dasaß und die armseligen Überreste des Lebens einer Familie auswählte und verwarf, hatte ich noch immer ein Gefühl für ihren Wert, ihre Notwendigkeit für mich, das Bedürfnis anderer, sie als Andenken zu behalten. In jedem Gegenstand lebte seine Vergangenheit. Ich wollte alle in die Arme schließen, selbst die Bücher; und als ich sie schließlich eingepackt hatte, blickte ich bedauernd auf die Sachen, die zurückzulassen ich mich gezwungen sah: die lange Bank aus Kaurifichtenholz, auf der wir beim Essen immer saßen und worauf schon mein Vater und seine Brüder gesessen und sie, wie wir, umgedreht und als Kanu verwendet hatten. Der Eßzimmertisch war in der Eden Street bei besonderen Anlässen benützt worden, aber in Willowglen paßte er nur in die kleine Küche: es war der Weihnachts- und Neujahrstisch gewesen, der Tisch für die sonntäglichen Bibellesungen, der Besuchertisch; Dads lederne Arbeitstasche, die er wie viele andere selbst genäht hatte, während wir fasziniert dabei zusahen, wie er das Rohleder bearbeitete, die Tasche in Form schnitt, sie beizte und schließlich zusammennähte, indem er den Faden vorher durch einen Klumpen Bienenwachs zog. Ich steckte ein paar seiner Lachsköder und Senkgewichte ein, nur weil wir ebenfalls bei ihrer Fertigung anwesend gewesen waren und (mucksmäuschenstill) zugesehen hatten, wie Dad sich über den Herd gebeugt hatte, mit den Senkgewichten in ihrer kleinen Pfanne und dem gefürchteten Epsom-Salz.

Ich blickte mich ein letztes Mal im Haus um und öffnete die Nähmaschinenlade, wo die Gewehrkugeln immer aufbewahrt wurden, und da lagen sie, zwei oder drei, glänzend, mit einer Spitze am Ende wie bronzefarbene Raketen. »Rührt ja nicht die Kugeln an«, sagten unsere Eltern immer. Neugierig, wie wir waren, berührten wir sie oft, spielten Schule mit ihnen und stellten sie auf dem braungesprenkelten, lackierten Nähmaschinentisch in Reih und Glied auf.

Und so nahm ich mit meinem Bündel von Schätzen aus Willowglen den Zug und die Fähre nach Auckland.

24
Nur dem Gesandten zuliebe

Schätze, von denen man träumt und die man dort sieht, wo sie daheim sind, sehen anders aus, wenn sie heimatlos sind. Ich traf bei den Gordons in Northcote mit einem Haufen offensichtlichen Mülls ein – einem Bündel ausgefranster Wäsche, einer alten zerbrochenen Küchenuhr, einer angeschlagenen elfenbeinernen Melodiepfeife ohne Mundstück, einem fleckigen Angelfliegenbuch, das eindeutig an keinem anderen Ort sein wollte als in der Hand meines Vaters oder in seiner Fischertasche, wie eine Brieftasche ins Außenfach gesteckt; einer goldfarbenen Schüssel aus Kristallglas, in der Mutter immer das Weihnachts- und Neujahrsgelee zubereitete und die wir dann gegen das Licht hielten, um hindurchzuschauen und das Gold zu sehen; einem kleinen dunklen Schuh aus blauem Porzellan, der zu Hause auf dem Kaminsims gestanden hatte und eine Auswahl an Nadeln, Knöpfen und Klammern enthielt. Der einzige Gegenstand von einigem Wert war die nie verwendete Angelrute in ihrem neuen, lackierten Behälter – und der rote Heizlüfter. Im hübschen neuen Haus der Gordons (»von einem Architekten entworfen«) mit seiner »Verschalung aus Zedernholz«, der »freitragenden Terrasse« und dem »Blick auf Rangitata« sahen die Schätze armselig aus. Bis auf die Schüssel aus Kristallglas, den Porzellanschuh und den Heizlüfter (den ich Frank Sargeson schenkte, zusammen mit der Bettdecke aus Blazerstoff) wurden sie in den Keller neben der Garage geworfen, wo ich während meines Aufenthalts in Übersee einen meiner Koffer mit persönlichen Habseligkeiten aufbewahrt hatte. Beim Öffnen des verschimmelten Koffers nach meiner Rückkehr hatte ich gespürt, wie sich die Gerüche vergangenen Elends aus den dunkelblauen und dunkelgrünen Überresten von Röcken und Jacken erhoben, aus dem Sommerkleid aus Everglaze (wiederum dunkelblau, mit einem Muster explodierender Sterne), den mit Schreibmaschine geschriebenen alten Gedichten und Erzählungen, hineingezwängt in einen Abgrund vergangener Tage.

Die Küchenuhr mit den Drachen auf dem Glas, die alten Kissenbezüge lagen heimatlos zwischen dem alten Kram, bis ein paar einen Platz im Spielhaus meiner Nichte Pamela fanden, wo sie wieder zum Leben erwachten und sich kurze Zeit bei Phantasieteegesellschaften und -gesprächen zu Hause fühlten. Ich entsinne mich meiner Wut und Entrüstung, als ich sah, wie unachtsam mit den Schätzen umgegangen wurde, die ich gerettet hatte, daß sie zweckentfremdet wurden und nicht den ihnen gebührenden Platz fanden; dann aber lächelte ich über mich selbst und meine Besorgnis, denn mir wurde klar, daß auch ich bei meinen Reisen in die Spiegelstadt Schätze aus ihrer Heimat entführt, sie in eine fremde Umgebung verpflanzt und ihnen eine andere Bedeutung verliehen, ja sie in manchen Fällen sogar zerstört hatte, um meine eigenen Schätze daraus zu machen, genau wie meine Nichte es in ihrem Spielhaus tat. Und hier war ich und ging einem der großen Themen der Literatur in die Falle – das Geschenk, der Schenkende, der Beschenkte und das, womit er beschenkt wird, ein Thema, so grundlegend, daß es in der Grammatik und Syntax der Sprache eingebettet ist, wo es liegt wie eine Falle oder ein Lichtstrahl.

Beim Verfassen dieser Autobiographie bin ich in jedes Jahr meines Lebens zurückgekehrt, um die Schätze meiner Erfahrung einzusammeln, und ich habe sie in ihr eigenes Heim, an ihren eigenen Platz gestellt. In meinem Bericht bin ich nach Neuseeland zurückgekehrt, wo ich das Literaturstipendium für 1964 erhalte, das mir ermöglicht, ein Jahr lang ohne finanzielle Sorgen zu schreiben, und 1965 werde ich ein Burns Fellow an der Universität von Otago, wo ich für zwölfhundert Pfund ein Cottage kaufen kann ... mein Schreiben geht weiter, es lebt und äußert sich. Bei dem Versuch, die Schätze meiner jüngsten Vergangenheit sicherzustellen und nach Hause, an ihren Ort, zu bringen, merke ich, daß ich, so wie Pamela in ihrem Phantasiehaus, wo sie den Fußboden mit alten Schätzen bedeckt und ihren Tee in Tassen und Untertassen gießt, die aus ihrem Heim entfernt, doch in ihrer neuen Umgebung verwandelt wurden, meine Schätze am liebsten in mein Heim, mein Spielhaus bringe, in die Spiegelstadt. Das mache ich unter dem Druck des Gesandten aus der Spiegelstadt, und selbst jetzt, während ich schreibe, wartet er an meiner Tür und sieht begierig zu, wie ich weiter die Tatsachen meines Lebens sammle. Und ich unterwerfe mich seinen Wünschen. Ich weiß, daß der Fortbestand der Spiegelstadt von dem dorthin transportierten Stoff abhängt, daß der wartende Gesandte fragt: »Willst du, daß die Spiegelstadt blüht und gedeiht? Erinnerst du dich an deinen Besuch dort, jenen wunderbaren Blick auf Zeit und Raum, an die Verwandlung gewöhnlicher Tatsachen und Ideen in einen funkelnden Spiegelpalast? Was macht es schon aus, daß deine neuen Phantasieschätze, mit denen du die Spiegelstadt verlassen hast, im Licht dieser Welt verblaßt sind, daß sie in ihrem Medium der Sprache Unvollkommenheiten entwickelt haben, die du nie beabsichtigt hast, daß sie ein Teil der Bedeutung verloren haben, die einst von ihnen auszustrahlen schien und dein Herz vor Freude über die Entdeckung des passenden Satzes oder Rhythmus, der klaren Erkenntnis höher schlagen ließ. Gib acht. Deine jüngste Vergangenheit umgibt dich, ist noch nicht transformiert. Räume noch nicht aus dem Weg, was das Fundament eines Palastes in der Spiegelstadt sein kann.«

Ich bitte: »Laß mich über weitere Reisen schreiben, über die Lebensweise einer Schriftstellerin in Neuseeland, über meine Rückkehr nach Dunedin und an die Universität, über geschriebene und geplante Bücher, über Freunde, die ich fand und behielt. Schnell, nur einmal, laß mich hinausschauen auf die Wolken, die über den Himmel des North-East Valley in Dunedin wandern, jenen ungeheuren Himmel, der sich über den Hügeln erstreckt; und jede Wolke treibt irgendwohin in einer weißen oder schwarzen Rauchfahne, verfolgt von Sturm und Wind und Sonne. Und laß mich beschreiben, wie ...«

»Es gibt viel zu tun«, sagt der Gesandte und blickt mir über die Schulter, während ich im Geiste die Wolken am Himmel von Dunedin sehe. »Und was ist das für eine Stadt, die von der anderen Seite des Tales herüberleuchtet?« fragte der Gesandte.

Ich blicke triumphierend. »Das ist Dunedin. Dort wurde ich geboren. Laß mich über mein Leben dort schreiben, wie ich Freunde gewann und Bücher schrieb, wie ich nach Norden ging, um am Meer zu wohnen, wie ich in andere Städte zog, mit anderen Wolken und einem anderen Himmel.«

»Du sagst, es ist Dunedin? Es ist die Spiegelstadt. Du weißt, es ist Zeit, diese Sammlung von Jahren einzupacken für deine Reise in die Spiegelstadt.«

Ich blicke genauer auf die Stadt in meinem Kopf. Und wirklich, es *ist* die Spiegelstadt, es ist nicht Dunedin oder London oder Ibiza oder Auckland oder irgendeine andere Stadt, die ich kenne. Mit meinen eigenen Augen sehe ich die Spiegelstadt. Und der Gesandte wartet.

Danksagung

Herzlichen Dank an John Money (John Forrest) aus Baltimore, Maryland, John und Rose Marie Beston aus Pittsford, New York, und Bill Brown und Paul Wonner aus San Francisco für ihre Gastfreundschaft, die mir ermöglichte, mein Manuskript zu vollenden.

Quellenhinweise:

Der Auszug aus »In Erinnerung an W. B. Yeats« von W. H. Auden, übersetzt aus dem Englischen von Ernst Jandl, stammt aus *Anrufung Ariels.* Ausgewählte Gedichte. Englisch/Deutsch, Piper Verlag, München 1987 (SP 842)

Der Auszug aus John Keats »La belle dame sans merci« wurde in der Übersetzung von Heinz Piontek (Keats, *Gedichte*, Frankfurt a. M. 1960) übernommen.

Inhalt

I. Dreifache Zeugenschaft

II. Zu Hause in der Großstadt